Knaur.

Knaur.

Über den Autor:
Vilmos Kondor, geboren 1954, lebt mit seiner Familie in einem kleinen Dorf bei Sopron, südwestlich des Neusiedler Sees. *Der leise Tod* ist sein erster Kriminalroman.
Weitere Informationen über den Autor unter: www.budapestnoir.hu.

VILMOS KONDOR

DER LEISE TOD

Kriminalroman

Aus dem Ungarischen
von Hans Skirecki

Knaur Taschenbuch Verlag

Die ungarische Originalausgabe erschien 2008
unter dem Titel »Budapest Noir« bei Agave Könyvek, Budapest

Besuchen Sie uns im Internet:
www.knaur.de

Deutsche Erstausgabe Juni 2010

Redaktion: Maria Hochsieder
Umschlaggestaltung: ZERO Werbeagentur, München
Umschlagabbildung: Corbis / Underwood & Underwood
Satz: Adobe InDesign im Verlag
Druck und Bindung: GGP Media GmbH, Pößneck
Printed in Germany
ISBN 978-3-426-50576-2

2 4 5 3 1

»Oh, erbarme dich meiner, denn nur dich kann ich meinen Vater nennen, weil ich auf dieser Erde keinen väterlichen Schutz bekomme. Ohne deinen Willen können sich keine Wolken am Himmel versammeln, ohne deinen Willen zuckt kein zuschlagender Blitz durch die Wolken. Ohne deine Zustimmung vermag kein Sturm auch nur ein einziges Blümchen auszureißen – wenn du es nicht willst, kann auch dem schutzlosen kleinen Schwalbennest unter der Dachtraufe nichts geschehen. Wovor sollte ich mich fürchten, wenn du bei mir bist?«

Aus Mirjam, dem Jüdischen Gebetbuch für Frauen

Eins

Als nach längerem Umbau endlich das Kaffeehaus Balaton wiedereröffnet war, wurde in den Kaffee von vornherein Zucker getan – wenn man nichts Gegenteiliges sagte. Gordon vergaß das regelmäßig. Er winkte ab und trank den Schwarzen mit Zucker, faltete das *Pester Tageblatt* zusammen, stand auf, zahlte, schlug sich den Kragen hoch und trat auf den Rákócziring hinaus. Er blickte zum Lujza-Blaha-Platz, wo in der Ferne die Neonlichter des Verlages zu sehen waren, langte in die Tasche, fand eine Zigarette und zündete sie an. Ein paar Meter entfernt schrie sich ein aufgeregter Zeitungsjunge die Seele aus dem Leib. Das Abendpublikum auf der Straße riss ihm die Zeitungen aus der Hand, während sein Geldbeutel auf der Hüfte von den vielen Münzen immer tiefer rutschte.

Gordon ging auf die Elisabethbrücke zu. Nur flüchtig streifte sein Blick die Schaufenster auf dem Weg, das Hupen der Autos überhörte er. Zuweilen gesellte sich jemand mit beschwörender Miene zu ihm, der ihm Seidenstrümpfe oder die garantiert unvergesslichen Dienste einer Dame andrehen wollte. Gordon blieb nicht stehen, er warf die Kippe weg und blickte auf seine Uhr. Beeilte er sich, käme er noch rechtzeitig zum Franz-Josef-Platz. Er könnte natürlich auch einen Bus nehmen, aber er genoss das abendliche Gedränge und Geschiebe, auch wenn er es kaum zur Kenntnis nahm.

An der Abzweigung zum Karlsring kreischte der nächste

Zeitungsjunge. Gordon begriff nicht, wieso sie nicht heiser wurden. Womöglich tranken sie Eier wie die Opernsänger, mutmaßte er, aber gleich vertrieb er den Gedanken wieder. Er hätte ja einen der Jungen danach fragen können, aber so groß war sein Interesse nicht.
»Gömbös ist tot! Der Ministerpräsident ist gestorben! Die Leiche kommt im Zug aus Deutschland nach Hause! Gömbös ist tot! Die Regierung hat eine Krisensitzung einberufen!«, schrie unter verschobener Mütze und mit gerötetem Gesicht der etwa vierzehnjährige Junge. »Hier im *Abend!* Gömbös ist tot!«, rief er immer wieder, und als er Gordon erblickte, hielt er ihm eine Zeitung hin. »Die neuesten Nachrichten im *Abend!* Der Ministerpräsident ist tot! Kaufen Sie eine, gnädiger Herr!«
Gordon schüttelte den Kopf. »Ich brauche keine Zeitung, mein Junge. Ich weiß, dass der Ministerpräsident tot ist«, sagte er und ging weiter. Ich schreibe die Nachrichten selber, sagte er zu sich, wenn welche geschrieben werden.
Hinter dem Apponyi-Platz bog er in die Rathausstraße ab, die Stille dort behagte ihm. Er schaffte es nicht, über den Fall Róna hinwegzukommen. Der ging ihm seit Tagen durch den Kopf, er konnte einfach nicht glauben, dass stimmte, wessen Róna verdächtigt wurde. Seit Tagen arbeitete er an dieser Sache, er sprach – oder versuchte es zumindest – mit allen Leuten, die mit Róna zu tun hatten, aber er stieß ständig gegen Mauern des Schweigens.
Als er den menschenleeren, verregneten Elisabethplatz überquert hatte, riss ihm ein eisiger Wind von der Donau fast den Hut vom Kopf. Ihn fröstelte in der ungewöhnlichen Oktoberkälte. Heute Morgen hatte das Wetter noch anders ausgesehen, deshalb hatte er weder Schal noch Handschuhe

mitgenommen, und statt des Übergangsmantels hatte er den Trenchcoat angezogen.

Der Polizist, der vor dem Präsidium stand, nickte Gordon zu. Gordon war daran gewöhnt, durch den neuen Eingang in der Zrinyigasse 4 in das Gebäude einzutreten, der eigentlich den Kriminalbeamten vorbehalten war. Ihn kannten alle diensthabenden Offiziere, er hatte gewissermaßen freien Zugang zum Polizeipräsidium. Dienst hatte an diesem Abend ein junger Bursche, der Gordon immer mit überschwenglicher Freude begrüßte.

»Ich wünsche Ihnen einen guten Abend, Herr Redakteur!«, begrüßte er Gordon, der dankend nickte und schon die Stufen hinaufsteigen wollte, aber der Polizist hielt ihn zurück.

»Falls Sie den Herrn Kriminalinspektor Gellért suchen, der lässt Ihnen ausrichten, dass er momentan nicht hier ist. Man hat ihn zu einer Konferenz geholt.«

»Macht nichts, mein Junge«, sagte Gordon und legte die Hand auf das Geländer. Doch der junge Mann fuhr fort: »Denn heute ist Ministerpräsident Gömbös gestorben, und der …« Er unterbrach sich: »Aber das wissen Sie ja längst.«

»Ich weiß es, mein Junge«, entgegnete Gordon und eilte die Treppe hinauf zum zweiten Stockwerk. Dort wandte er sich nach rechts und ging zum letzten Zimmer auf der linken Seite. Er klopfte an. Als keine Antwort kam, trat er in das Büro von Vladimir Gellért. Das Zimmer des Kriminalinspektors war leer, nur eine Lampe, die auf dem Schreibtisch stand, brannte. Gordon schloss die Tür und ging zum Fenster. Gellért erfreute sich eines besonderen Privilegs, sein Zimmer gehörte zu den wenigen, deren Fenster auf die Donau blickten. Gordon zündete sich eine Zigarette an, dann starrte er aus dem Fenster, auf die beleuchtete Kettenbrücke,

die Burg, die schwimmenden oder vor Anker liegenden Schiffe auf der Donau, die unsäglich langsam dahintuckernden Lastkähne. Er drückte die Kippe aus und setzte sich in einen der blauen Sessel vor dem Schreibtisch.
Er zog ein Notizbuch aus der Tasche und begann noch einmal genau durchzusehen, was er von Gellért erfahren wollte. Am Montag hatte er mit ihm telefoniert und ihn um einige Informationen über Róna gebeten. Eigentlich konnte Gordon nicht mehr viel unternehmen, denn die Verhandlung gegen Róna hatte am Vormittag bereits begonnen, dennoch erschien es ihm als seine Pflicht, die Wahrheit über den stets hilfsbereiten Kriminalbeamten herauszufinden.
Die Geschichte war folgende: In der Stadt hatten sich Währungsspekulanten breitgemacht, die unter Nutzung der schwankenden Valutakurse Geschäfte mit erheblichen Geldmengen machten, oft mit schönem Gewinn. Das wiederum machten sich einige Betrüger zunutze: Sie gaben sich als Detektive aus und nahmen den Spekulanten einfach das Geld ab. Ein Börsenmakler namens Arnold Bondi besuchte nun eines Tages Róna in seinem Büro und beklagte sich, er habe auf diese Weise fünftausend Pengö eingebüßt. Róna, der auf Betrug und Falschspiel spezialisiert war, zeigte dem Makler ein Bild von Gyula Grósz, der als Pseudodetektiv sein Unwesen trieb und den er von seinen Beamten bereits beobachten ließ. Doch Bondi erkannte ihn nicht. Nun riet ihm Róna, Anzeige zu erstatten. Das tat Bondi, und von da an ließ er Róna keine Ruhe mehr. Róna sagte, man arbeite an dem Fall, woraufhin Bondi wütend wegging und einige Tage später Anzeige gegen Róna erstattete. Er beschuldigte Róna, einhundertfünfzig Pengö von ihm genommen zu haben, um dafür den Pseudodetektiv ausfindig zu machen. In dieser Sache also wurden

Ermittlungen eingeleitet, und die erste Verhandlung hatte genau an diesem Morgen stattgefunden.

Sollte Róna so blöd gewesen sein, für schäbige einhundertfünfzig Pengö seine Karriere, seine Rente aufs Spiel zu setzen? Die Angelegenheit blieb im Dunkeln. Bondi und seine Komplizen behaupteten, ja, sie hätten Róna bestochen.

Obwohl Vladimir Gellért Abteilungsleiter der V. Hauptabteilung Mord war und Róna bei der IV. Hauptabteilung für Diebstahl, Betrug und ähnliche Straftaten, kannten sie sich gut, und wenn sie auch nicht gerade befreundet waren, so konnten sie doch einer auf den anderen zählen. Deshalb würde Gellért ihm helfen; wenn nicht direkt, so würde er Gordon einen Weg zeigen. Sollte er das nicht tun, bedeutete auch das etwas, sogar sehr viel.

Gordon stand auf. Die Wanduhr schlug neun. Auf dem Schreibtisch herrschte eine mustergültige Ordnung, so wie immer. Links stapelten sich die Akten der aktuellen Fälle, in der Mitte Gellérts vollgeschriebener Kalender, rechts, beiseitegeschoben, die Schreibmaschine. Vor dem Kalender ein bronzenes Tintenfass aus der Sezessionszeit, davor ein Federhalter und in einem Schächtelchen Schreibfedern. Gellért hatte wiederholt geäußert, dass er sich an die Schreibmaschine gewöhnt habe, aber mit dem Füllfederhalter könne er keine Freundschaft schließen.

Gordon hatte damit keine Probleme, der Federhalter mit dem Tintenfass kam ihm rückständig und veraltet vor. Er legte sein Notizbuch auf die Tischdecke, um sich einige Fragen zu notieren, erhob sich dann aber, um an den Schreibtisch zu gehen. Das hatte er schon öfter getan, wenn er auf Gellért gewartet hatte. Er umrundete den Tisch und wollte sich an den Schreibtisch setzen, als er merkte, dass er den

Schreibtischsessel nicht vorziehen konnte. Er klemmte irgendwo. Gordon sah nach rechts und stellte fest, dass der Stuhl an einem herausgezogenen Schubfach festsaß. Er schüttelte den Kopf, das hatte er noch nie erlebt! Er hatte seit fünf Jahren beste Beziehungen zu Gellért, und noch nie war es vorgekommen, dass der ein Schubfach hatte offen stehen lassen. Gellért schloss immer alles sorgfältig ab und steckte den Schlüssel in eine Tasche seiner Weste. Gordon setzte sich und betrachtete die herausgezogene Schublade. Er rutschte ein wenig tiefer in den Sessel und sah weiter hinten einen Ordner liegen. Es war ein einfacher Aktenordner, die Stelle für die Beschriftung war leer. Aus dem Ordner lugte die Ecke eines Fotos heraus.

Gordon saß still und reglos da. Er betrachtete das Schubfach, darin den Ordner und in ihm die Ecke des Fotos. Er zündete sich eine Zigarette an. Das Streichholz warf er in den Aschenbecher, dann langte er in das Schubfach und zog den Ordner ein Stückchen heraus, nur so weit, dass er den Deckel anheben konnte.

Er nahm einen tiefen Zug aus seiner Zigarette. Schließlich hob er den Ordner aus dem Schubfach, legte ihn vor sich hin und schlug ihn auf. Er hatte sich nicht getäuscht. Es war nichts weiter darin, nur zwei Fotos. Das obere zeigte ein junges Mädchen. Es stand an einem geschmückten Tisch, hinter ihr ein schwerer Vorhang. Der Gesichtsausdruck des Mädchens war traurig und zugleich neckisch. Nicht wahr, ich gefalle dir?, fragte das Gesicht. Ich weiß, dass ich dir gefalle, ich gefalle allen.

Gordon beugte sich vor. Das Mädchen trug nichts weiter als ihr Lächeln. Da stand sie, locker und frivol, in den hellen Augen Lüsternheit und Trauer, mit langen Beinen und mit runden, ungewöhnlich vollen Brüsten, mit einer schmalen Taille und mit dunklem, leicht welligem Haar, das ihr bis auf die Schulter fiel. Gordon sah sich ihre Augen genauer an. Da erkannte er, dass nichts Neckisches darin war, sondern nur Trotz. Ihr Körper war makellos, jung und elastisch. Oder doch nicht makellos? Er hob das Foto vor die Augen und dann in den Lichtkreis der Lampe, um ihren linken Arm genauer zu betrachten. Einige Zentimeter unter der Armbeuge erkannte er ein braunes Muttermal. Kaum größer als ein Zwei-Pengö-Stück.

Gordon legte das Foto weg und nahm sich das andere vor. Auch das war in einem Atelier entstanden, wenn auch unter ganz anderen Umständen. Das Porträt zeigte dasselbe Mädchen, das Haar hochgesteckt, das Gesicht ernst, ohne jede Spur von Trotz, eher etwas von Traurigkeit. Regelmäßige Züge, kräftige Augenbrauen, helle Augen. Er brauchte es nicht mit dem anderen Foto zu vergleichen, es war dasselbe Mädchen.

Er nahm beide Bilder und legte sie zurück in den Ordner und in das Schubfach, dann stand er auf, schob den Sessel zurecht und trat an das Fenster. Er sah auf die Stadt, dann auf die Uhr.

Er wollte gerade gehen, da öffnete sich die Tür. Gellért trat schwungvoll ein. Sein Gesicht wirkte noch düsterer als sonst, sein Sakko war zerknittert, die Ringe um seine Augen wurden fast vollständig von einer Sonnenbrille verdeckt. Seine Gestalt war hager, er sah müde aus. Gordon wollte ihn begrüßen, aber Gellért hob abwehrend die Hand.

»Sagen Sie nichts«, sagte er. »Ich weiß, wir waren für heute verabredet, aber der Polizeipräsident Doktor Ferenczy hat mich zu sich bestellt.«

»Morgen früh kommt im Ostbahnhof der Zug mit dem Leichnam des Ministerpräsidenten an«, sagte Gordon.
»Wir hatten damit gerechnet, dass er sterben wird«, sagte Gellért. »Ich hätte gewettet, er tritt vorher noch zurück, aber das ist ja jetzt einerlei.«
»Eigentlich schon«, sagte Gordon.
»Wir haben bereits einen fertigen Plan für die Beisetzung des Ministerpräsidenten, aber es gibt trotzdem noch genug zu tun«, meinte Gellért. »Der Polizeipräsident hat alle Ermittler, Polizisten und Gendarmen in Dienstbereitschaft versetzt, damit der Trauerzug vom Ostbahnhof zum Parlament gesichert werden kann.«
»Hebt der Innenminister das Versammlungsverbot auf?«
»Das fragen Sie doch nicht im Ernst«, brummte Gellért und sah ihn über die Brille hinweg an.
»Nein, eigentlich nicht«, sagte Gordon. »Dann will ich jetzt nicht länger stören. Haben Sie gehört, dass Turcsányi-Schreiber für Róna aussagt?«
»Ich habe es gehört, ein vernünftiger und logisch denkender Mann. Wenn Sie mich jetzt entschuldigen würden …«
»Natürlich.« Gordon trat vom Fenster weg. »Ich vermute, bis zur Beisetzung brauche ich Sie nicht mehr zu besuchen.«
»Nein.« Gellért setzte sich in seinen Sessel und schob die Schublade zu.
»Sie hören telefonisch von mir. Gute Nacht.«
»Auf Weisung des Innenministers und Geheimrats Miklós Kozma wird heute Nacht kein einziger Staatsdiener Ruhe finden«, sagte Gellért noch, während er die Schreibmaschine auf seinen Kalender zog, Papier einspannte und blinzelnd zu schreiben begann. Gordon war nicht sicher, ob er in Gellérts Stimme so etwas wie Hohn gehört hatte.

Auf dem Rákócziring waren verhältnismäßig wenig Leute unterwegs. Die Bars und Lokale hatten zum Teil schon geschlossen, auch die Kaffeehäuser leerten sich. Dagegen sah man auf den Straßen ungewöhnlich viele Polizisten und Gendarmen, die untätig am Straßenrand standen, bereit für eine lange Nacht. Als er am Kaffeehaus Balaton vorbeikam, sah er an der Tür ein Schild: Am 10. Oktober wegen des Todes des Ministerpräsidenten geschlossen! Da er sowieso keine Zeit zum Kaffeetrinken hatte, interessierte ihn das Schild nicht weiter, das, wie er jetzt feststellte, an den Türen aller Geschäfte, Restaurants, Ämter und Teestuben hing.
Über den Lujza-Blaha-Platz fuhr eine leere Straßenbahn. Die Stadt war fast völlig verstummt, als er die Redaktion des *Abends* erreichte. Der Nachtportier winkte ihm heiter zu. Wenn er nicht des Weines wegen so fröhlich war – eine Korbflasche stand immer in seinem Schränkchen –, dann freute er sich vielleicht über Gömbös' Tod. »Guten Abend, Herr Redakteur!«, rief er, seine Mütze lüftend, und aus dem kleinen Fenster gebeugt beobachtete er, wie Gordon nach oben stieg.
Außer der diensthabenden Stenotypistin hielt sich niemand in der Redaktion auf. Seit Gordon beim *Abend* arbeitete, hatte Valéria jede Nacht Dienst. Auch jetzt saß sie an ihrem Tisch, in die Maschine hatte sie Papier gespannt. In ihrem schneeweißen Haar spiegelte sich das Lampenlicht, ihre Augen aber versteckten sich hinter einer dunklen Brille, die ihr wichtigster Besitz war. Valéria hatte sie stolz in der Redaktion herumgezeigt, eine Bergsteigerbrille, die seitlich mit kleinen Lederlappen versehen war, um vor Licht zu schützen; eine Freundin hatte sie ihr aus der Schweiz, aus Bern, mitgebracht. Bei Lampenlicht könne sie damit lesen, sagte sie, die

Sonne habe sie seit zehn Jahren nicht mehr gesehen. »Das ist das Schicksal der Albinos«, hatte Gordon gesagt.

»Hier ist alles ruhig, nichts los, am Morgen werde ich ein paar Stunden lesen können«, sagte Valéria und hielt ein Groschenheft in die Höhe, den neuesten Band einer Krimireihe aus dem Athenaeum-Verlag. »Was ist denn los, Zsigmond? Können Sie nicht schlafen? Hat Krisztina Sie rausgesetzt?«

»Später werde ich keine Zeit mehr finden, über den Friseurmeister aus Szentlörinckáta zu schreiben.«

»Über die Leichenzerstückelung?«

»Ja.« Er ging zu seinem Tisch, Valéria hob das Groschenheft vor die schwarze Brille und las weiter. Gordon zog seinen Mantel aus und hängte ihn an den Haken. Den Hut warf er auf den Tisch, aber vorher schüttelte er noch das Regenwasser ab. Er knipste die Lampe an, spannte Papier in die Schreibmaschine, schlug sein Notizbuch auf und begann zu tippen.

»Überraschend wurde heute Nachmittag ein Verbrechen in Budapest bekannt. In Szentlörinckáta gab es einen schauerlichen Mord: Der Friseurmeister Frigyes Novotny (46) hat seine im selben Haushalt lebende geschiedene Frau Erzsébet geb. Barta (30) erwürgt. Nach dem Mord zerstückelte der Friseurmeister die Leiche und verbrannte sie. Der Mord fand bereits im März statt, wurde aber erst jetzt entdeckt. Neue Mieter zogen in das Haus des Friseurmeisters, der Handwerker János Zombori mit seiner Frau. Die Frau wollte im Ofen Feuer machen, um Brot zu backen, aber es brannte schlecht. Frau Zombori reinigte daraufhin den Ofen, wobei sie in den Ascheresten Menschenknochen fand. Sie lief sofort zur Gendarmerie, wo sie …«

Das Telefon klingelte. Gordon hob den Kopf, aber er sah, dass Valéria den Hörer abnahm, und schrieb weiter.

»… beim Leiter Anzeige erstattete.«

»Zsigmond, Sie sind gefragt.«
»Wer ist dran?«
»Er sagt, er heißt Kalmár.«
Gordon stand auf und eilte zum Telefon. »Woher wissen Sie, dass ich hier bin?«, fragte er.
»Ich wusste es nicht, aber ich dachte, ich versuch's einfach.«
»Was gibt es?«
»Das Übliche, wie für Sie geschaffen. Wir haben ein Mädchen gefunden.«
»Was für ein Mädchen?«
»Was für ein Mädchen? Ein totes.«
»Wer weiß davon?«
»Ich fang immer mit Ihnen an«, sagte der Polizist am anderen Ende der Leitung.
»Gut so. Wer ist noch alles dort?«
»Nein, ich rufe vom Präsidium aus an. Von Ihnen habe ich immer die fünf Pengö bekommen, warum sollte das diesmal anders sein.«
»Sagen Sie mir die Adresse.«
»Da werden Sie mir sehr dankbar sein, Gordon, es ist gleich in Ihrer Nachbarschaft.«
»Wenn Sie sagen, auf dem Ring hat eine Straßenbahn ein Dienstmädchen erwischt …«
»Das sage ich nicht. Gleich am Anfang der Nussbaumgasse werden Sie die Polizisten sehen. Sie stehen um den Leichnam eines schönen und sehr toten Mädchens.«
»Hat sie Streichholzkappen getrunken? Ist sie aus dem Fenster gesprungen?«
»Was weiß ich! Aber beeilen Sie sich, wenn Sie sie noch sehen wollen. Der Leichenwagen ist seit zehn Minuten unterwegs.«

Gordon schlüpfte in seinen Trenchcoat, setzte den Hut auf, brummte Valéria noch ein paar freundliche Worte zu und eilte die Treppe hinunter.

Ein paar Minuten später erreichte er die Nussbaumgasse. Schon von fern sah er den schwarzen Wagen, daneben einen uniformierten Polizisten und zwei Männer in Zivil. Gordon sah auf seine Uhr, es war bereits nach zehn. Im Allgemeinen machte er einen Bogen um Mordschauplätze, davon hatte er genug gesehen, und nach den fünf Jahren im *Abend* konnte ihn kaum noch etwas überraschen. Trotzdem beeilte er sich, denn Kalmár hatte ihm vor allen anderen Bescheid gesagt. Einen Tag später würden alle Zeitungen – ob Gömbös nun tot war oder nicht – darüber schreiben. Aber er kam ihnen zuvor, er würde der Erste am Schauplatz sein, und das war mehr als fünf Pengö wert.
Als Kriminaljournalist des *Abend* kannte er alle tausend Varianten des Todes besser als jeder andere. Dienstmädchen tranken Streichholzkappen oder warfen sich vor die Straßenbahn, Friseurmeister zerstückelten ihre Liebste, geschiedene Frauen schnitten sich die Pulsader auf, Handwerksgesellen sprangen von der Franz-Josef-Brücke, eifersüchtige Beamte erstachen ihre Frau mit dem Küchenmesser, Geschäftsleute entledigten sich ihrer Rivalen mit dem Revolver. Die Möglichkeiten waren unendlich, zugleich aber bedrückend eintönig, denn das Ende war immer dasselbe.
Er eilte zur Haustür, aber ein Uniformierter stellte sich ihm in den Weg. Gordon sah den Ermittler Stolcz und rief ihm etwas zu, der gab dem Uniformierten einen Wink, Platz zu machen. Gordon trat mit dem Notizbuch in der Hand an die Leiche. Sie lag im Hausflur wie eine weggeworfene Stoff-

puppe. Ihr Gesicht war zur Seite gedreht, das schwarze Haar verteilte sich über ihren Rücken.

»Seit wann ist sie tot?«, fragte Gordon

»Sie ist noch warm«, erwiderte Stolcz. »Der Prosektor hat sie noch nicht gesehen, aber ich denke, sie liegt höchstens eine Stunde hier. Ein Wunder, dass man uns so schnell benachrichtigt hat. Über kurz oder lang hätte sich ein Polizist oder Gendarm hierher verirrt und hätte sie sowieso gefunden.«

»Woran ist sie gestorben?«

Der Ermittler, dicklich und mit rotem Gesicht, schüttelte den Kopf. »Woher soll ich das wissen, Gordon? Ich bin auch erst ein paar Minuten hier. Blut sehe ich jedenfalls nicht.«

»Ich auch nicht. Wer ist sie?«

»Wissen Sie, eines ist merkwürdig.« Stolcz steckte die Hand in die Hosentasche. »Wir haben in ihrer Handtasche nichts weiter gefunden als ein paar Papierfetzen und einen Mirjam.«

»Einen Mirjam?«, fragte Gordon verwundert.

»Ja, ein jüdisches Frauengebetbuch.« Stolcz ging zu seinem Wagen am Straßenrand und holte etwas von der hinteren Bank. »Das hier.« Er hielt Gordon ein in weißen Stoff gehülltes dickes Buch entgegen. Dann wickelte er es aus.

»Ist darin etwas eingetragen?«

»Nichts. Es gibt ein paar Seiten mit eingeknickten Ecken, sonst nichts.«

»Nichts, um sie zu identifizieren?«

»Im Präsidium sehe ich mir die Liste der verschwundenen Personen an, aber ich bezweifle, dass sie überhaupt gemeldet ist.« Stolcz zuckte müde mit den Schultern. »Außerdem haben wir sie ja eben erst gefunden. Vielleicht meldet in den nächsten Tagen noch jemand das Verschwinden eines Mädchens. Aber Sie wissen genauso gut wie ich, dass täglich nicht nur ein oder zwei Mädchen nach Budapest kommen, von denen einige als Dirnen enden. Sie wäre nicht die Erste, die hier ein namenloses Grab findet.«

Gordon nickte. Merkwürdig war das schon. Ein totes jüdisches Mädchen in einer zweifelhaften Gegend der Innenstadt. Er sah sich die Leiche näher an. Ein Bein steckte unter dem Körper, am anderen sah er einen unschönen, billigen Schuh mit hohem Absatz. Ihr Rock war hochgerutscht, am braunen Strumpf lief eine Masche. Unter dem abgetragenen, aber ordentlichen Mantel leuchtete eine pfirsichfarbene Bluse hervor.

»Sie ist nicht elegant gekleidet«, sagte er.

»Für die Arbeit, die sie machte, war mehr auch nicht nötig«, brummte Stolcz.

Der Mantelärmel war über den Ellbogen gerutscht. Wegen des spärlichen Lichtes sah Gordon nicht gut, darum beugte er sich vor. Dann hockte er sich hin, nahm das Handgelenk des Mädchens und hielt es ins Licht. Er sah ein Muttermal unter der Armbeuge, groß wie ein Zwei-Pengö-Stück. Sein Magen machte sich bemerkbar. Eine schon fast vergessene Kindheitsfurcht stieg in ihm hoch.

Er blickte auf Stolcz. Der unterhielt sich mit einem Ermittler, drei Uniformierte hörten zu. Gordon langte in seine Tasche und nahm den Füllfederhalter heraus. Behutsam strich er dem Mädchen das Haar aus dem Gesicht. Die Augen standen offen, sie waren glanzlos. Und grün.

Gordon betrachtete die grünen Augen des Mädchens, ihr blutleeres Gesicht, ihr lockiges schwarzes Haar. Es fiel ihm nicht schwer, sich an das trotzige, traurige Lächeln zu erinnern, das er auf den beiden Fotos gesehen hatte.

ZWEI

Da alle Kaffeehäuser geschlossen waren, eilte Gordon in die Redaktion zurück. Valéria hatte einen neuen Roman begonnen, und als er kam, hob sie kaum den Blick. Gordon ging zum Telefon und wählte. Er musste warten, bis es elfmal geklingelt hatte.

»Das heutige Abendessen …«, begann er.

»Zu dem du dich wieder verspätest? Oder willst du es absagen, Zsigmond? Um halb elf?«

»Ich hatte einen langen Tag, Krisztina, entschuldige bitte.«

»Entschuldigen kann dich nur der Tod, aber vorher möchte ich dir noch den Hals umdrehen. Sag mal, wozu koche ich für dich?«

»Weil du gerne kochst. Und ich mag dein Gekochtes.«

»So einfach ist das nicht, das weißt du, und wenn du mich mit Schmeicheleien rumkriegen willst, dann geht das daneben.«

»Denkst du, ich erinnere mich nicht an deine Proteste? Du wärst die Letzte, der ich mit Schmeicheleien käme.«

»Gut, schmeicheln wolltest du nicht, was also dann?«

»Um Entschuldigung bitten. Ich hatte einen elenden Tag.«

»Deine Tage sind immer elend.«

»Außer, wenn ich bei dir bin.«

»Zsigmond, Zsigmond, je später es wird, desto mehr kühlt das Hähnchengulasch aus und desto mehr vergeht mir die Lust, dir zuzuhören.«

»Dann höre weg.«

»Gut, mach ich. Doch bevor ich den Hörer auflege, nur noch so viel. Heute Nachmittag war Mór hier und hat ein Glas Eingemachtes gebracht. Ich habe noch nicht davon gekostet, aber es sieht ausgesprochen essbar aus.«
Damit legte sie auf. Gordon zuckte mit den Schultern und stellte das Telefon weg. Er hätte nicht sagen können, ob Valéria hinter ihrer dunklen Brille zu ihm hinübersah, aber er vermutete es. Er nickte ihr zu und ging nach Hause.

Am Morgen darauf stieg er früh aus dem Bett und begann den Tag am Oktogon, im Kaffeehaus Abbazia.
»Guten Morgen, Herr Redakteur«, begrüßte ihn der Kellner, brachte ihm die Frühstückskarte an den Tisch, dazu die frisch eingetroffenen Zeitungen aus London und New York, dann eilte er davon, um ihm das Frühstück zu bringen. Gordon saß im Sessel und betrachtete eine Zeitlang nur das Oktogon. Er wurde schon gefragt, warum er diesen Platz so ins Herz geschlossen habe, schließlich sei er nichts Besonderes, und kaum eine Ecke weiter in der Andrássystraße sei das Café Japan, aber Gordon zuckte mit den Schultern und antwortete, dass sie hier einen guten Schwarzen hätten. Was nicht ganz stimmte, denn im Abbazia war der Kaffee mittelmäßig, und das Frühstück für einen Pengö sechzig war nicht sehr reichlich. Das Abbazia liebte er seines Stammplatzes wegen. Er saß dicht am Fenster und konnte morgens das Gedränge auf dem Platz und abends die in Licht getauchte Andrássystraße sehen.
An diesem Morgen zeichnete sich das Oktogon durch vieles aus, nur nicht durch Gedränge. Es war wie an Sonntagen, morgens um sechs. Am lautesten waren die Straßenbahnen, es gab viel weniger Autos und Busse als sonst. Die meisten

Geschäfte waren geschlossen, von den Kaffeehäusern auch nur jedes dritte geöffnet. Auch der gewöhnliche Menschenstrom war versiegt, es gab keine Gaffer, keine Hausfrauen, die zum Einkaufen auf die Märkte gingen, keine Schuhputzer, keine lautstarken Zeitungsjungen. Wer vorbeikam, ging zur Arbeit.

Gordon wiegte den Kopf. Unmöglich, dass sie um Gömbös trauerten. Sie konnten auch nicht um die Regierung trauern, denn in diesem Land trauerte niemand um eine Regierung, auch dann nicht, wenn man Grund dazu gehabt hätte. Darányi regierte bereits seit Monaten, Gömbös fehlte wirklich kaum jemandem, von einer Krise konnte nicht die Rede sein. Natürlich war die Regierung zurückgetreten, der Verweser hatte den Rücktritt angenommen, aber es handelte sich nur um Tage, bis Darányi mit der Bildung einer Regierung beauftragt werden würde. Gordon bedauerte nicht, dass er Kriminaljournalist war. Es zog ihn nicht zur Politik, und wenn er daran dachte, wie aufgeregt und leidenschaftlich man darüber stritt, wen Darányi wohl zur Partei der Nationalen Einheit in die Regierung einbeziehen würde, fand er die Geschichte einfach lächerlich. Er hatte keine Geduld dazu, und er wusste, dass er mit seiner stillen Apathie nicht allein war. Die Frage war nicht, mit wem Darányi regierte, sondern welche Richtung er einschlug. Man sah jetzt schon deutlich, in welche Richtung es gehen würde. Gömbös war nicht zufällig in einem Münchner Krankenhaus behandelt worden. Aber es war klar, dass sich an der Trauerzugstrecke und am Parlament riesige Menschenmassen versammeln würden. In diesem Land kam es nicht jeden Tag vor, dass man einen Ministerpräsidenten von einer Behandlung tot nach Hause zurückbrachte.

Er nahm die *8-Uhr-Zeitung* und blätterte darin, dann legte er sie weg. Ebenso schnell brachte er das *Pester Tageblatt* hinter sich. Im *Pester Lloyd* las er die deutschen Börsenberichte, die überaus deutlich die Situation in Deutschland wiedergaben. Da bemerkte er, dass vor ihm auf dem Tisch der schwarze Kaffee wartete und daneben ein Hörnchen. Er lehnte sich zurück, aß und trank und genoss dabei den ungewöhnlichen Anblick des Oktogons. Bis zum Abend würde er keine Minute Ruhe mehr haben, das war sicher. Er nahm seinen Hut, stieg in die Straßenbahn und betrachtete auf seiner Fahrt zum Berliner Platz die gespenstisch menschenleere, fast graue Straße. Wie alle Polizisten und Gendarmen, so waren auch alle Journalisten in Sachen Beisetzung unterwegs. Die Sportjournalisten, die Polizeiberichterstatter, die Börsenberichterstatter, alle Redakteure, selbst die Berufsanfänger, befassten sich ausschließlich mit Gömbös. Gordon konnte sich über seinen diesbezüglichen Auftrag nicht beschweren, er sollte ins Parlament gehen, um dort mit den Bestattungsorganisatoren zu reden, natürlich nur mit solchen, die wirklich die Arbeit machten, nicht mit jenen, die nur dem Namen nach damit beschäftigt waren. Am Berliner Platz musste er sich durch die zum Westbahnhof eilende Menge drängeln, um zur Kaiser-Wilhelm-Straße zu gelangen.

Dort aber war es still und friedlich. Der Zug mit Gömbös' Leichnam hatte längst das Parlament erreicht, aber entlang der Straße standen immer noch die Polizisten und Gendarmen, starr, einsam und mit leeren Gesichtern.

Gordon beschleunigte seinen Gang, heute wollte er rechtzeitig bei Krizstina sein. Was er bis zum Abend nicht in Erfahrung bringen konnte, sollte ihm gestohlen bleiben.

Vor dem Parlament stand eine Ehrenwache und noch mehr

Polizei, als befürchtete man, jemand könnte Gömbös' Leiche zu einem Konservator bringen. Am Haupteingang wartete eine kleine Gruppe Kriminalisten. Gordon brauchte seinen Ausweis nicht zu zeigen, einer erkannte ihn sofort und gab dem Polizisten an der Tür den Wink, ihn einzulassen. Gordon dankte mit einem Kopfnicken und trat ein. In der Kuppelhalle stand bereits der Katafalk. Er bot einen düsteren, allzu prunkvollen Anblick. Gordon wollte gerade den Chef der Zeremonie suchen gehen, da erblickte er hinter einer Säule drei Männer. Er trat ein Stückchen zurück und zur Seite, um sie besser sehen zu können, aber auch um Deckung zu haben. Der ein wenig dickliche, schnurrbärtige Innenminister Kozma stand im dunklen Anzug dem Polizeipräsidenten Ferenczy gegenüber, der sich vorbeugen musste, um die sprudelnden, aber leisen Worte des anderen zu verstehen. Auch der Polizeipräsident trug einen dunklen Anzug, sein ergrautes Haar war zurückgekämmt, eine Hand steckte in der Hosentasche, mit der anderen zupfte er an seiner Krawatte; seine Augen waren so stechend wie immer. Der dritte Mann wandte Gordon den Rücken zu, aber Gordon erkannte die hagere, ein wenig krumme Gestalt, die ihre Hände immer hinter dem Rücken verschränkte, sofort. Sein Sakko war zerknittert, wie konnte es anders sein, er war die ganze Nacht auf den Beinen gewesen. Gordon zog sich noch tiefer in den Schatten zurück. Was hatte Gellért hier zu suchen? Klar, die Einzelheiten des Trauerzuges musste er auch kennen, aber wieso hier, neben der Totenbahre? Worüber redeten der Innenminister und der Polizeichef so angeregt mit dem Leiter der V. Hauptabteilung? Seit wann gehörte eine Beisetzung zu den Aufgaben der Mordkommission? Gordon sah sich um, ob er József Schweinitzer entdecken konnte, den Chef der VII. Hauptabteilung. Während der Beerdigung von Gömbös war nicht ein Mord, sondern bestenfalls eine Ordnungsstörung oder im schlimmsten Fall ein Attentat zu befürchten. Dann aber war das Sache der Staatspolizei, also Schweinitzers Angelegenheit. Aber der war nirgends zu sehen. Und der Körpersprache der drei Männer war zu entnehmen, dass niemand weiter an dieser Plauderei teilnehmen sollte.

Kozma beendete seine Rede, er sah Ferenczy an, der noch etwas zu Gellért sagte, dann entfernten sich die beiden Männer eilig in Richtung Gesellschaftsraum. Gellért drehte sich um, und Gordon trat aus dem Schatten hervor.

Das Gesicht des Kriminalinspektors wirkte einen Augenblick lang überrascht, aber nur einen Augenblick. Er gab Gordon ein Zeichen, zu ihm zu kommen.

»Ich sehe, Sie haben die Nacht wirklich nicht geschlafen«, begann Gordon.

»Da täuschen Sie sich nicht.«

»Mittendrin in den Angelegenheiten? Der Innenminister und der Polizeichef verteilen persönlich die Weisungen?«

Gellért, als hätte er die Frage nicht gehört, antwortete nicht. Er kramte in seinen Taschen, bis er ein Päckchen Zigaretten fand, als er daran dachte, wo er sich befand, steckte er das Päckchen wieder ein.

»Was haben Sie gefragt?«, sagte er zu Gordon.

»Wo ist Schweinitzer?«

»Woher soll ich das wissen?«

»Ich dachte, das ist eine staatspolizeiliche Angelegenheit«, entgegnete Gordon.

»Das stimmt, aber momentan haben wir eine Ausnahmesituation, und …« Er brach ab. »Warum erkläre ich Ihnen das?«

»Keine Ahnung«, sagte Gordon schulterzuckend.
»Rufen Sie mich nächste Woche an, ich muss jetzt gehen.«
»Nur eine Frage noch.«
»Nächste Woche können Sie mich mehr zu Róna fragen.«
»Aber es geht nicht um Róna.«
»Sondern?«
»Gestern Abend hat man in der Nussbaumgasse ein totes Mädchen gefunden«, sagte Gordon und belauerte Gellérts Blick, ob darin etwas zu sehen wäre. Aber da war nichts.
»Großartig. Dort haben wir schon lange kein totes Freudenmädchen mehr gefunden.«
»Wie kommen Sie darauf, dass es ein Freudenmädchen war?«
»In der Nussbaumgasse? Unweit vom Klauzálplatz? Wäre es ein herrschaftliches Fräulein gewesen, dann wüsste ich davon, glauben Sie mir. Aber da ich nichts weiß, kann es sich nur um ein Freudenmädchen handeln. Wieso fragen Sie mich danach?«
»Das gehört doch in die Hauptabteilung V. Dort sind Sie der Chef, wenn mich meine Erinnerungen nicht trügen.«
»Erstens geht das meine Abteilung nichts an, denn wenn doch, wüsste ich davon. Zweitens, selbst wenn es meine Abteilung anginge, würde ich mich damit nicht befassen, denn Sie sehen ja, wir bringen gerade das Regierungsoberhaupt unter die Erde. Falls die Kommunisten nicht die Kettenbrücke in die Luft jagen, befasse ich mich bis Sonnabend mit nichts anderem.«
»Wollen die Kommunisten die Kettenbrücke sprengen?«
»Ich habe keine Zeit«, erwiderte Gellért, winkte abwehrend, drehte sich um und ging zur Tür, die in den Jagdsaal führte. Gordon wollte noch fragen, wie das Foto des toten Mädchens in seine Schublade gekommen sei, aber aus irgendeinem

Grund ließ er es sein. Gellért schloss die Tür hinter sich, und plötzlich legte sich Stille über den Saal. Gordon langte nach seinem Notizbuch und machte sich auf die Suche nach einem Beisetzungsverantwortlichen.
Vom Parlament ging er geradewegs zu Krisztina. Am Oktogon sah er auf seine Uhr. Noch hatte er Zeit, er musste nicht die U-Bahn nehmen. Gern ging er in der Dämmerung die Andrássystraße entlang. Aber dieser Abend war besonders, denn er begegnete keiner Menschenseele. Er schlug den Kragen hoch und schlenderte die leere Straße entlang; die Bäume am Straßenrand ließen ihre Blätter fallen. Zwischen den grauen Häusern echoten seine Schritte. Vor einer Haustür umarmte sich ein Paar, als Gordon näher kam, lösten sich die beiden voneinander. An der Ecke schippte ein Hausmeister Kohle. Gordon nickte ihm zu, der Mann wischte sich über die schwarze Stirn.
Der Lövöldeplatz war so leer und verlassen, als lebten in den angrenzenden Häusern kaum Menschen. Nur hier und da fiel Licht aus einem Fenster, die Luft stand reglos zwischen den Bäumen. Die Verkaufsbuden standen leer, der Unrat war weggeräumt oder die streunenden Hunde und Katzen hatten alles aufgefressen, was die Händler zurückgelassen hatten.
Krisztina wohnte im dritten Stock. Die Haustür stand noch offen, der Hausmeister verschloss sie erst nach acht. Er stieg hinauf. Im Innenhof war es still, statt des sonst üblichen Kindergeschreis zankten sich auf dem absterbenden Essigbaum nur zwei fette Spatzen.
Krisztina war schon ausgehfertig, als sie ihm die Tür öffnete. Sie fand immer das richtige Maß an Eleganz, mit dem sie Gordon nicht überforderte. Gordons Zugeständnis an Mode bestand darin, dass er im Sommer einen dünnen grauen An-

zug trug und im Winter einen dickeren. Krisztina trug ein Kostüm in dunklem Weinrot, der lange Rock ließ gerade noch die Knöchel sehen. Unter der Kostümjacke trug sie eine weiße Bluse mit durchbrochener Stickerei, der obere Knopf stand offen. Ihr Gesicht sah nie geschminkt aus, auch jetzt nicht. Sie hatte ihre Brille noch auf der Nase, die sie in der Öffentlichkeit nie trug. Die mache sie alt, sagte sie, doch Gordon widersprach. »Schatz, ich habe schon einige Frauen über dreißig gesehen, mir kannst du glauben, dass du von deinen Jahren fünf wegstreichen kannst«, hatte er ihr kurze Zeit nach ihrer ersten Begegnung gesagt. »Mich interessiert nicht, wie viele Frauen du gesehen hast«, hatte Krisztina geantwortet, »und verschone mich mit Details. Du hast gesagt, von jetzt an gibt es nur noch eine einzige Frau in deinem Leben.« Gordon hätte sie gern korrigiert, aber er wusste, es war überflüssig.

Auf ihr halblanges, lockiges Haar hatte sie einen hübschen kleinen Hut gesetzt. Gordon war froh, dass er nicht auffälliger war, er konnte die breitkrempigen, aufdringlichen Hüte nicht ausstehen.

»Nun?«, fragte Krisztina, als sie ins Wohnzimmer traten.

»Was nun?«, fragte Gordon zurück.

»Du hast es vergessen, stimmt's?«

»Stimmt. Was habe ich vergessen?«

»Du wolltest heute Abend ins Sansibar gehen. Dir irgendeine Londoner Sängerin anhören.«

»Eine New Yorkerin«, berichtigte Gordon, dann warf er seinen Mantel auf den Stuhl neben dem Bett. Er war gern bei Krisztina, aber es fehlten ihm hier Sessel. Sie hatte ihre Wohnung nämlich nach der neuesten Mode eingerichtet. Ein einfaches Bett in der Ecke, daneben ein Schrank. Vor dem Bett ein kleiner Rauchtisch, darauf ein weißer Aschenbecher. Am anderen Ende des Bettes eine Kommode mit drei Schubkästen, obendrauf eine Porzellanfigur, über ihr ein Spiegel in schmalem, schmucklosem Rahmen. Neben der Porzellanfigur eine der beiden Pflanzen in der Wohnung, eine Blume, deren Namen sich Gordon nicht merken konnte. An der Wand ein einziges abstraktes Bild, mehr nicht. Krisztina hatte sich in Berlin an diese neue Mode gewöhnt, und sie achtete darauf, dass nichts die Einheit des Zimmers störte. Gordon hatte schon so manchen Fluch ausgestoßen, weil es keinen Sessel gab, aber Krisztina ging über Gordons Brummen hinweg. »In deiner Wohnung kannst du stundenlang in ausgedienten Sesseln sitzen«, hatte sie gesagt, und Gordon hatte nur mit den Schultern gezuckt.

Krisztina lehnte sich an den Türrahmen und wartete, bis Gordon im Bad fertig wurde. Er wusch sich rasch das Gesicht, strich sich mit feuchter Hand das Haar zurück, zog die Krawatte gerade und kehrte zu Krisztina zurück. Die nahm ihre Brille ab und sagte: »Gut, nicht aus London, sondern aus New York. Wer singt heute?«

»Lucy und Nora Morlen. Die Morlen Sisters«, antwortete Gordon.

»Und die treten heute Abend auf. Heute.«

»Meinst du, das Sansibar sagt den beiden für so viel Geld eingekauften Sängerinnen wegen des Todes des Ministerpräsidenten ab?«

Krisztina wollte an der Herzstraße Richtung Untergrundbahn gehen, aber Gordon steuerte sie sanft zum Oktogon. »Schatz, sieh dir die Andrássystraße an. Wann war sie je so still? Lass uns zum Theresienring gehen, bis dahin schaffst du es in den hochhackigen Schuhen.«

»Möchtest du mir nicht sagen, was du vorhast?«
Gordon seufzte. »Gestern Nacht ist in der Nussbaumgasse etwas passiert.«
»Dort passiert immerzu was.«
»Aber so etwas nicht.« Gordon knöpfte seinen Mantel zu, hakte sich bei Krisztina unter und erzählte, was in der Nacht zuvor und am Vormittag geschehen war. Krisztina hörte schweigend zu, dann sah sie ihn fragend an.
»Und was willst du jetzt tun?«
»Tun? Was ich tun will?«
»Ja, was du tun willst. Das frage ich.«
»Warum sollte ich irgendetwas tun?«
»Weil mir das Ganze sehr merkwürdig vorkommt, Zsigmond. Dir nicht?«
»Ist schon wahr, manche Details passen nicht zusammen.«
»Passen nicht?« Krisztina blieb stehen. »Manche Details?«
»Mach kein Drama draus, Krisztina. In der Nussbaumgasse ist ein Mädchen gestorben. Und fertig. Es ist keine übermäßig sichere Gegend.«
»Ich frage anders. Selbst wenn du das Foto nicht in Gellérts Schubfach gesehen hättest, wäre es dann nicht merkwürdig, wenn unweit vom Klauzálplatz ein jüdisches Mädchen tot gefunden wird?«
»Wieso merkwürdig? Ganz in der Nähe ist die Tabakgasse.«
»Von wie vielen jüdischen Mädchen aus der Tabakgasse hast du gehört, die als Straßenmädchen arbeiten?«
Gordon blickte zum Lujza-Blaha-Platz hinüber. Hinter ihm klingelte eine Straßenbahn, er zuckte zusammen.
»Nicht von vielen.«
»Und bestimmt hast du noch von keiner gehört, die ein Gebetbuch in der Tasche hatte. Ein Mirjam.«

»Was willst du mit dem Mirjam? Als ob ich wissen müsste, was das zu bedeuten hat.«
»Zsigmond, du bist nun schon fünf Jahre hier, da hast du doch einiges mitbekommen.«
»Was du nicht sagst.«
»Doch, ich sage es. Hier und in diesem Land ist es durchaus von Bedeutung, ob man Jude ist oder nicht.«
»Gleich kommst du mir wieder mit deinen sächsischen Wurzeln und dass du in Siebenbürgen jüdische und rumänische Freunde hattest.«
Krisztina zog ihren Arm aus Gordons Armbeuge, drehte sich um und stiefelte energisch auf das Oktogon zu. Gordon eilte ihr nach.
»Entschuldige.«
»Du bist so ungehobelt, dass ich nicht verstehe, wieso ich dich in mein Bett lasse.«
»In dein Bett? Das moderne Ungeheuer hast du von mir bekommen.«
»Aber ich schlafe darin. Und du auch, wenn du mich nicht gerade vergessen hast.«
Gordon holte tief Luft. Er wollte den Bogen nicht überspannen.
»Schon gut. Ich leiste Abbitte, entschuldige. Ich war ungehobelt. Und du hast recht, mir kommt die ganze Sache auch merkwürdig vor.«
Krisztina nickte. »Was tust du also?«
»Ich habe keine Idee. Es sei denn …« Er überlegte kurz. »Es sei denn, ich gehe mal zu Vogel. Er weiß vielleicht, wer den Nackedei fotografiert hat.«
»Das sagst du, als müsste ich wissen, wer Vogel ist.«
»Er ist Polizeiberichterstatter bei dem Blatt *Ungarn*«, ant-

wortete Gordon. »Ich hatte dir seinerzeit die hervorragende Artikelserie gezeigt, die er über das Liebesleben dieser Stadt geschrieben hat.«
»Über Csuli und seine Leute?«
»Du erinnerst dich schon, wenn du willst.«
Auf dem menschenleeren Ring wirkte die grelle Neonbeleuchtung des Sansibar irgendwie fehl am Platz. Gordon ging voraus, sie gaben in der Garderobe ihre Mäntel ab und setzten sich an einen Tisch fern von der Bühne. Auf den Tischen spendeten Bronzelampen rötliches Licht, die Band spielte zurückhaltend. Bis zum Beginn des Abendprogramms eilten Kellner geschäftig mit beladenen Tabletts umher, Paare steckten die Köpfe zusammen, in der Luft vermischte sich Zigarettenrauch mit dem Duft nach Bohnengulasch und Wiener Schnitzel.
Gordon zündete sich eine Zigarette an und winkte den Kellner herbei. Er bestellte Rotwein für Krisztina und französischen Kognak für sich selbst. Die Musik brach ab, der Conférencier gab bekannt, dass es nach zehn Minuten Pause mit den Sängerinnen aus New York weitergehe. Die Gäste wurden lauter, Gordon verstand nicht, was Krisztina zu ihm sagte. Er beobachtete die Besucher.
»Was hast du gesagt?«
Krisztina seufzte. »Dass mir heute auch etwas passiert ist.«
Gordon stützte die Ellbogen auf den Tisch. »Erzähle!«
»Ich habe Post aus London bekommen.«
»Aus London?«
»Ja. Sie schreiben mir, dass …« Sie brach ab, langte in die Handtasche und zog einen Briefumschlag heraus. »Lies selbst.«
Gordon nahm den Umschlag und zog den Brief heraus. Ganz oben stand: To Miss Krisztina Eckhardt, Budapest, und dar-

über war ein alberner, kleiner, fliegender Pinguin zu sehen. Gordon überflog den Brief, dann gab er ihn zurück.
»Freust du dich nicht darüber?«, fragte Krisztina.
»O doch.«
»Möchtest du, dass ich weggehe?«
»Das habe ich nicht gesagt.«
»Möchtest du, dass ich bleibe?«
»Das habe ich auch nicht gesagt.«
Krisztina schüttelte den Kopf, blickte zur Bühne und nahm einen Schluck Wein.
»Der Leiter eines neugegründeten englischen Verlags hat während der Olympischen Spiele in Berlin deine Arbeiten gesehen und sich entschlossen, dich in seine Graphikabteilung zu holen«, spottete Gordon.
»Genauso ist es.«
»Gut, versteh mich nicht falsch, ich will nicht spotten und auch nicht ungehobelt sein, aber erklär mir mal, wozu ein Verlag eine Graphikerin braucht, der keine illustrierten Bücher herausbringt und bei dem alle Bücher den gleichen Einband haben: dreigeteilt und in der Mitte weiß.«
»Du kennst also den Penguin Verlag?«
»Ja.«
»Dann solltest du wissen, dass nicht alle Umschläge gleich aussehen. Außerdem soll ich noch etwas anderes für sie machen.«
»Gut so.«
»Und ich würde nur für ein Jahr gehen.«
»Du bist dir also schon sicher?«
»Darf ich dich daran erinnern, dass mich vor ein paar Wochen der Eucharistische Weltkongress aufgefordert hat, seine Materialien zu gestalten. Na gut, jedenfalls teilweise.«

»Der findet in anderthalb Jahren statt.«
»Ich weiß, deshalb komme ich in einem Jahr zurück. Und wenn wir schon dabei sind, du könntest mitkommen. Ich muss in einer Woche antworten. Wenn ich ja sage, könntest du mitkommen.«
»Nach London.«
»Ja.«
»Ich komme nicht mit, Krisztina, und du weißt das. Es geht nicht. Wegen meines Großvaters.«
»Ich weiß. Was meinst du also, soll ich gehen?«
»Wenn es dir wichtig ist.«
»Ist es dir wichtig, dass ich bleibe?«, fragte Krisztina.
»Es ist dir wichtig, dass du gehst«, sagte Gordon.

Kurz nach neun Uhr verließen sie die Bar. Krisztina hatten die beiden amerikanischen Sängerinnen gar nicht gefallen, aber Gordon hatte ganz versunken zugehört. Er genoss den Gesang der hübschen, lächelnden Frauen in Tüllröcken und mit weißen Perücken.
»Zeige mir jetzt, wo es passiert ist«, sagte Krisztina und knöpfte ihren Mantel bis zum Hals zu.
»Wo was passiert ist?«
»Die Tote. Wo wurde sie gefunden.«
»In der Nussbaumgasse.«
»Das weiß ich bereits«, sagte sie und ging auf den Lujza-Blaha-Platz zu.
»Wohin willst du?«, rief ihr Gordon nach.
»Dorthin«, antwortete Krisztina. »Ich werde jemanden fragen, in welchem Hausflur sie gelegen hat.«
Gordon holte tief Luft, ließ seine halb aufgerauchte Zigarette auf die Fahrbahn fallen und folgte ihr.

»Wie sah das Kleid aus, das sie anhatte?«, fragte Krisztina, als er sie eingeholt hatte. »Wie waren ihre Fingernägel? Ihre Hände?«
Gordon erinnerte sich, dass sie gepflegte Hände und schöne Fingernägel hatte.
»Und ihr Haar?«
Gordon dachte, Krisztina meinte ihre Frisur, aber darum ging es ihr nicht.
»Ich meine, war es fettig? Schmuddelig? Gefärbt?«
»Nein«, sagte Gordon und schüttelte den Kopf.
Krisztina setzte ihre Fragerei fort, und Gordon antwortete geduldig, soweit er konnte.
»Wo hattest du nur deine Augen?«, fragte Krisztina zwei Ecken weiter. »Du wärst ein hundsmiserabler Detektiv!«
Gordon schwieg, bis sie die Nussbaumgasse erreicht hatten. Vor dem zweiten Haus auf der rechten Seite blieb er stehen.
»Hier hat sie gelegen«, sagte er zu Krisztina. Über ihnen wurde ein Fenster geöffnet.
»Manci! Komm sofort rauf!«, dröhnte eine betrunkene Stimme.
»Und dich interessiert immer noch nicht, was ein jüdisches Freudenmädchen hier zu suchen hatte?«, sagte Krisztina und richtete ihren Blick auf Gordon. »Und noch etwas: Hast du schon mal eine jüdische Hure gesehen? Wenn du meine Meinung wissen willst, die Frage ist nicht, woran sie gestorben ist, sondern, wie aus einem jüdischen Mädchen aus ordentlicher bürgerlicher Familie eine Prostituierte werden konnte.«

Drei

Gordon stand am Morgen leise auf, denn Krisztina schlief noch. Er rasierte sich behutsam und nahm ein sauberes Hemd aus dem Schrank. Dabei achtete er genau darauf, wohin er trat, um den knarrenden Parkettstäben auszuweichen. Krisztina schlief tief und gut wie immer, aber Gordon wollte nichts riskieren. Dann holte er das Glas Marmelade aus dem Kühlschrank, das Krisztina dort geschickt versteckt hatte, zog das Zellophan ab und rührte mit einem kleinen Löffel in der Marmelade. Er hatte mit Schlimmerem gerechnet. Mórs Marmeladen gerieten meistens daneben, wenn sie überhaupt genießbar waren. Diese nun war wirklich essbar. Woraus sie entstanden war, konnte er nicht sagen, aber sie schmeckte. Vielleicht aus Apfel und Stachelbeere. Oder Quitte und Hagebutte. Womöglich hatte der Alte aus Pfirsichen etwas ganz Eigenes fabriziert. Gordon zuckte die Schultern und löffelte den Inhalt des Glases in sich hinein. Im Wohnzimmer nahm er sein Sakko vom Sessel, in der Diele hielt er einen Augenblick vor dem Spiegel inne und rückte seinen Hut zurecht, dann zog er die Wohnungstür hinter sich zu.

Vor dem Haus kehrte der Hausmeister den Gehweg. »Guten Morgen, Herr Redakteur!«, grüßte er fröhlich.

»Auch Ihnen, Iváncsik«, sagte Gordon. In der Kaiser-Wilhelm-Straße wollte er die Straßenbahn nehmen, denn für ein Frühstück im Abbazia war sowieso keine Zeit. Am Zeitungsstand kaufte er eine *8-Uhr-Zeitung*, stieg in die Straßenbahn und war um halb neun in der Redaktion. Es wurde fieberhaft gearbeitet. Fast an jeder Schreibmaschine saß jemand und tippte mit hastigen Fingern. Gordon hatte dafür nur einen flüchtigen Blick, dann stieg er eine Etage höher, wo die Zeitschrift *Ungarn* ihre Redaktion hatte. Hier bot sich ihm der gleiche Anblick. Der Sekretär, der am Haupteingang saß, wusste über jeden hier genau Bescheid.

»Wo der Redakteur Vogel ist, wollen Sie wissen?«, fragte der etwa Fünfzigjährige, dessen Sakko falsch geknöpft war, von seinem Schreibtisch aus zurück. »Bitte ergebenst, da kann der Papst persönlich oder der Fürstprimas gestorben sein, Herr Vogel sitzt im ›New York‹ und beginnt den Tag mit einer warmen Brioche und einem Kaffee. Ein einziges Mal ist es vorgekommen, dass er nicht dort frühstückte, als die Rumänen Pest besetzt hatten. Und nicht etwa, weil da geschlossen war, sondern weil der Herr, wie er sagte, keinen Appetit hatte.«

Jenö Vogel hatte seine Brioche aufgegessen und las jetzt zum Kaffee die gestrigen französischen Zeitungen. Gordon zog sich einen Stuhl herbei und setzte sich zu ihm.

Vogel ließ den *Figaro* sinken. »Sagen Sie, Gordon, was machen Sie sich für Sorgen über den spanischen Bürgerkrieg und die Lage Abessiniens?«

»Soll ich beide Fragen gleichzeitig beantworten oder nacheinander, jede für sich?«

»Beide gleichzeitig.«

»Keine Spur von Sorgen.«

»Und jede für sich?«

»Was soll ich mich da aufregen?«, fragte Gordon zurück. »Mussolini braucht aus irgendwelchen Gründen Abessinien, und er wird es sich nehmen. Und wenn die Spanier sich gegenseitig umbringen wollen, könnte ich höchstens theoretisch Einwände erheben, denn praktisch kann ich nichts tun, das steht fest.«

Vogel zog die Augenbrauen hoch, schob sich das Drahtgestell seiner Brille auf die Stirn und zupfte an seinem fleischigen Ohrläppchen. »Sie sind nicht hier, um mit mir über Abessinien zu reden«, sagte er zu Gordon.

»Nein«, antwortete er. »Sie sind doch mit dem Liebesleben der Innenstadt bestens vertraut, Vogel.«

»Angenommen, ich wäre es«, sagte Vogel misstrauisch.

»Ich suche jemanden.«

»Wer nicht?«

»Besser gesagt, nicht einen, sondern zwei.«

Vogel faltete die Hände vor seinem ansehnlichen Bauch und hörte Gordon mit regloser Miene zu, als der die Tote beschrieb. Dann sagte er: »Ich kenne sie nicht.«

Gordon war nicht verwundert und fuhr fort: »Wer macht Nacktfotos von Mädchen?«

»Wozu wollen Sie das wissen?«

»Ich habe von der Toten ein Nacktfoto gesehen.«

»Wer ist diese Hure für Sie?«

»Niemand.«

»Weshalb interessiert Sie sie dann?«

»Weil das, was ich habe, zu wenig für einen Artikel ist. Haben Sie die *8-Uhr-Zeitung* gelesen?« Vogel nickte. »Da war es auch schon drin. Obwohl ich an Ort und Stelle war, reicht es nicht aus. Das würde auf der siebten Seite nur anderthalb Spalten hergeben.«

»Und Sie wollen auf die zweite Seite.«

»Oder auf die erste.«

Vogel nickte. »Oder auf die erste. Eine Titelblattstory ist eine Titelblattstory.«

»Also?«
»Und was höre ich von Ihnen?« Vogels Brille rutschte auf seinem Kopf höher.
Gordon seufzte. »Im Fall Róna spreche ich nächste Woche mit Gellért.«
»Wovon Sie mir berichten werden«, sagte Vogel.
Gordon schwieg eine Weile. »Gut«, sagte er schließlich.
Vogel winkte dem Kellner, er bestellte Kaffee und Kognak.
»Trinken Sie auch einen Kaffee?«, fragte er.
»Einen schwarzen«, antwortete Gordon.
»Es gibt nicht viele, die solche Aufnahmen machen«, begann Vogel, »und nach allem, was Sie von diesem Foto sagen, kann es nur von einem stammen.«
»Ich höre.«
»Von einem hässlichen alten Gauner, einem Dreckschwein.«
»Ich brauche ein bisschen mehr«, sagte Gordon.
»Er heißt Skublics. Izsó Skublics.«
»Und wo haust dieser Skublics?«
»In der Arader Straße. Unweit vom Hitlerplatz.«
»Auf Sie soll ich mich besser nicht berufen, oder?«
»Sie können sich auf mich berufen, aber das nützt Ihnen nichts.«
Der Kellner kam mit den beiden Kaffees und dem Kognak. Gordon wollte gerade sein Sakko ausziehen, aber Vogel nahm den Kaffee, goss ihn in den Kognak und trank alles in drei Schlucken aus. »Kommen Sie mit in die Redaktion?«, fragte er und stand blitzschnell auf.
»Nein, später vielleicht. Erst mal sehe ich nach Skublics.«
»Er wird Ihnen nicht gefallen, aber sehen Sie nach ihm, wenn Sie es unbedingt müssen.«
Gordon kannte sich in der Gegend aus, schließlich wohnte

auch Mór dort. Gordon war es unmöglich, die Rotunde als Hitlerplatz zu bezeichnen. Wenn etwas Rotunde heißt, dann ist es eine Rotunde und kein Platz. Schon gar kein Adolf-Hitler-Platz. Er hatte gehört, dass auch das Oktogon demnächst in Mussoliniplatz umbenannt werden sollte. Gordon schüttelte den Kopf. Bevor er in die Szinyer Straße einbog, blickte er zum Balkon im ersten Stock eines Hauses an der Rotunde hinauf. Die Balkontür war geschlossen. Er würde es auf dem Rückweg versuchen, vielleicht war Mór bis dahin wieder zu Hause.

Er brauchte das beschriebene Haus nicht zu suchen, er wusste genau, welches es war. Das Haus war der Schandfleck der Arader Straße, ein fünfgeschossiges Mietshaus mit bröckelndem Putz, nach Urin riechendem Hausflur und hungrigen, stinkenden Hunden im Innenhof und auf den Gängen. Wenn er an ihm vorbei musste, benutzte er immer die andere Straßenseite.

Er sprang über eine Pfütze, wahrscheinlich aus Waschwasser, und stieg die Treppe zum fünften Stock hinauf. In einem Stockwerk wurde geschrien, im zweiten balgten sich Hunde, im nächsten verprügelten zwei Kinder ein kleineres. Im fünften Stockwerk ging er den Gang entlang, aber an keiner Tür fand er den Namen Skublics. Schließlich klopfte er an ein Fenster, aus dem es nach Einbrennsuppe duftete. Eine Frau mit Kopftuch, deren Alter schwer bestimmbar war, zog den Vorhang weg.

»Was wollen Sie?«, fragte sie zahnlos.

»Ich suche Skublics«, antwortete Gordon.

»Suchen Sie weiter, ich kenne den nicht.«

»Angeblich wohnt er hier.«

»Mir hat das keiner gesagt.« Die Frau schüttelte den Kopf

und zog den Vorhang wieder zu. Gordon griff in die Tasche, nahm ein Zwei-Pengö-Stück heraus und klopfte damit ans Fensterglas.
»Was denn noch?«
»Das habe ich vor Ihrem Fenster gefunden«, sagte er und zeigte ihr die Münze. Sie langte danach, aber Gordon zog seine Hand weg.
»Welchen Namen haben Sie gesagt?«, fragte die Frau.
»Skublics.«
»Ach ja, das ist was anderes. Ich weiß nicht, was bei dem vorgeht, aber ich muss Ihnen sagen, es interessiert mich auch nicht.«
»Danach habe ich nicht gefragt.«
»Ich weiß auch nicht, was das für Mädchen sind, die immer zu ihm gehen. Morgens und abends.«
»In welcher Wohnung wohnt er?«
»Sehen Sie dort die Dachbodentür?« Die Frau zeigte darauf, Gordon nickte. »Die machen Sie auf, gleich rechts ist eine Tür, da müssen Sie klopfen.« Sie hielt ihm die gekrümmte Hand hin, Gordon legte die Münze hinein und ging zur Bodentür.
Die Tür war kaum zu erkennen, so dunkel war es. Jemand hatte sie ziegelfarben angestrichen, wie das Mauerwerk, genauso verschmutzt war sie auch. Er klopfte an. Keine Antwort.
Gerade wollte er wieder gehen, da löste sich aus dem Dunkel ein knochiges, völlig bleichhäutiges Mädchen. Ihr fettiges, dünnes Haar war zu einem Knoten aufgesteckt, ihre großen Augen weiteten sich erschrocken. Sie trug einen Faltenrock, der kaum ihre dünnen Beine verdeckte, ihre weiße, bestickte Bluse war zwar weit, aber Gordon konnte ihren eingefallenen Brustkorb und die flachen Brüste erkennen. Mit langen Fin-

gern machte sie sich an ihrem Haar zu schaffen. Sie sah ihn furchtsam an.
»Machen Sie keinen Krach hier«, bat sie ihn.
»Wer sind Sie denn?«
»Ich … bin die … Putzfrau von Herrn Skublics«, stotterte sie mit bebender Stimme.
»Und was suchen Sie dann hier draußen?«
»Ich bin zu früh gekommen«, erwiderte das Mädchen. »Wissen Sie, der Herr Skublics ist vormittags nie zu Hause, er geht ins Bad, und ich bin zu früh gekommen.«
»Wann war Ihr Zug hier?«
»Um sechs«, antwortete sie unbedacht, dann fiel es ihr auf, und händeringend fuhr sie fort: »Oje, sagen Sie das niemandem, gnädiger Herr! In Debrecen gibt es keine Arbeit, deshalb bin ich hier, ich habe auch ein Gesindebuch.«
»Für das, was Sie vorhaben, brauchen Sie kein Gesindebuch«, sagte Gordon und musterte sie.
»Zum Putzen doch!«, protestierte sie.
»Schon gut, Kleine. Dazu schon. Glaube mir, aus solchem Putzen wird nichts Gutes.«
»Wie meinen Sie das?«
»Lass nur, Kleine, ich gehe nicht zur Polizei.«
Das Mädchen sank vor ihm auf die Knie, griff nach Gordons linker Hand und bedeckte sie mit Küssen. »Gott schütze Sie, gnädiger Herr! Der Herrgott segne Sie! Wissen Sie, wir sind sechs Geschwister, und ich bin die Älteste, und …«
»Spar dir die Erklärung«, sagte Gordon und zog seine Hand weg. »Ich komme später wieder. Nach dem Mittagessen. Wird Skublics dann hier sein?«
»Die anderen sagen, ja.«

Minuten später erreichte Gordon die Rotunde. Er blieb vor dem Haus seines Großvaters stehen und sah, dass die Balkontür offen stand. Der Alte klapperte vormittags die Märkte ab, um billig Obst zu kaufen, aus dem er Marmelade kochen wollte.

Die Haustür stand offen, Gordon stieg zum ersten Stock hinauf und betrat die Wohnung. Mór hatte sie nicht hinter sich geschlossen, er verhielt sich, als lebte er noch in der Provinz. Den Geräuschen nach machte sich der Alte in der Küche zu schaffen, er schimpfte fröhlich vor sich hin.

»Oh, wie schön!« Sein Gesicht heiterte sich auf, als er Gordon erblickte. Er trocknete sich die Hände über dem Bauch an seinem Sakko ab. Gordon hatte ihm schon verschiedene Schürzen gekauft, aber von denen wollte er nichts wissen. Wie ein alter Kriegsveteran, der stolz seine Verwundungen zur Schau trug, wollte der Alte, dass alle sahen, dass er Marmelade kochte. Das hätte er allerdings auch nicht verbergen können, wenn er gewollt hätte. Schalenstückchen klebten in seinem grauen Bart, und auch die Augenbrauen hatten etwas von der aktuellen Marmelade abbekommen. Nur zu einem Zugeständnis war der Alte bereit: Sein Sakko zog er zwar nicht aus, krempelte aber seine Ärmel und die des Hemdes hoch. Das hatte zur Folge, dass die Manschetten sauber blieben – er zog täglich ein sauberes Hemd an –, das Sakko aber gewissermaßen einen Überblick über Marmeladenkreationen der vergangenen Tage bot.

»Mein Junge, ich habe auf dem Markt erstaunlich günstig Weintrauben bekommen«, sagte er und lächelte Gordon zu. »Ganz erstaunlich günstig. Das Kilo nur achtunddreißig Fillér. Den Rhabarber musste ich mir aus der Markthalle holen, aber es lohnte sich, es hat sich gelohnt. Schau nur, jede

Stange schön fest«, er langte in den Korb, um ihm eine Stange zu zeigen. Gordon schüttelte es, er mochte Rhabarber nicht mal als Kompott.
»Woran arbeitest du gerade, Opa?«, fragte er.
»Oho!«, rief er, »so etwas kennt nicht mal der ›Schleckermeister‹! Fiel mir erst vor ein paar Tagen ein. Marmelade aus Trauben und Rhabarber!«, sagte er triumphierend und rührte in der blubbernden Masse auf dem Herd. »Wenn sie was wird, schicke ich ihm das Rezept.«
Gordon nickte zustimmend. Mór hatte eine fixe Idee. Er wollte mit einem Rezept im *Pester Tageblatt* in der Rubrik ›Schleckermeister‹ erscheinen. Nach dem Tod seiner Frau hatte er alles Vergangene hinter sich gelassen. Er kannte unzählige Leute in der Hauptstadt und entschied sich, aus Keszthely nach Budapest zu ziehen. Hier hätte er seine Praxis ruhig fortsetzen oder aber unterrichten können, aber nein. Der Alte widmete die letzten Jahre seines Lebens nur einem: Er wollte eine Marmelade kreieren, die vom ›Schleckermeister‹ zur allgemeinen Verbreitung empfohlen wurde.
»Du hast doch nicht etwa schon alles aufgegessen, was dir Krisztina vorgesetzt hat?«
»Doch, Opa«, sagte Gordon. »Was für eine Marmelade war das eigentlich?«
Der Alte winkte ab. »Kastanie. Aber inzwischen weiß ich, was ich falsch gemacht habe. Jetzt weiß ich Bescheid, und sobald ich wirklich gute Kastanien auf dem Markt finde, versuche ich es noch einmal.«
»Sie war auch so fein. Von Kastanien habe ich allerdings nichts geschmeckt, aber sie war wirklich gut.«
»Das hier wird dir noch besser schmecken«, rief Mór, öffnete die Tür zur Speisekammer, holte eine kleine Kasserolle her-

vor und stellte sie stolz auf den Tisch. Aus dem Brotkorb nahm er Weißbrot, aus dem Kühlschrank Butter, mit der bestrich er eine Scheibe, und darauf kam die Marmelade aus der Kasserolle. Gordon protestierte nicht. Er hätte gerne verzichtet, Saures vertrug er nicht. Gordon holte tief Luft und biss in das Brot. Der Alte sah ihm mit gerötetem Gesicht zu. Gordon nickte gemächlich, dann schob er die ganze Scheibe hinterher.

»Na? Na?«, fragte Mór.

»Eine Frage nur, Opa, hätte man aus den Weintrauben nicht besser die Kerne entfernen sollen?«

Mór schlug sich an die Stirn. »Oje, das habe ich vergessen.«

»Und den Zucker auch«, murmelte Gordon, aber der Alte hörte das nicht, denn er stand bereits wieder am Herd und rührte in der Marmelade.

»Hör mal, Opa«, fuhr er lauter fort. »Ich habe eine Frage.«

»Eine Frage?«

»Ja.«

»Nämlich?«, fragte der Alte und wandte ihm den Rücken zu.

»Vorgestern Abend hat man in der Nussbaumgasse ein totes Mädchen gefunden. Keine äußeren Spuren, nur das Gesicht war ein wenig blau. Ich gehe noch in die Anatomie, aber was denkst du, woran sie gestorben sein könnte?«

»Junge, das ist keine ernsthafte Frage«, sagte der Alte und drehte sich um. »Da gibt es so viele Möglichkeiten, dass man sie gar nicht alle aufzählen kann. Hat sie sich umgebracht?«

»Ich weiß es nicht.«

»Und wozu willst du das wissen?«

»Weil ich in der Nähe war und einen Artikel darüber schreiben möchte, aber das, was ich bisher habe, reicht nicht aus. Außerdem stimmt mit dem Mädchen etwas nicht.«

»Das wundert mich nicht«, sagte der Alte. »In der Gegend gibt es nur wenige anständige Mädchen.«

»Sie war keine gewöhnliche Hure, Opa, sondern ein jüdisches Mädchen aus einer bürgerlichen Familie.«

»Sag mal, ist in der Anatomie immer noch Doktor Somkuthy der Direktor?«, fragte der Alte.

»Ja, immer noch.«

Mór ging zum Telefon und ließ sich mit dem Institut für Gerichtsmedizin verbinden. Ein paar Minuten, und er sprach mit Doktor Somkuthy. »Das Mädchen wird außer der Reihe obduziert«, sagte er zu Gordon, als er aufgelegt hatte.

»Das war doch nicht nötig, Opa«, sagte Gordon. »Ganz im Ernst, ich hatte dich nur gefragt, welche Ursache der Tod gehabt haben könnte.«

»Mein Junge, seit du beim *Abend* arbeitest, ist dies das erste Mal, dass du eines Artikels wegen etwas von mir wissen willst. Bestimmt ist es wichtig für dich. Außerdem war deine Frage Blödsinn, denn du vor allen anderen müsstest wissen: Wenn jemandem nicht ein Messer im Herzen steckt oder er gerade aus der Donau gezogen wurde, dann ist es fast unmöglich zu sagen, was ihn umgebracht hat. Heute Nachmittag gehst du zur Anatomie.«

Inzwischen hatte es zu regnen begonnen, der Regen fiel in dicken großen Tropfen. Gordon eilte dicht an der Mauer entlang durch die Arader Straße, weil er keinen Regenschirm bei sich hatte. In Skublics' Haus war es jetzt ruhig, nur der Gestank begleitete ihn bis in den fünften Stock hinauf. Er öffnete die Bodentür und sah sich um, aber das Mädchen

war verschwunden. Dann klopfte er an die Wohnungstür. Einige Augenblicke später rief eine heisere, rauchige Stimme:
»Hau ab.«
Gordon klopfte heftiger an die Tür. Diesmal rief die Stimme:
»Was willst du?«
Gordon sagte, die Adresse habe er von Vogel bekommen und er wolle mit ihm reden. Skublics ließ ihn ein. Im dunklen Flur konnte Gordon nur erkennen, dass Skublics ein verkrüppelter alter Mann mit einem albernen Ziegenbart war. Skublics ging voraus und öffnete eine Tür. Gordon stand in einem höchst geschmackvoll eingerichteten Wohnzimmer: Stilmöbel, Ledersessel, orientalischer Teppich, Kristallleuchter, an den Wänden Gemälde. Nur eines fehlte, ein Fenster. Gordon ahnte, dass es für diese Wohnung einen zweiten Ausgang gab. Es fiel ihm schwer zu glauben, am richtigen Ort zu sein. So hatte er sich die Wohnung des Winkelfotografen nicht vorgestellt, wenngleich er nicht hätte sagen können, wie. Obendrein konnte er nichts entdecken, was darauf hingewiesen hätte, dass Skublics fotografierte.
»Was wollen Sie?«, fragte Skublics diesmal etwas höflicher. Gordon sah ihn sich genau an. Der Krüppel trug einen gutgeschnittenen Anzug, die Kette seiner Taschenuhr war aus Gold. Seine Hände waren knochig, die langen Finger erinnerten an einen Sperber. Die Fingernägel hatte er lang wachsen lassen, was bei Gordon den Eindruck verstärkte, er rede mit einem Raubvogel. Die Augen saßen tief, die Gesichtshaut war schlaff, bleich und durchsichtig wie Pergament. Er redete flink, spuckte die Worte geradezu aus. »Was wollen Sie? Ich möchte nicht noch einmal fragen. Mich interessiert nicht, ob Vogel oder ein anderer Sie geschickt hat. Raus damit.«

Gordon senkte für einen Augenblick den Kopf, er holte Luft, um Skublics zu antworten, da öffnete sich eine Wandtür, und das knochige Mädchen trat ein. Ihre Bluse war aufgeknöpft. Als sie Gordon sah, senkte sie den Blick und verschwand dorthin, woher sie gekommen war.

»Was ich will?«, fragte er drohend.

»Was Sie gesehen haben, geht Sie nichts an«, sagte der Krüppel. »Gehen Sie wieder.«

»Erst, wenn Sie meine Frage beantwortet haben. Sie haben ein Foto von einem jungen, höchstens zwanzigjährigen, schwarzgelockten Mädchen gemacht.«

»Ich erinnere mich nicht.«

»O doch.« Gordon trat auf ihn zu. Skublics wich nicht zurück.

»Ein jüdisches Mädchen mit grünen Augen. Mit einem großen Muttermal am linken Arm.«

»Ich erinnere mich an kein jüdisches Mädchen.«

»Nein?«

»So ist es.«

»Und was will dieses Mädchen bei Ihnen?«

»Ich habe sie porträtiert.«

»In ganzer Größe. Nackt.«

»Es ist meine Sache, wen ich wie fotografiere. Ich richte mich nach meinem Auftraggeber.«

»Ihr Auftraggeber?«

»Ja.«

»Weiß die Sittenpolizei von Ihrem kleinen Geschäft?«

Skublics bekam einen roten Kopf. Gordon war zu weit gegangen. Er hätte den Krüppel nicht bedrohen sollen, zumindest jetzt nicht und nicht so. Er konnte ihm nichts nachweisen, und es war nicht ausgeschlossen, dass die Sittenpolizei über Skublics' Tätigkeit Bescheid wusste. Was brächte es ihm, wenn er Anzeige erstattete? Erst mal gar nichts. Solange er nicht herausbekommen hatte, was er wollte, konnte er nichts unternehmen. Er war sich sicher, dass Skublics das Mädchen fotografiert hatte, doch von ihm würde er so nichts erfahren.

»Ich empfehle Ihnen, hauen Sie ab«, zischte Skublics.

»Ich komme wieder«, sagte Gordon, machte kehrt und warf die Tür hinter sich zu.

Der Große Ring war jetzt zum Leben erwacht. Zwar war der Lärm und das Menschengedränge geringer als an normalen Donnerstagen, doch das Leben kehrte in die Stadt zurück.

Der Katafalk von Gömbös sollte ab drei Uhr nachmittags im Kuppelsaal des Parlaments zur Schau gestellt werden; vor der Trauerzeremonie am Sonnabend wollten ihm viele Menschen dort die letzte Ehre erweisen. So las Gordon in der Straßenbahn auf dem Weg zur Redaktion im *Pester Tageblatt*. Recht so, sagte er sich, das breite Publikum kann ihm die Ehre erweisen, aber der Kuppelsaal ist nur mit einer Einladung zu betreten. Er musste beruflich dort sein, und ihm graute davor. Er wollte keine offenen Särge sehen und erst recht nicht die Toten darin. Es widerstrebte ihm, am Parlament zu stehen und mit dem Leichenzug zum Kerepeser Friedhof zu laufen.

Kaum hatte er die Redaktion betreten, da begrüßte ihn sein Chef Gyula Turcsányi mit Gebrüll. »Einen schönen guten Morgen, Herr Redakteur Gordon! Dürfte ich mal wissen, wo um alles in der Welt Sie sich rumgetrieben haben? Die gesamte Redaktion arbeitet auf Hochtouren, und Sie bummeln vergnügt in der Stadt umher.«

Gordon hätte am liebsten kehrtgemacht, aber er hielt den Blicken Turcsányis stand. »Ich habe gearbeitet«, sagte er ruhig.
»Gearbeitet?«, echote Turcsányi. »Sie sagen, Sie hätten gearbeitet? Und woran, wenn ich fragen darf?«
»Am Fall Róna«, antwortete Gordon.
»Wen zum Teufel interessiert der denn noch?«, fauchte Turcsányi. Jetzt drehten sich auch die um, die bisher eifrig getippt hatten. Turcsányi konnte blasphemisch fluchen, wenn er sich ärgerte. »Sie haben hier Ihren Platz, nicht sonst wo. Róna ist von gestern, falls Sie das nicht mitbekommen haben. Wir sind eine Tageszeitung mit Nachrichten von heute. Das sagt schon der Name! Nachrichten brauchen wir, Gordon, Róna ist längst keine Nachricht mehr.«
»In der Theresienstadt ist ein totes Mädchen gefunden worden. Ein jüdisches Mädchen.«
»Eine Jüdin? Meinetwegen kann sie ein Hindukind sein. Und ich will Sie gar nicht erst fragen, warum Sie das nicht mit mir abgesprochen haben.« Turcsányi winkte ab, allmählich verflog seine Wut. »Und jetzt setzen Sie sich hübsch an Ihren Schreibtisch und stellen zusammen, was die internationale Presse über den Ministerpräsidenten schreibt. Wenn Sie fertig sind, geben Sie mir den Artikel. Und wenn Sie morgen Mittag nicht am Katafalk stehen, versetze ich Ihnen einen Tritt, dass Sie bis nach Hamburg fliegen und mit dem ersten Schiff nach Amerika abdampfen können.«
Gordon seufzte tief, dann erwiderte er wortlos Turcsányis Blick. Eine halbe Minute starrten Sie sich an. Turcsányi, der leicht übergewichtige Redaktionschef, über vierzig, glattrasiert, mit gehetztem Blick, und Gordon, die Hände in den Hosentaschen, mit starrem, unerbittlichem Blick. Turcsányi

drehte schließlich den Kopf weg und hastete in sein Zimmer. Der Chef riss den Mund zwar weit auf, überspannte den Bogen aber nicht. Er wusste genau, dass er einen wendigeren Redakteur als Gordon nicht finden würde. Darüber war sich nicht nur Turcsányi im Klaren, sondern auch Gordon.

Auf seinem Tisch häuften sich die Tageszeitungen aus aller Welt. *Der Abend* lag druckfrisch auf seiner Schreibmaschine. Er las im politischen Nekrolog: »Es ist sein Verdienst, dass mit ihm nicht das ganze Land beerdigt wird.« Das schrieb der stellvertretende Chefredakteur, der Gömbös dafür lobte, dass er die verfassungsmäßige Regierung nicht gegen eine fremdländische Diktatur eingetauscht hatte. Gordon legte das Blatt weg und setzte sich. Ihn interessierte vor allem, welchen Ton ein Artikel anschlug, in welche Richtung er ging. Er nahm das erste Blatt vom Stoß. *Popolo di Roma* begann mit der Feststellung, Gömbös sei ein aufrichtiger Freund Italiens gewesen. Und natürlich Mussolinis. Und Hitlers. *The Times* nannte den Ministerpräsidenten einen »starken Mann Ungarns« und drückte das so aus: »Gyula Gömbös, Anhänger des Einparteiensystems, hätte Ungarn am liebsten militärisch durchorganisiert und jeden anständigen Ungarn durch Musterung in seine Partei aufgenommen. Er ließ sich nur durch das Wissen um den Stolz seines Volkes davon abhalten, die uralte ungarische Verfassung zu brechen.« Gordon verstand das nicht recht, aber er unterstrich es. Nach Meinung der konservativen *Morning Post* würde die Beisetzung von den Deutschen »zur Demonstration der ungarisch-deutschen Solidarität genutzt werden«. Dann nahm er sich die französischen Zeitungen vor. Im Kommentar des *Figaro* war zu lesen: »Gömbös war von leidenschaftlicher Vaterlandsliebe durchdrungen. Er arbeitete unermüdlich an der Wiedergeburt seines Vaterlandes, sein Ziel war die Wiedererstehung Großungarns. Es ist zu befürchten, dass ihn der deutschfreundliche Geist überleben wird. Sicher sind im Kurs der ungarischen Außenpolitik keine großen Veränderungen zu erwarten.« Er suchte sich die deutschen Blätter aus dem Haufen und las weiter, dann zog er die Schreibmaschine heran und begann zu tippen: »Die deutschen Zeitungen betrauern in Gyula Gömbös den feurigen ungarischen Patrioten, den Staatsmann von europäischem Rang und den aufrichtigen Freund des nationalsozialistischen deutschen Reiches, der unter den ausländischen Staatsmännern als Erster politische und persönliche Beziehungen zum Kanzler Hitler und zum Ministerpräsidenten Göring aufbaute.«

Es war sieben Uhr vorbei, als er den Artikel fertiggestellt hatte. Ihm dröhnte der Kopf von den hohlen Phrasen, und er bereute es, den Nekrolog im *Abend* gelesen zu haben, der auch nur ähnliche Beiträge enthalten hatte. Seinen Artikel trug er zu Turcsányi, der noch einmal brummte, er solle morgen rechtzeitig am Parlament sein. Gordon nickte, dann griff er nach Mantel und Hut.

Er wollte nach Hause gehen, aber da fiel ihm ein, dass das Mädchen seziert worden war. Wieder war es regnerisch, Nebel legte sich auf die Stadt, aber nichts hinderte die Zeitungsjungen daran, sich gegenseitig mit der Bekanntmachung zu überschreien, dass Darányi jetzt der geschäftsführende Ministerpräsident sei. Gordon winkte ab. War er das bisher nicht schon gewesen?

Er kam an der Nussbaumgasse vorbei und warf einen Blick hinein, aber außer einigen Menschen, die sich im Nebel verloren, sah er niemanden. Er hatte nichts anderes erwartet. Aber das Bild des Mädchens, das wie eine Stoffpuppe auf der Erde

lag, wollte ihm nicht aus dem Kopf gehen. Es ließ ihn an einen seiner ersten Artikel denken, den er im Dezember 1922 für die *Ungarische Philadelphia-Zeitung* geschrieben hatte. Genauer, am 23. Dezember. Ein Mädchen namens Mariska Ifjú hatte sich umgebracht. Über den Grund für die Tat wusste auch ihre Mutter nichts. Das Mädchen hatte Tabletten geschluckt, viele. Der damalige Redakteur, Ferenc Pórtas, hatte den kaum zweiundzwanzigjährigen Gordon hingeschickt. Der Chefredakteur und Blattinhaber Béla Green hatte darauf bestanden, dass darüber geschrieben wurde. Das junge Mädchen hatte mit seiner Mutter im westlichen Stadtteil von Philadelphia gelebt. Sie war die erste Leiche, die er in seinem Leben zu sehen bekommen hatte. Mariska lag vor ihrem Bett, den Kopf ans Gestell gelehnt. Gordon war nicht sicher, ob die Mädchen wirklich in ähnlicher Körperhaltung dagelegen hatten oder ob seine Phantasie ihm einen Streich spielte.
Vielleicht hätte er sich mit dem toten jüdischen Mädchen gar nicht weiter beschäftigt, hätte ihm nicht Vogel mit der Story für die Titelseite einen Floh ins Ohr gesetzt. Eine Titelseitenstory könnte wirklich nicht schaden, schon, um Turcsányi eine Zeitlang den Mund zu stopfen. Und dann war da noch etwas: Er schrieb schon so lange über Kriminalfälle, dass er einen sechsten Sinn dafür entwickelt hatte, wenn etwas nicht stimmte. In solchen Fällen regte sich etwas in seinem Magen. Es war lange her, dass er dieses Gefühl verspürt hatte. Wenn er für einen Artikel Daten sammelte, mitunter sogar bei der Ermittlung half, trieb ihn normalerweise nicht der Wunsch, die Wahrheit aufzudecken. Für ihn war das ein überflüssiger Zeitvertreib. Die führenden ungarischen Detektive sprachen von der Aufdeckung der objektiven Wahrheit. Gordon hatte zwar nicht Philosophie studiert,

aber er ahnte, dass es sie nicht gab. Und selbst, wenn er die Wahrheit aufdeckte, was würde sie ihm bringen? Was ihn wirklich interessierte, war der Mensch, sein Schicksal, auch wenn er sich das kaum eingestand. Der Tod war die Endstation jeden menschlichen Schicksals, dorthin musste jeder irgendwie gelangen. Und der Weg dorthin interessierte ihn. Er war sich nicht sicher, ob er die Menschen liebte, aber ihr Schicksal machte ihn neugierig.

Am Apponyi-Platz nahm er die Straßenbahn 5. Schon wieder waren die Tarife erhöht worden, man kam kaum noch hinterher. Gordon gab dem Schaffner einen Pengö, das Wechselgeld steckte er in die Manteltasche. Er setzte sich auf die kalte, feuchte Holzbank im hinteren Teil des Wagens. Auf der Straße herrschte lebhafter Verkehr. Pferdewagen, Busse und Autos strömten stadtauswärts. Der Tag ging zu Ende.

Ein Glück nur, dass ein Auto laut zu hupen begann, denn als er aufsah, bemerkte er, dass die nächste Station seine war. Er stieg aus, und im Nebellicht der Laternen ging er auf das Gebäude aus rotem Backstein zu. Das Institut für Anatomie war ihm vertraut. Auch hier kannte ihn der Pförtner und ließ ihn sofort ein. Gordon stieg die Treppe hinunter, alles lag in kaltem Licht. Am Tisch vor dem Leichensaal saß Doktor Pazár und aß sein Abendessen. Brot, Speck, rote Zwiebeln, dazu Bier aus einer Flasche mit Schnappverschluss. Doktor Pazár, kräftig und mit kahlem Kopf, bedeutete Gordon, er solle sich setzen.

»Möchten Sie etwas davon?«

»Ich habe gegessen«, antwortete Gordon.

»Zu wem wollen Sie?«, fragte mit vollem Mund Doktor Pazár. Gordon mochte ihn sehr. Der Prosektor hatte viele Jahre in Westindien als Arzt auf einem Passagierschiff gearbeitet,

aber dann hatte er die Sonne und auch die Reisenden sattgehabt. Als er nach Hause zurückkehrte, nahm er die Stelle in der Anatomie gerne an. Die Nachtschichten störten ihn nicht. Ich war lange genug in der stechenden Sonne, hatte er zu Gordon gesagt. Er liebte die Stille, das Alleinsein, das kalte Licht und seine jetzigen Patienten, die früher vielleicht einmal Rabauken gewesen sein mochten, sich aber nun, so wie sie vor ihm lagen, über nichts mehr beschwerten.
»Zu einem Mädchen, sie wurde vorgestern hergebracht.«
»Zur gerichtlichen Obduktion?«
»Ja.«
»Hübsch, jung, schwarzhaarig?«
»Ja.«
Doktor Pazár nickte, dann zog er sein Zigarettenetui heraus, hielt es Gordon hin, nahm sich selbst eine. Gordon mochte die ungewöhnlichen, würzigen Zigaretten des Prosektors. Er hatte ihn mehrmals danach gefragt, aber Pazár verriet nicht, woher er sie bekam. Der Doktor nahm einen tiefen Zug, dann legte er die Zigarette in den Aschenbecher, schluckte den letzten Bissen, trank das restliche Bier und lehnte sich zufrieden zurück. Er griff nach der Zigarette, nahm noch einen Zug und sprang plötzlich auf. »Kommen Sie, sehen wir uns das Mädchen an!« Er öffnete die Glastür, Gordon folgte ihm. In der Mitte des Raumes blieb der Doktor stehen. Links befanden sich die Kühlkammern, in der Mitte stand der Seziertisch, dahinter einige mit weißen Tüchern bedeckte Bahren. Pazár ging zu der einen, zog sie heran und schob sie unter die Deckenleuchte. Er knipste das Licht an, dann nahm er das Tuch vom Kopfende und deckte das Mädchen bis zur Hüfte auf. Auf dem Brustkorb war der Y-Schnitt zu sehen. Ihr Gesicht war bleicher als beim letzten Mal. Die

Augen hatte man ihr geschlossen, das schwarze Haar war feucht nach hinten gekämmt. Beide Hände lagen am Rumpf, das Muttermal war deutlich zu erkennen. Die Brüste waren auch jetzt noch so straff wie auf dem Bild, der Bauch flach, nur der Schnitt entstellte ihn. Gordon war dem Doktor dankbar für die würzige Zigarette.

»Ich weiß nicht, wer mich gedrängt hat und warum, ist auch egal«, meinte Pazár. »Wollen Sie nur zuhören, oder soll ich es Ihnen zeigen?«

»Zeigen.«

»Ursache des Todes ist eine intensive innere Blutung, verursacht durch einen starken Schlag auf die epigastrale Region. Der linke Leberlappen ist verletzt, durch die Leberruptur kam es zu einer inneren Blutung und zu einem Atmungs- und Kreislaufversagen. Das löste den Tod aus, der nach meiner Schätzung etwa fünf Minuten nach dem Schlag eintrat.«

»Umgangssprachlich?«

»Jemand hat ihr so in die Magengrube geschlagen, dass sie daran gestorben ist.«

»Ich verstehe.« Gordon nickte. »Wie stark muss der Schlag gewesen sein, den sie bekommen hat? Mich hat man auch schon in die Magengrube geschlagen, aber ich bin nicht daran gestorben.«

»Wie stark? Genau kann ich das nicht sagen, aber der Schlag war gewaltig. Sehr stark, und er hat das Opfer unvorbereitet getroffen, überraschend.«

»Genau gesagt, jemand hat ihr erbarmungslos eins übergezogen.«

»So kann man es sagen.«

»Ich verstehe«, sagte Gordon wieder und ging zur Tür. Pazár

zog das Tuch über die Leiche, schob die Bahre zurück, löschte das Licht und folgte Gordon. Der gab ihm die Hand. »Danke.«

»Schon gut«, sagte Pazár. »Schade um sie. War ein schönes Geschöpf.«

Gordon nickte langsam. »Ja, das war sie wohl.«

»Irgendwer war dagegen, dass ihr Kind zur Welt kommt«, bemerkte Pazár trocken. »Sie war im vierten Monat schwanger.«

Vier

Als Gordon gegen sechs Uhr morgens aufwachte, lag Krisztina nicht neben ihm. Er stand auf und ging ins Wohnzimmer. Krisztina hatte es sich in einem Sessel am Fenster bequem gemacht. Auf dem Fußboden lagen einzelne Blätter, auf dem kleinen Tisch neben ihr dampfte Kaffee.

»So zeitig stehst du auf, um zu arbeiten?«, fragte Gordon.

»Ich bin wach geworden, und da nehme ich mir lieber meine Arbeit vor, statt mich im Bett zu wälzen und deinem Schnarchen zu lauschen.«

Gordon beuge sich hinunter und küsste sie. »Hast du für mich auch Kaffee gekocht?«

»Ja, und weil es bei Meinl deine Sorte nicht gab, bin ich extra zu Arabs einkaufen gegangen.«

»War doch nicht nötig«, sagte Gordon. In der Küche goss er sich einen Schwarzen ein, verdünnte ihn mit Milch und setzte sich dann zu Krisztina. »Bist du heute den ganzen Tag hier?«

»Ja«, antwortete Krisztina. »Ich muss dieses Projekt fertig machen, und es ist gut, wenn ich den heutigen Trauertag dazu nutze.«

»Ich muss gleich gehen«, sagte Gordon. »Die ganze Redaktion ist mit der Beisetzung beschäftigt.«

»Aber der Trauerzug beginnt doch erst nach elf«, warf Krisztina ein.

»Ja«, antwortete Gordon. »Da habe ich gerade noch Zeit, Csuli ausfindig zu machen.«

»Den berüchtigten Csuli?«

»Ja.«

»Dann pass gut auf dich auf.«

Die Redaktion war, vom Diensthabenden abgesehen, leer. Die Schreibmaschinen standen still auf den Tischen, überall Notizblätter und volle Aschenbecher – so ausgestorben hatte Gordon die Redaktion am Tage noch nie gesehen. Sogar Turcsányi war nicht da, und der pflegte immer da zu sein. Gordon sah auf seine Uhr, es war kurz nach halb acht. Er würde noch erledigen können, was er sich für den Vormittag vorgenommen hatte, und dennoch pünktlich am Parlament sein.

Auf dem Lujza-Blaha-Platz waren zu so früher Stunde wenig Menschen. Überall hingen schwarze Fahnen, an der Rákóczistraße standen Polizisten, von Schaulustigen und Bummlern keine Spur. Er bog in die Lindengasse ein und ging zum Gasthaus Klette. Die Tür stand einen Spaltbreit offen, aber es war offiziell noch kein Betrieb. In dem länglichen Raum standen insgesamt neun Tische, links sechs, rechts drei. Ganz hinten ein Klavier, daneben die Theke. In der Ecke gab es eine Tür, die zur Küche führte. Die Tische waren sauber eingedeckt, an der Theke stand niemand. Gordon hatte Glück. Am hinteren Tisch links saß Samu der Heisere, total besoffen. Der schmächtige Mann trug ein speckiges Sakko, um den Hals einen roten Schal, auf dem Kopf eine zerdrückte Mütze. Angeblich war er einmal in Paris gewesen – von welchem Kleingeld, wer wusste das schon –, und seither versuchte er, sich pariserisch zu kleiden. Samu gehörte zu Csulis Bande, genauer, er war ihr Kundschafter. Gordon hatte bisher noch keine Verbindung zu Csuli. Der fürchtete Gordon aus irgendwelchen Gründen und hatte vor ihm großen Respekt.

Gordon klopfte laut auf die Theke. Samu hob seinen Kopf, sah ihn mit seinen wässerigen Augen an, erkannte ihn aber nicht. Auf das Klopfen hin erschien die Zapferin, ein dickes Weib um die fünfzig mit abstehenden Haaren. Sie wischte sich die Hände an der Schürze ab.
»Wir haben noch geschlossen«, sagte sie zu Gordon.
»Ich weiß, aber da sitzt jemand, der ist am Verdursten«, sagte er und deutete auf Samu.
»Es gibt nichts auf Kredit.«
»Nicht nötig.« Gordon legte vierzig Fillér auf die Theke. »Und geben Sie ordentlichen Pflaumenschnaps, nicht so ein Gift.«
Die Frau wollte etwas antworten, überlegte es sich aber anders. Sie putzte sich die Nase, zog eine Flasche unter der Theke hervor, entkorkte sie und füllte zwei Schnapsgläser.
»Den Rest können Sie behalten«, sagte Gordon, nahm die Gläser und setzte sich zu Samu, der mit gesenktem Kopf schnarchte. Gordon hielt ihm ein Schnapsglas unter die Nase, da hörte er mit dem Schnarchen auf, hob den Kopf und musterte mit verwirrtem Blick erst das Schnapsglas und dann Gordon. Der stellte das Glas vor ihn hin. Samu überlegte nicht lange. Mit zitternden Händen langte er nach dem Glas und leerte es. Gordon sah interessiert zu, wie das Leben in seine Augen zurückkehrte.
»Was wollen Sie von mir, Herr Redakteur?«, fragte er mit tiefer, einem Räderknarren ähnlicher Stimme.
»Bring mich zu Csuli, Samu.«
»Zu Csuli?«
»Genau zu dem.«
»Aber Csuli wird das nicht gefallen.«
»Es wird ihm nicht gefallen, Samu, wenn er erfährt, dass du mich nicht hingebracht hast, denn es wäre wichtig.«

»Wie wichtig?«
»Sehr wichtig«, sagte Gordon. »Komm, wir haben keine Zeit.«
Samu brummte noch etwas vor sich hin, sah aber ein, dass es besser für ihn war, wenn er tat, was Gordon von ihm verlangte. Er zog seinen Schal gerade, knöpfte die Jacke zu, stand wackelig auf und ging auf die Tür zu.
»Soll ich das zurückschicken?«, fragte Gordon und deutete auf das zweite Glas.
Samu drehte sich blitzschnell um, kam zurück und leerte auch dieses Glas. Danach nickte er. »Glauben Sie mir, Herr Redakteur, ein besseres Frühstück bekommt man nirgends.«
»Wenn du es sagst.«
Aus der Klette gingen sie zur Rákóczistraße, voran Samu, dahinter Gordon. Unterwegs bedeutete der Kundschafter seinen für Gordon unsichtbaren Leuten durch Handzeichen, alles sei in Ordnung, keine Gefahr, ich kenne ihn, er gehört zu mir. Gordon musste genau aufpassen, um mitzubekommen, mit wem Samu kommunizierte. An einem Fenster sah er eine Frau, die zusah, wie Samu mit der linken Hand seine Jacke glatt strich. Ein Mann, der an der Wand lehnte, beobachtete, wie er mit der rechten Hand am linken Ohrläppchen zog, und aus einem Hausflur glühten die Augen eines Halbwüchsigen, als Samu den Schirm seiner Mütze gerade zog. Gordon stellte fest, dass Vogel mit seiner Artikelserie beste Arbeit geleistet hatte. Alles war so, wie er es beschrieben hatte. Die Bande beobachtete tatsächlich zu jeder Zeit die Umgebung.
Am Kálmán-Tisza-Platz standen düstere, alte Häuser, die Bäume wirkten traurig, der Rasen war kaum noch als solcher zu bezeichnen, nur hier und da sah man ein paar grüne

Büschel. Über das Kopfsteinpflaster ratterte ein Pferdewagen, das Echo wollte nicht verstummen, es brach sich an den Häuserwänden. Gordon wandte sich zu Samu und sah, wie der heftig zu gestikulieren begann: Er hockte sich plötzlich hin, band seine Schnürsenkel, stand langsam auf, strich sich übers Jackenrevers, blies schließlich auf die Nägel seiner linken Hand und wischte sie an der Hose ab. Gordon verstand diese Sprache nicht, er sah auch nicht, mit wem sich Samu so lebhaft verständigte.

»In dem Haus dort wohnt er. Im zweiten Stock rechts, die erste Tür«, sagte Samu, machte kehrt und verschwand ungewöhnlich schnell Richtung Barossplatz. Gordon sah sich um, aber niemand war zu sehen. Auf dem Weg zu dem Haus musste er Hundehaufen und Pferdeäpfel umrunden. Als er sich dem Haus näherte, öffnete sich die Tür. Er konnte nicht sehen, wer sie geöffnet hatte, die Person blieb unsichtbar. Er stieg in den zweiten Stock hinauf und klingelte an Csulis Tür. Einige Minuten später hörte er drinnen Gemurmel, dann ging die Tür auf. Ein Mann erblickte ihn und schmiss die Tür sofort wieder zu.

»Lass das, Csuli, du weißt selber, dass es überflüssig ist, du weißt längst, dass ich komme. Lass mich rein«, sagte Gordon laut. Csuli schwieg. »Du wohnst hier in einem schönen Haus«, fuhr Gordon fort. »Drin ist es bestimmt noch schöner als draußen. Aber wieso sag ich dir das, du bist ja nicht zufällig hierhergezogen. Die Nachbarn wissen bestimmt, womit du dein Brot verdienst. Also, Csuli, ich brauche ein Mädchen.«

Gordon versuchte, sich in Csuli zu versetzen. »Ein knackiges Dorfmädel. Eine feurige also, nicht so ein langweiliges Tuttelchen, sondern eine, die man …«

Plötzlich öffnete sich die Tür, und eine derbe Hand riss Gordon ins Innere. Die zur Hand gehörige Person warf die Tür zu und ging dröhnenden Schritts ins Wohnzimmer. Gordon folgte ihm. Er war überrascht, mit so einer Wohnung hatte er hier nicht gerechnet. Als wäre er im IV. Stadtbezirk, irgendwo am Szervitaplatz, in eine elegante, großbürgerliche Wohnung geraten. Daran gemessen war Izsó Skublics' Wohnung kümmerlich. In einer Ecke stand ein dreitüriger Neobarockschrank, auf der Mitteltür handgeschnitzt die drei Grazien. Hinter den zwei Glastüren wertvolles Porzellan. An der Vorderfront des Schreibtisches, der zu einer Garnitur gehörte, war das Schnitzbild einer Burg zu sehen, vielleicht die von Sümeg, dachte Gordon. Hinter dem Schreibtisch ein Stuhl wie ein Thron. Dazu Sessel, die in einen dicken Perserteppich einsanken, und ein Tisch mit Löwenbeinen. An den Wänden hingen Ölgemälde und Graphiken moderner Maler, vor dem Fenster ein schwerer Brokatvorhang. Davor ein Sofa, und auf dem Sofa saß Csuli in piekfeinem Anzug und blankgeputzten Schuhen. Gordon fragte sich, ob Csuli sich schon so zeitig in Schale geschmissen hatte oder gar nicht erst zu Bett gegangen war. Er hatte den Bandenhäuptling vorher nie gesehen, nur gehört, dass er aussehe, wie der Blonde Spitzbart.

Einen Augenblick stand er verblüfft an der Tür. Auf dem Sofa saß, so schien es tatsächlich, der berühmte Komiker, der Blonde Spitzbart persönlich. Das war ja nicht möglich, Gordon wollte seinen Augen nicht trauen. Die gleiche Figur, das gleiche blonde Haar, das gleiche Doppelkinn, das gleiche genießerische Lächeln, genau so kannte er ihn aus den Filmen. Nur die Brillen unterschieden sich. Der Komiker trug ein rundes Schildpattgestell, Csulis Brille hatte rechteckige

Gläser. Sein Blick wirkte kalt und berechnend, es ging eine Bedrohung von ihm aus.

»Ich weiß, Sie haben einen Namen, ich dagegen habe Verbindungen, deshalb verlange ich, dass Sie sofort …«

»Du verlangst?« Gordon ließ sich in den Löwensessel am runden Tisch sinken. »Du verlangst? Merkwürdig. Was verlangst du? Bestenfalls einen Anwalt. Mit deinen kleinen Geschäften ist es vorbei, Csuli. Mal sehen, was du verlangst, wenn die Polizei dich abholt. Ich glaube, du bist zu weit gegangen.«

»Wovon reden Sie?«, sagte Csuli und stand überraschend schnell auf, wenn man seine Körperfülle und die frühe Stunde bedachte.

»Von dem jüdischen Mädchen, das Dienstagnacht in der Nussbaumgasse tot aufgefunden wurde.«

»Ich weiß nichts von der.«

»Ich würde an deiner Stelle auch besser nichts wissen«, meinte Gordon. »Es ist nur so, dass alle anderen wussten, dass das Mädchen zu dir gehörte.« Gordon beobachtete, ob sein Bluff wirkte.

»Von wem reden Sie, Elender?«

»Oh, ich sehe, du kennst sie wirklich nicht«, sagte Gordon und stand auf. »Dann muss ich mich entschuldigen, es war ein Irrtum.«

»Sicher war das ein Irrtum. Da kommen Sie am frühen Morgen, brechen meine Tür auf, krakeelen auf dem Korridor herum und verbreiten lauter Lügen.«

»Ich muss mich noch einmal entschuldigen. Ich dachte nur, bevor ich den Artikel schreibe, versuche ich doch, mich mit dir zu einigen. Ich wusste, du würdest leugnen, aber ich wollte es immerhin versuchen. Ich schreibe, dass du es leugnest.«

»Was leugne ich? Was wollen Sie schreiben?«
»Ich dachte so ungefähr: Csuli, der Bandenchef von der Lindenstraße, leugnet, dass das tot aufgefundene Mädchen für ihn gearbeitet hat.«
»Das können Sie nicht schreiben, das stimmt nicht.«
»Weißt du, ich hatte nicht gehofft, dass du es zugibst. Die Wahrheit ist, dass ich bei dir war und du es leugnest, das kann ich schreiben. Schließlich ist eins von deinen Mädchen umgebracht worden.« Gordon drehte sich um und ging zur Tür. Jetzt oder nie, dachte er und sagte zu Csuli gewandt: »Was kann schon passieren? Sie stecken dich für ein paar Wochen in den Knast. Aber inzwischen läuft dein Geschäft weiter, wie?«
Auf Csulis Stirn zeigten sich Schweißperlen. »Sie wissen selber, dass es dann aus ist mit mir.«
»Ich weiß, ich weiß, aber ich kann nichts dafür. Wäre sie eine einfache Hure vom Lande gewesen, würde ich sagen, das kann vorkommen. Aber sie war eine Jüdin aus einer guten Familie. Schlimmer noch als die Polizei wird die Öffentlichkeit auf die Nachricht reagieren, dass das Mädchen schwanger war. Eine werdende Mutter auf die Straße schicken! Bist du denn noch ein Mensch, Csuli? Der Tod einer Schwangeren ist auch dann ein Skandal, wenn sie eine Hure war, vor allem, wenn ihr in einem Hausflur so heftig in den Bauch geschlagen wurde, dass sie daran starb. Der Prosektor sagt, der Tod sei nicht sofort eingetreten, dafür aber umso schmerzhafter gewesen, sowohl für das Mädchen als auch für das Ungeborene.«
Csulis Gesicht war anzusehen, was ihm alles durch den Kopf ging. Wie schnell er kalkulierte, dividierte und multiplizierte, bis er einsah, er musste einlenken. Gordon ging zur Tür.

Er hatte sie noch nicht erreicht, als Csuli ihm nachrief: »Eine Zeitlang gehörte das Mädchen mir, aber sie hat nicht mehr für mich gearbeitet.«
Gordon drehte sich um, steckte die Hände in die Hosentaschen und hörte Csuli schweigend zu.
»Laboranten-Józsi hatte das Mädchen angeschleppt. Es ist Monate her. Ihren Namen hat er nie genannt. Aber sie war ein verdammt hübsches Ding. Ich weiß nicht, wie Laboranten-Józsi an die rangekommen ist. Der hat immer solche Frauen ...« Er winkte ärgerlich ab. »Wir kannten ihren Namen nicht, wussten auch nicht, woher sie kam. Gar nichts. Nur, dass sie hübsch, jung und eine Jüdin war.« Csuli saß inzwischen wieder auf dem Sofa und wischte sich mit dem Taschentuch über das Gesicht. »Sie war bei den Kunden so beliebt, dass es sich herumsprach. Eines Tages erschien ein Herr in Pelzmantel, Melone und Spazierstock, der wollte mit mir reden. Wir redeten miteinander. So einem Herrn kann man nichts abschlagen. Am Tag darauf war das Mädchen verschwunden.«
»Einfach so. Nur so?«
»Nun ja«, stöhnte Csuli, »so einfach nicht.«
»Wie viel hat er dir gezahlt?«
Csuli hob den Blick. »Das dürfen Sie nicht schreiben.«
»Siehst du in meiner Hand ein Notizheft? Einen Bleistift?«
»Sie schreiben es nicht?«
»Das hängt ganz von dir ab. Wenn du mir erzählst, was ich wissen will, dann nicht. Aber du solltest viel wissen, ich habe lange keine Titelstory mehr gehabt. Ich höre.«
»Fünfhundert Pengö«, antwortete Csuli schließlich.
»Fünfhundert Pengö?«
»Ja, Gordon. Sie kennen diese Herren nicht. Ich beklage

mich ja nicht, denn er hätte mich ebenso gut einfach ins Arbeitshaus stecken können. Meinen Sie, ich hätte mit ihm handeln können? Ich hatte die Wahl zwischen fünfhundert Pengö und dem Arbeitshaus.«

»Erzähl mir alles, und fange ganz von vorne an, Csuli.«

Gordon setzte sich und sah auf seine Uhr. Er hatte reichlich Zeit.

»Sie wissen doch genau, wie derlei abläuft.«

»Ich weiß es, Csuli, ich weiß, aber erzähle mir trotzdem alles ganz genau, jede Einzelheit. Oder, weißt du was, ich suche mir den Laboranten-Józsi, der wird mir alles berichten.«

»Suchen Sie nur, den finden Sie nicht. Der ist vor einem Monat an einer Lungenentzündung gestorben.«

»Ein herber Verlust«, sagte Gordon. »Dann bleibst nur noch du übrig. Also.«

Csuli begann zögernd. »Eine von Laboranten-Józsis Mädchen, die Teca, wurde von der Polizei festgenommen und kam für zwei Wochen ins Arbeitshaus. Da musste Laboranten-Józsi für Nachschub sorgen. Noch am selben Tag hat er sich auf dem ›Markt‹ umgesehen, also auf dem Großen Ring und auf der Rákóczistraße. Vor einem Schaufenster fiel ihm ein Mädchen mit schwarzen Haaren auf. Er sprach sie an, lud sie zum Abendessen ein, fand sie geeignet. Aber er stieß auf unerwarteten Widerstand, das Mädchen folgte ihm nicht. Nun kam die bewährte Dressur. Józsi ließ das Mädchen stehen und ging zu einem Polizisten. Er fragte ihn, ob er in die richtige Richtung gehe, wenn er zur Andrássystraße wollte, und deutete dabei auf das Mädchen. Der Polizist sah natürlich in die angedeutete Richtung, nickte und sagte, gehen Sie ruhig weiter. Das Mädchen sah die Szene und erschrak, weil sie glaubte, von ihr sei die Rede. Józsi kehrte zu ihr zurück und behauptete, er habe sie dem Polizisten gezeigt, der jetzt wisse, was für eine sie sei, und wenn er sie hier noch einmal sehe, werde er sie festnehmen. Wenn sie aber mit Józsi ginge, könnte er sie beschützen, denn er kenne die Polizisten gut, und es koste ihn nur ein Wort, und alles sei in Ordnung. Das Mädchen glaubte ihm natürlich, sie schloss sich Józsi an, und er erklärte ihr, wie sie sich auf der Straße zu verhalten habe und was ihre Aufgabe sei. Als sie über alles belehrt war, überreichte er sie seinem Freund Dezsö, einem Zuhälter vom Ring, der gerne auch diskrete Aufträge übernahm. Das Mädchen zog in Józsis Wohnung, wo sie als Dienstmädchen angemeldet wurde. Sie verdiente gut und war bei der Kundschaft bald bekannt.«

Als Csuli geendet hatte, sah Gordon ihn ungläubig an. »Willst du mir einreden, dass Frauen so leicht zu fangen sind?«

Csuli lachte schnaufend auf. »Alle kriegt man so, Gordon. Sie kennen das Arbeitshaus nicht. Welche Frau will da auch nur für eine Woche landen. Sie kommt mit einer Syphilis zurück, an der sie lange laboriert, wenn sie überhaupt davonkommt. Oder sie bringt einen Tripper oder weichen Schanker mit.«

»Aber warum ist sie von Józsi nicht weggelaufen?«

»Ja, das muss man sie selber fragen.«

»Geht nicht, sie ist tot.«

»So ist es immer, Gordon«, sagte Csuli und lehnte sich zurück. »Meist geht das so drei oder vier Jahre, dann werden sie in die Provinz geschickt. Dort bleiben sie ein paar Jahre und werden schließlich in Richtung Belgrad abgeschoben. Sie wissen, was man dort mit den ungarischen Mädchen macht.«

Gordon nickte. »Und nicht nur mit den ungarischen.«

»Aber das sind die meisten. Vor dem Krieg wurden an die zehntausend von ihnen aufgegriffen. Ranko Dušan leitete das Geschäft, jetzt hat es sein Sohn übernommen. Ein paar hundert ungarische Mädchen landen jährlich dort. Dann bringt man sie in den Osten, nach Sofia, Konstantinopel, Bagdad.«

»Ich kenne die Geschichte, Csuli, aber sie interessiert mich nicht weiter, deshalb bin ich nicht hier.«

»Aber ich habe alles gesagt, was ich weiß!«

»Ich behaupte ja nicht, dass du etwas verschweigst. Nur hilft mir das nicht weiter. Fangen wir noch einmal von vorne an. Wer war der Herr, der sie dir abgekauft hat?«

Csuli schüttelte den Kopf. »Gordon, Sie wissen genau, wenn ich es wüsste, würde ich es nicht verraten. Aber ich weiß es wirklich nicht.«

»Gut, dann wirst du Skublics überreden, mit mir zu sprechen.«

»Woher kennen Sie denn Skublics?« Csuli sah überrascht auf.

»Er hat von dem Mädchen ein paar Nacktfotos gemacht.«

»Ach, darum.«

»Für wen waren die?«

»Für den Katalog«, antwortete Csuli.

Gordon wusste davon nichts, aber er nickte. »Für den Katalog.«

»Ich habe es geahnt«, sagte Csuli. »So einfach zahlt kein Herr fünfhundert Pengö für ein Mädchen.«

»Na siehst du«, sagte Gordon und zündete sich eine Zigarette an. »Wie bringe ich Skublics dazu, mit mir zu reden?«

»Den alten Ziegenbock? Niemand in der Stadt ist schlimmer als der. Ich würde gerne wissen, was der alles für Bilder macht, die nicht in den Katalog kommen. Er hat private Kunden, die zwanzig oder gar fünfzig Pengö dafür ausgeben. Den Mädchen zahlt er fünf.«

»Ich höre, Csuli«, sagte Gordon und blies den Rauch aus. Csuli rang eine Weile mit sich, aber dann erzählte er: »Davon wissen nur wenige. Einer meiner Zuhälter hat gesehen, wie Skublics zu einer Versammlung ging.«

»Versammlung von wem?«

»Von Pfadfindern bestimmt nicht, das ist doch klar.«

»Sondern?«

»Skublics ist Kommunist.«

Mit einem langsamen Nicken verdaute Gordon diese Information, die Gold wert war. Darüber war sich auch Csuli im Klaren. Bestimmt wusste die Polizei, wovon Skublics lebte, aber nicht, dass er ein Verräter war. Wenn herauskam, dass er Kommunist war, würde ihn nichts vor der Staatspolizei des József Schweinitzer retten. Der war noch niemand unversehrt entkommen, wenn man ihr überhaupt entkommen konnte. Die meisten landeten im Knast, dafür hatte Gömbös gesorgt, beziehungsweise der Innenminister Kozma.

Die Kommunisten organisierten sich in kleinen Zellen und trafen sich unter größter Geheimhaltung und niemals am selben Ort. Keiner wusste, was sie vorhatten. Gordon war klar, dass er Skublics in der Hand hatte.

»Ich verstehe.« Er sah Csuli an. »Wo war die Versammlung?«

»Was bekomme ich für diese Auskunft?« Die Augen hinter der Brille mit dem Drahtrahmen leuchteten auf.

»Ich schreibe kein Wort über dich.«

»Und Sie geben mir Bescheid, wenn in anderer Sache über mich geschrieben werden soll.«

»Das kann ich nicht versprechen, aber ich werde es versuchen.«
»Gut, dann versuche ich herauszukriegen, wo die Versammlungen stattfinden. Meine Leute werden sich umhören.«
»Lass sie sich umhören. Es bleibt dir Zeit bis acht Uhr abends. Morgen treffe ich mich übrigens mit Vladimir Gellért.«
»Ich tue alles, was ich kann.«
»Das hoffe ich.«

Gordon machte sich auf den Weg zum Parlament. Am Karlsring waren schon einige Leute unterwegs, sie liefen mit gesenkten Köpfen zwischen einem lockeren, aber geordneten Spalier aus Soldaten und Polizisten. Auf den Straßen brannten die Gas- und Elektrolaternen, sie waren mit schwarzen Tüchern verhüllt. Aus der Menge war ein Gemurmel zu hören, als würde man gemeinsam Gebete sprechen. Es war kurz nach halb zehn. Gordon war zeitiger hier als geplant. Auch wenn er höchst ungern an Beerdigungen teilnahm, bot ihm diese immerhin die seltene Gelegenheit, alle wichtigen Leute gleichzeitig zu sehen, die unwichtigen natürlich auch. Das Spalier der Trauerhusaren reichte bis zur Haupttreppe des Parlaments. An den Fahnenstangen hingen neben der ungarischen Flagge auch die der Nationalen Einheitspartei. Gordon registrierte das mit Kopfschütteln und ging auf das Gebäude zu. Auf dem Vorplatz wartete das Militär: Infanterie, Artillerie und Kavallerie, um sich sofort nach der Trauerfeier zu einer Marscheinheit zu formieren. Plötzlich weckte Flugzeuglärm seine Aufmerksamkeit. Er guckte zum Himmel und sah, wie neun Maschinen in Formation den Kossuthplatz überflogen. Er hatte den offiziellen Zeremonienplan der Beisetzung gelesen, die Flugzeuge überraschten ihn.

Das Sturmbataillon, das dem Polizeirat Dr. Kálnay unterstand, schlug die Hacken zusammen und salutierte.
Am Haupteingang standen dieselben Wachleute wie immer. Gordon nickte ihnen zu, sie bedeuteten ihm, hineinzugehen. In der Säulenhalle lagen mehrere hundert Kränze drapiert. Über die mit rotem Teppich ausgelegte Treppe stiegen gemächlich die geladenen Trauergäste.
Im Kuppelsaal angelangt, erblickte ihn einer seiner Kollegen und winkte ihn zu sich. Gordon schlenderte hin und wollte gerade etwas fragen, als er hinter einer Säule Gyula Turcsányi erblickte. Der Ressortleiter bemerkte ihn, er sagte etwas zu seinem Gesprächspartner, dann trat er zu Gordon. »Gerade noch rechtzeitig«, brummte er statt eines Grußes. »Bevor der Trauerzug losgeht, machen Sie Interviews mit dem englischen und dem amerikanischen Botschafter. Beeilen Sie sich, die warten nicht auf Sie.« Er zeigte auf zwei elegante Herren rechts vom Katafalk. Gordon nickte, umrundete den Aufgebahrten und warf dabei einen Blick auf den toten Ministerpräsidenten. Gömbös lag mit rotgeschminktem Gesicht und in prunkvoller ungarischer Tracht im Sarg. Vor dem Sarg waren Blumen, Sträuße, Kränze. Einen Augenblick lang hielt Gordon inne. Dieser korpulente Mann, dieser Soldat wider Willen, dieser nierenkranke Mann soll das Land regiert haben? Dieser Mann hatte Beziehungen zu verschiedenen europäischen Regierungen, dieser Mann hatte mit eiserner Hand die Nationale Einheitspartei gelenkt? Ein Wort von diesem Mann, und jeder war gesprungen? Gordon zuckte die Schultern und trat auf die beiden Botschafter zu.
Ein vornehmer, servil dreinblickender, zugleich energischer Mann trat ihm entgegen, ein stellvertretender Abteilungsleiter des Außenministeriums. Er fragte Gordon, was er wolle.

»Interviews mit dem englischen und dem amerikanischen Botschafter«, antwortete Gordon.
Der Mann schüttelte den Kopf, das sei hier und jetzt unmöglich. Gordon entfernte sich mit der Zusage, unterwegs mit den Botschaftern sprechen zu können. Er war schon auf dem Weg ins Freie, als die Menge plötzlich verstummte, als hätte in einem Klassenzimmer ein Lehrer mit einem Rohrstock auf das Pult geschlagen, um Ordnung zu schaffen. Gordon zog sich hinter zwei Husaren zurück und beobachtete, was passierte. Minutenlang geschah gar nichts. Dann klirrten gezogene Schwerter, Hacken knallten zusammen, Waffen hoben sich zum Salut, und gleichförmige, militärische Schritte dröhnten. Gordon guckte über die Husarenschultern hinweg.
Zuerst trat der Botschafter Bulgariens, Stojlow, an die Bahre und verbeugte sich stumm. Ihm folgte der italienische Außenminister Ciano, dann Schuschnigg, der Kanzler Österreichs. Schließlich näherte sich ein Mann mit dickem, aufgeschwemmtem Gesicht und mit blitzenden Stiefeln, in einem Ledermantel mit engem Gurt und mit einer die Augen verdeckenden Tellermütze. Gordon schauderte es. Hier kam Hermann Göring, Oberbefehlshaber der Luftwaffe und Innenminister von Preußen, verantwortlicher Leiter der Aufrüstung, treuester Unterstützer und Anhänger von Adolf Hitler. Göring stellte sich an den Sarg, an seinem Hals hing das Eiserne Kreuz, er schlug die Hacken zusammen, hob den Kopf, schwang den Arm vor und blieb einen Augenblick so stehen. Die Stille wurde nur vom Klicken der Fotoapparate und der Blitzgeräte durchbrochen. Nun machte Göring kehrt und nahm seinen Platz rechts vom Katafalk ein. Er saß noch nicht, da erschien der Fürstprimas Jusztinián Serédi. Er stand

eine Weile stumm vor dem Sarg und setzte sich dann auf die linke Seite. Gordon blickte auf den preußischen Ministerpräsidenten, von dessen Gesicht sich jedoch nichts ablesen ließ. Dabei fiel ihm ein, womit sich Gömbös im Frühjahr vor Göring großgetan hatte: Nach den von den deutschen Faschisten übernommenen Prinzipien werde er in zwei Jahren das Land umgestalten und sein Diktator sein.

Jetzt stand Kálmán Darányi auf und ging auf die Treppe zu, die in den Kuppelsaal führte. In Gordons Gesicht zuckte es, als die Hacken lärmend zusammenknallten. Er blickte auf den einsam dastehenden, roten Samtsessel. Auf der Treppe erschien Horthy, in der Uniform des Admirals, auf dem Kopf einen Kalpak, an der Brust den Stern zum Großen Kreuz des ungarischen Verdienstordens. Darányi begrüßte den Verweser geradezu andachtsvoll, der sich energischen Schrittes dem Samtstuhl näherte, seinen Degen richtete und sich setzte.

Belustigt wiegte Gordon den Kopf, als er die Admiralsuniform sah. Der Verweser sah mit düsterer Miene und gerunzelter Stirn in die Luft. Wieder versank der Saal in ehrfurchtsvolle Stille, als die Priesterschaft mit dem evangelischen Bischof Raffay an der Spitze erschien und die Totenfeier begann. Gordon sah auf seine Uhr: einige Minuten nach zehn. Er seufzte, setzte sich in die Stuhlreihe für die Presse und lauschte den Reden. Auf Raffay folgte Darányi, nach ihm die beiden Hauspräsidenten und schließlich Ivády, der Vorsitzende der Nationalen Einheitspartei. Am Ende brummte Gordon der Kopf. Es war, als nähme er nicht an der Totenfeier für Gömbös teil, sondern an einer für den knapp drei Jahre zuvor ins Amt getretenen amerikanischen Präsidenten, Franklin Delano Roosevelt. Gömbös sei ein Verfechter der Freiheit gewesen, sagten die Redner, ein Vorkämpfer für den Aufstieg der Nation, durch sein Handeln seien Ordnung, Sicherheit und wirtschaftlicher Aufschwung ins Land gekommen, mit seinem schöpferischen Talent sei er ein Schmied der Zukunft gewesen. Verblüfft betrachtete Gordon die Redner. Sollte ihm die Schwere des Verlustes erklärt werden? Ihn erstaunte nur, dass in dieser Aufzählung der hervorragende Kämpfer für Demokratie fehlte. Das hätte die Würdigung vervollständigt.

Während der Reden schweiften seine Blicke über die anwesenden Persönlichkeiten. Einige schienen eingeschlafen zu sein. Als der Leiter der polnischen Delegation den Kopf hob, blickte er mit verwirrten Augen im Kreis und unterdrückte geschickt ein Gähnen. Horthy saß mit reglosem Gesicht auf seinem Stuhl und fummelte nur gelegentlich am Griff seines Degens. Gömbös' Witwe, seine Söhne und seine Brüder schluchzten leise vor sich hin, seine Mutter betrachtete mit glasigem Blick den Sarg.

Nach den Trauerreden dirigierte Ernö Dohnányi den Trauermarsch aus Wagners »Siegfried«. Gordon zählte leise die Takte mit. Als die letzten Töne erstarben, setzte sich der Trauerzug, geführt von Bischof Raffay, in Bewegung.

Gordon verließ das Parlament gerade noch rechtzeitig, um zu beobachten, wie sich der Trauerzug formierte. Ein Soldat hielt ein einfaches Holzkreuz in die Höhe, dahinter zogen sechs Rappen den Leichenwagen, dreizehn weitere, mit Kränzen beladen, folgten. Beachtenswert waren die letzten zwei. Der eine trug einen Kranz des Duce, der andere einen aus tausend roten Rosen des italienischen Königs Viktor Emanuel. Dann kamen die Trauerhusaren, sie trugen auf den Schultern den mit der Nationalflagge bedeckten Sarg, auf dem Gömbös' Helm und Degen lagen. Horthy hatte sich den Kalpak vom Kopf genommen, er stand mit bloßem

Haupt auf der Treppe und wartete darauf, die Spitze des Zuges zu übernehmen. Drei Bauern in Pelzjacke würden sich ihm anschließen. Der mittlere von ihnen, ein älterer Mann mit weißem Schnurrbart, trug auf einem Silbertablett ein kleines Kästchen mit Erde aus Murga, damit der Ministerpräsident in heimatlicher Erde ruhen konnte. Das gefiel Gordon.

Er guckte auf seine Uhr, es war kurz nach halb zwölf. Der Trauerzug würde sich lange hinziehen, aber was blieb ihm übrig, Turcsányi wollte die Interviews mit den Botschaftern, und die konnte er nur hier bekommen. Er knöpfte seinen Mantel zu, zog den Hut zurecht, schlug den Kragen hoch, seufzte und schloss sich den Trauernden auf dem Weg zum Kerepeser Friedhof an.

Der Mann vom Außenministerium hatte sein Versprechen gehalten. Als der Zug den Lujza-Blaha-Platz erreichte, hatte Gordon die Interviews hinter sich gebracht. Er verließ die Menge und machte sich auf den Weg zum Oktogon. Straßenbahnen fuhren nicht, so musste er zu Fuß gehen. Er schlenderte bis zur Rotunde und blickte zur Balkontür hinauf. Sie war geschlossen. Der Alte war wieder unterwegs. Gordon setzte sich auf eine Bank, zückte seinen Block und machte sich Notizen. Unterwegs hatte er nicht mitschreiben können, deshalb warf er jetzt jene schablonenhaften Sätze aufs Papier, die die Botschafter heruntergeleiert hatten. Er hätte den Artikel schon vorher aus dem Kopf schreiben können, weil er genau gewusst hatte, was sie sagen würden. Dem Gesicht des amerikanischen Botschafters John Flournoy Montgomery war die Missbilligung des Ganzen anzusehen, aber natürlich hatte auch er sich diplomatisch geäußert: Ein europäischer Politiker, ein großer Verlust, Ungarn muss nach vorn blicken und so weiter. Als Gordon fertig war, drückte er den Verschluss auf seinen Füllfederhalter, betrachtete die Bäume und begann wieder über die Sache mit dem toten Mädchen nachzudenken, die ihn immer mehr gefangen nahm. Er hatte schon zuvor gelegentlich aus unvorsichtigen Äußerungen erfahren, dass man Frauen aus Katalogen aussuchen konnte. Wer solche Geschäfte betrieb, stammte nicht aus Csulis Gewichtsklasse. Fünfhundert Pengö für eine Frau! Mochte sie noch so hübsch sein, das war eine Menge Geld. Csuli mit seiner Bande und auch Laboranten-Józsi und seinesgleichen hatten Glück, wenn sie täglich zehn bis fünfzehn Pengö mit ihren Weibern verdienten. Solche Typen hatten keinen Stil, sie versoffen das Geld oder verspielten es beim Kartenspielen oder Pferderennen. Die Mädchen welkten schnell und wurden dann an ein Drecknest in der Provinz weitergegeben, wenn sie nicht vorher schon an irgendwelchen Krankheiten zugrunde gingen.

Fünfhundert Pengö, das war eine beachtliche Geldanlage. Wer so viel Geld für ein Mädchen ausgab, der bediente ernsthafte Geschäftspartner. Bestimmt schickte er sie nicht wahllos in eine Dienstmädchenkammer zu irgendwelchen Kunden. Gordon hätte gelogen, wenn er nicht zugegeben hätte, dass auch er das Mädchen besonders schön fand. Eines war sicher: Was immer er über sie herausfinden würde, wenn er überhaupt etwas fand, dann wäre das nichts Angenehmes. Und ebenso fest stand, dass er darüber nicht würde schreiben können. Denn wenn er die Wahrheit erfuhr, wäre keine Zeitung bereit, sie zu veröffentlichen. Und gleichzeitig …

»Es ist, als sähe ich deinen Vater«, sagte Mór und ließ sich auf den Platz neben ihn sinken. Vor die Füße stellte er einen Korb Äpfel.

»Wieder mal Apfelmarmelade, Opa?«
»O ja!« Das Gesicht des Alten heiterte sich auf. »Schau nur, wie schön sie sind. Das Kilo für achtzehn Fillér. Da habe ich gleich fünf Kilo gekauft.«
»Du versuchst es also noch einmal.«
»Natürlich!«
»Schlecht wird sie bestimmt nicht. Obwohl alle behaupten, aus Äpfeln kann man keine Marmelade machen, sondern nur Mus.«
»Siehst du, mein Junge, darin besteht die Herausforderung.«
»Erinnerst du dich an neulich, als du aus Waldbeeren Marmelade kochen wolltest, die du auf dem Schwabenberg gepflückt hattest?«
Mór schüttelte sich, dann winkte er ab. »Mach dir keine Sorgen, Junge, damals ist mir auch nichts passiert.«
»Opa, du hast drei Tage auf dem Klo verbracht.«
»Nun ja ... Aber fein war sie doch.«
»Wenn du schon hier bist, Opa, wie sehr muss man jemandem in den Magen schlagen, damit er stirbt?«
Der Alte wandte sich Gordon zu und sah ihm ins Gesicht. »Du warst also in der Anatomie?«
Gordon nickte.
»Sehr gezielt«, fuhr der Alte fort. »Der Magenmund muss einen äußerst starken Schlag abbekommen, damit der Betreffende stirbt.«
»Das hat auch Pazár gesagt.«
»Man muss genau wissen, wohin man schlägt und mit welcher Kraft«, ergänzte Mór.
»Willst du sagen, wenn ich jemandem, zum Beispiel einer Frau, kraftvoll in den Magen boxe, dann ...«
»Ich will sagen, mein Junge, wer so zuschlägt, der tut das

nicht zum ersten Mal. Wer sich auf den Zufall verlässt, hat kaum eine Chance.«

Gordon klappte seinen Notizblock zu und packte den Füllfederhalter ein.

»Hör mal, Junge«, sagte Mór und lehnte sich zurück, »du kennst doch die Welt von heute besser als ich. Was hältst du von Darányi?«

»Was soll ich von dem halten, Opa. Ein Politiker eben. Vielleicht kann er die NEP wieder an die Leine nehmen. Vielleicht auch nicht.«

»Und wenn nicht?«, fragte der Alte.

»Du weißt doch, dass Krisztina im Sommer in Berlin war.«

Mór nickte. »Wegen irgendwelcher Zeichnungen für die Olympiade.«

»So ist es. Nun, dort ist sie einem gewissen Günther begegnet, der früher Polizist gewesen war, Kriminalist. Dieser Günther fahndete nach einer verschwundenen Person. Frag mich bitte nicht, was das für eine Begegnung war«, antwortete Gordon auf die Frage, die in Mórs Augen zu lesen war, »bei Krisztina weiß man das nie genau. Günther ging mit Krisztina in Berlin spazieren und zeigte ihr, wie auf dem Alexanderplatz gerade Plakate voller Judenhass gegen Plakate zur Olympiade ausgetauscht wurden. Nun, und einer aus der deutschen Führungsriege hat Gömbös im Sanatorium bei München besucht. Rudolf Heß. Hast du von ihm gehört?«

Mór schüttelte den Kopf.

»Er war einmal Hitlers Privatsekretär, und er hat ›Mein Kampf‹ herausgegeben. Dieser Mann überbrachte unserem Ministerpräsidenten Hitlers persönliche Genesungswünsche. Und wenn du dich erinnerst, auf einer NEP-Versammlung hat man mit Begeisterung das Horst-Wessel-Lied gesungen. Und dann ist da noch die Sache mit Földes.«

»Was meinst du damit?«

»László Földes-Fiedler wurde von der NEP beauftragt, Politiker zu beobachten und Berichte über sie zu schreiben. Erinnerst du dich, wer vor einigen Wochen zu einem Freundschaftsgespräch nach Budapest kam? Reichsaußenminister Neurath und Goebbels. Letzteren hat auch unser Außenminister Kánya empfangen. Offiziell waren das ausnahmslos private Besuche. Es waren kaum zwei Wochen vergangen, da hat unser Innenminister Kozma ein Versammlungsverbot erlassen.« Gordon kam immer mehr in Fahrt. »Ein derartiges Ereignis folgt auf das andere. Und dann Hitlers Rede Ende September: Wenn Deutschland Kolonien und Rohstoffe hätte, könnte es sich den Luxus einer Demokratie leisten! Den Luxus einer Demokratie!«, wiederholte er aufgebracht. »Opa, Demokratie ist kein Luxus.«

»So gesehen, mein Junge. In Amerika ist sie keiner. Aber hier …«

»Was suchte Gömbös andauernd in Rom? War er mit Mussolini auf Jagd?«

Mór breitete die Arme aus. »Worauf willst du hinaus, mein Junge?«

»Wie heißt der Platz jetzt, wo du wohnst?«

Leise antwortete Mór: »Adolf-Hitler-Platz. Aber Darányi macht …«

»Was macht Darányi? Kann er den Falken der NEP widerstehen? Opa, dieses Land würde sich Stalin anschließen, wenn der verspräche, dass wir Siebenbürgen und Oberungarn zurückbekommen! Die Engländer reißen doch nur das Maul auf, es kostet sie nichts, die Wiederherstellung der

alten Verhältnisse zu unterstützen. Jedoch die Deutschen … Denen glaubt man, dass sie es tun werden.«
»Mein Junge, es ist egal, auf wessen Seite wir stehen«, sagte Mór leise vor sich hin. »Alle sind besser als das kommunistische Gesindel.«
Gordon sah ihn an. »Meinst du das wirklich?«
»Ja.« Der Alte nickte. »Du warst nach dem Krieg 1919 nicht hier, du hast nicht erlebt, was die Kommunisten angerichtet haben. Nicht nur in Budapest, sondern auch bei uns in Keszthely.«
Gordon schwieg. Mórs letzter Satz blieb zwischen ihnen hängen. Der Alte seufzte, streckte sich und stand auf. »Mich erwartet die Apfelmarmelade«, sagte er, nahm den Korb und ging ins Haus.

Gordon ging in die Redaktion, tippte blitzschnell die beiden Reportagen und legte sie auf Turcsányis Tisch. Die Wanduhr zeigte halb sieben. Er brauchte sich nicht zu beeilen. Mit Krisztina war er um sieben zum Abendessen im Abbazia verabredet.
Die Straßenbahnen fuhren nicht, die Stadt schien sich in den Scheintod geflüchtet zu haben. Im Kaffeehaus New York waren die Vorhänge zugezogen, es drangen kaum Geräusche heraus. Auf dem Ring zeigte sich nur gelegentlich ein Fahrradbote, der Filmrollen aus einem Kino ins nächste brachte.
Der Kellner im Abbazia setzte ihn an seinen Tisch. Es waren nur wenige Leute hier. Sie unterhielten sich leise. Die Kellner saßen, mangels Arbeit, auf Stühlen neben der Küche, lasen Zeitung, lösten Kreuzworträtsel, zwei spielten Karten. Einige Minuten nach sieben erschien Krisztina. Mit unverhohlener

Befriedigung beobachtete Gordon, wie sich die Männer nach ihr umdrehten. Ihr Kleid machte nichts her, auch ihr Blick nicht, dennoch konnte sie durch eine Tür eintreten wie nur wenige. Er stellte ihr den Stuhl bereit, während sie den Hut abnahm, die Handschuhe auszog und dem Kellner winkte, der einsatzbereit an der Küchentür stand. Mit einem Sprung war er bei ihnen, als wäre er übers Wasser geglitten.

»Guten Abend, Herr Redakteur und gnädiges Fräulein!«, begrüßte er sie. »Darf ich für heute Abend etwas empfehlen?« Gordon nickte. »Nun, wenn ich bitten darf, da haben wir ein frisches, mürbes Kalbsfilet, und auch unser Zwiebelrostbraten ist geradezu himmlisch. Mit Verlaub, zum Kalb kann ich buttergedünstete grüne Bohnen empfehlen, zum Rostbraten eine doppelte Portion knusprig gebratener Zwiebeln sowie Kartoffeln, gekocht und gebraten.«

Gordon und Krisztina waren nicht der kulinarischen Genüsse wegen ins Abbazia gekommen. Wollten sie etwas wirklich Feines essen, gingen sie zur Goldenen Henne in die Basteistraße, dort wurde Fisch und Wild serviert, die auf Holzkohle gegart wurden. Das Abbazia lag näher, war auch angenehm und bequem, und der Kellner empfahl ihnen immer das akzeptabelste Gericht des Tages. Die Speisekarte trug er nur als Muster unter dem Arm. Er nahm die Bestellung auf, dazu schwarzen Kaffee und eine Flasche Rotwein.

Gordon erzählte rasch von Görings Auftritt im Parlament und vom Sturmtrupp mit Stahlhelm, von Horthy auf seinem Pferd und von der schwarzgekleideten, murmelnden Masse. Der Kellner brachte den schwarzen Kaffee und den Wein.

»Hast du noch etwas Interessantes erlebt?«, fragte Krisztina, nachdem sie einen Schluck Wein getrunken hatte. »Hast du mit Csuli gesprochen?«

»Habe ich«, antwortete Gordon. »Und ob!« Dann erzählte er, was er von Csuli erfahren hatte.
»Der alte Lüstling ist also Kommunist«, sagte Krisztina und drehte ihr Weinglas. »Da hast du wirklich etwas rausbekommen.«
»Allerdings.«
»Willst du denn wirklich ermitteln, was mit dem Mädchen passiert ist?«
»O ja.«
Krisztina richtete den Blick auf Gordon und musterte sein Gesicht. Gordon nahm sich eine Zigarette, zündete sie an.
»Warum?«
»Weil der Tod dieses Mädchens niemanden zu interessieren scheint.«
»Auch nicht die Polizei?«
»Die am allerwenigsten.«
»Woher weißt du das?«
»Inzwischen sind es sechs Jahre, die ich beim *Abend* arbeite, dabei hatte ich ständig mit der Polizei zu tun. Ich weiß, wann sie ermitteln und wann nicht. Diesmal werden sie es lassen.«
»Und was, glaubst du, ist der Grund?«
»Das ist eine andere Frage. Gellért führt die Untätigkeit auf die Beerdigung zurück. Was ja stimmen kann.«
»Wieso stimmen kann?«
»Ich weiß nicht, was wirklich passiert ist, Krisztina. Die Sache ist doch auch dir verdächtig, nicht nur mir. Und falls stimmt, was Csuli sagt, falls ich Beweise für die Existenz von Edelnutten sammeln kann …«
»Willst du mit deiner Story auf die Titelseite?«
»Du machst Witze. Damit? Das kann niemals erscheinen.«
»Also, was willst du?«

Gordon drückte die Zigarette aus, denn der Kellner war erschienen und stellte schweigend das Abendessen auf den Tisch. »Findest du es falsch, wenn ich Ermittlungen anstelle?«
»Zsigmond, du bist Kriminaljournalist. Kein Detektiv, kein Privatermittler. Was weißt du von der Arbeit eines Ermittlers?«
»Immerhin genug, um zu wissen, wo ich beginnen muss.«
»Wo du beginnen musst? Du rennst hier tagelang ohne Plan und Konzept herum. Gellért hätte mit seinen Leuten längst viel mehr herausgefunden. Selbst ein einzelner Privatdetektiv.«
»Willst du damit sagen, ich verstehe nichts davon?«
»Ich will sagen«, antwortete Krisztina, »dass du normalerweise in allem möglichen Kleinkram herumschnüffelst, aber hier hast du es mit Mord zu tun. Das ist anders, als wenn sich irgendein Bankbeamter in den Kopf geschossen hat. Hier genügt es nicht, nur mal genau hinzusehen, und schon ist der Fall gelöst.«
Gordon holte tief Luft, hielt sie einen Moment an und pustete sie dann aus. Statt einer Antwort zog er den Teller zu sich heran, auch den mit dem Senf, und begann so energisch das Fleisch zu zerschneiden, dass das Messer metallisch über das Porzellan kratzte. Krisztina machte sich gemächlich über das Kalbsfilet her. Beide sprachen kein Wort mehr, bis sie das Essen beendet hatten.
»Du hältst mich also für nicht genügend qualifiziert«, sagte Gordon und legte das Besteck beiseite.
»Das habe ich nicht gesagt, Zsigmond.« Krisztina sah ihn an. »Ich möchte nur, dass du gut überlegst und auf dich achtgibst. Ich glaube, du wirst sowieso keine Ruhe geben, bis du das, was du aufklären willst, auch aufgeklärt hast, was immer es ist.«

»Was könnte mir denn passieren?«, fragte Gordon.

»Das ist es ja gerade. Du weißt nicht, in was du dich da einmischst. Ich möchte nur, dass du dir die Sache gründlich überlegst, auch, ob du das nötig hast.«

Gordon runzelte die Stirn und griff nach dem Weinglas. Aber er trank nicht, sondern betrachtete nur den ölig hin und her schwappenden Wein. Krisztina sah ihm wortlos zu, sie war geduldig. »Ich muss etwas tun«, sagte er schließlich. Er sagte es so leise, dass Krisztina es an einem gewöhnlichen Abend gar nicht gehört hätte.

Sie nickte. »Wenn nicht für das Mädchen, dann für dich selber.«

»Was sagst du?«, fragte Gordon und beugte sich vor, denn durch die Tür kam eine fröhlich lärmende Gesellschaft herein.

»Tu, was du nicht lassen kannst«, entgegnete Krisztina mit lauter Stimme.

»Mach ich. Wenn du mir nicht böse bist, gehe ich jetzt zu Csuli.«

»Ich gehe mit dir.«

»Du kommst nicht mit, er ist keine Gesellschaft für dich. Außerdem, obwohl ich Csuli in die Ecke getrieben habe, habe ich keinen Anlass, ihm zu trauen. Geh nach Haus oder trink noch einen Kaffee und arbeite weiter. Entwickle noch ein paar Fotos, murkse in der Dunkelkammer rum, was auch immer.«

»Ich habe schon befürchtet, du sagst mir, was ich machen soll.«

»Das würde ich nicht einmal versuchen. Aber ich sage dir, was du nicht machen sollst. Du kommst nicht mit.«

Csuli saß in der Klette und spielte Karten. In der Kneipe roch es nach Bier und Speiseresten, man lachte laut, jemand spielte auf dem Klavier die beschleunigte Variante des neuesten Schlagers »Trauriger Sonntag«. Kippen bedeckten den Fußboden, Paare schmiegten sich aneinander, Betrunkene brüsteten sich lautstark. Gordon ging zu Csuli. Csuli sagte, ohne ihn anzublicken, er solle in der Küche warten. Gordon zuckte mit den Schultern und ging in die Küche. Dort versuchte eine Köchin Ordnung in das Chaos zu bringen, der Küchenjunge behandelte in der Ecke gerade seine Hand mit einem kalten Lappen. Gordon hatte nicht vor, in der Klette zu essen, aber was er hier sah, verdarb ihm endgültig den Appetit. Auf dem Tisch in der Mitte der Küche zerging ein Block Schmalz, in einem großen Haufen daneben welkten rote Zwiebeln und Kartoffeln vor sich hin, in einem Bottich lagen unappetitlich aussehende Fleischstücke, vor dem Ofen saß eine Katze und nagte an einem Knochen. Die Köchin mit irrem Blick bemerkte Gordon gar nicht, der sich verzweifelt eine Zigarette anzündete, so penetrant roch das zerfließende Schmalz.
Er musste fünf Minuten auf Csuli warten. Der bewegte sich durch die Küche, als wäre er dort zu Hause, steckte einen Löffel in den Topf, kostete und schüttelte den Kopf. »Essen Sie lieber nicht hier, Gordon. Und auch sonst nirgends, wo das Menü nur einen Forint kostet.«
»Mache ich nicht«, antwortete Gordon und suchte einen Aschenbecher. Schließlich warf er die Kippe auf den Fußboden.
»Hören Sie«, sagte Csuli und lehnte sich an den Tisch, der ein Stück wegrutschte, »Skublics geht zur Versammlung in die Josefstadt. Sie haben Glück, er ist auch heute Abend dort.

Mir hat man zugetragen, er leite die Runde. Sie werden bis zum Morgen dort bleiben.«
»Wo?«
»Erinnern Sie sich an Ihr Versprechen?«
»Ich erinnere mich.«
Csuli fixierte eine Weile Gordon, dann rieb er sich die geschwollenen Hände. »Sie treffen sich am Matthiasplatz in einem Keller. Und sie geben sich als Kohlenmänner aus.«
»Danke«, sagte Gordon.
Csuli kniff die Augen zusammen und beobachtete ihn durch seine Drahtbrille. »Nichts zu danken. Ich weiß eigentlich nicht, warum ich Ihnen geholfen habe.«
»Das weißt du ganz genau«, meinte Gordon. »Eine Bitte habe ich noch.«
»Nämlich?«
»Überlass mir Samu den Heiseren für heute Nacht.«
»Er gehört Ihnen. Aber geben Sie ihn mir heil zurück«, meinte Csuli. Er fuhr sich mit den Fingern durch sein gelocktes blondes Haar und trollte sich aus der Küche. Gordon verließ die Küche ebenfalls, ging zu Samu und erklärte ihm schnell, was er zu tun habe. »Nicht verspäten«, fügte er noch hinzu, »und vor allem, nicht zu viel trinken. Wenn du es versaust, werde nicht nur ich auf dich wütend sein, sondern auch Csuli«, sagte er und deutete auf den Dicken. Samu nickte eifrig, und während er seinen Wein hinunterkippte, wiederholte er lautlos die Adresse und die Zeit. »Geht in Ordnung, Herr Redakteur, wird erledigt, wie gewünscht, keine Sorge.«
Gordon verließ die Klette, schlug den Kragen hoch, zündete sich eine Zigarette an und ging eilig zur Redaktion. Unterwegs überlegte er sich, wie er am besten vorgehen sollte. Er kannte Skublics, der würde ihm nur ins Gesicht lachen,

wenn er ihm sagte, wo er ihn gesehen hätte. Nein, er brauchte mehr. Einen Beweis. Ein Foto. Möglichst eins, auf dem Skublics mit anderen Verdächtigen zu sehen war.
Er könnte Flórián Sziráki bitten, den Fotografen, mit dem er oft zusammenarbeitete, er mochte ihn. Allerdings wusste er, dass es schlecht um dessen Diskretion bestellt war. Aber Gordon kannte ja noch eine Person, die ausgezeichnet fotografierte.
Als er in den Redaktionsraum trat, eilte er gleich zum Telefon. Valéria guckte ihn durch ihre dunkle Brille an, aber als sie Gordons Gesichtsausdruck sah, schwieg sie lieber. Gordon sah auf seine Uhr, es ging auf elf zu. Wollte er Skublics erwischen, musste er sich beeilen. Er nahm sein Notizheft, suchte eine Nummer und wählte. Eine halbe Minute später nickte er Valéria zu und trat aus dem Gebäude.
Fünf Minuten später kam das Taxi, ein Opel Regent, der bessere Tage gesehen hatte. Am Lenkrad saß ein Mann um die vierzig mit einer Kraftfahrermütze. »Einen schönen guten Abend, gnädiger Herr«, sagte er und grinste Gordon mit schadhaften Zähnen an, »wohin geht die Fahrt?«
»Zum Lövöldeplatz«, sagte Gordon und stieg ein. »Schnell.«
»Jawohl.« Der Mann nickte, warf einen Blick über seine Schulter und gab Gas. Er fuhr schnell, ohne Rücksicht auf die langsamen Pferdewagen. Gordon musste sich festhalten, um nicht zur Seite zu kippen. Es waren keine fünf Minuten vergangen, und sie waren am Ziel.
»Warten Sie hier«, sagte Gordon beim Aussteigen. Der Fahrer nickte beflissen, kurbelte die Scheibe herunter und drehte sich eine Zigarette. »Sie werden keine Zeit haben, sie zu rauchen«, rief ihm Gordon noch zu, »in fünf Minuten geht es weiter.«

Gordon klingelte den Hausmeister heraus, der mit zerknittertem Gesicht das Tor öffnete. Er drückte ihm einen Pengö in die Hand und bat ihn, nicht zuzuschließen, gleich kämen sie wieder.
Krisztina lag im Bett und las. Im Badezimmer hingen entwickelte Fotos zum Trocknen.
»Was für ein Glück, dass du noch nicht schläfst«, sagte Gordon gleich in der Tür.
»Was ist passiert?«, fragte Krisztina und setzte sich auf.
»Wenn du willst, kannst du mir nun doch helfen.«
»Womit?«
»Du müsstest fotografieren.«
»Gleich?«
»Hast du etwas Besseres vor?«
Krisztina schlug das Buch zu und stand auf. »In drei Minuten können wir gehen.« Sie ging ins Badezimmer, lehnte die Tür nur an. »Sag mir, um was es geht. Ich höre.«
»Skublics besucht heute Abend eine kommunistische Versammlung am Matthiasplatz. Er soll fotografiert werden.«
»Ich habe keinen Blitz mehr«, sagte Krisztina.
»Den brauchst du nicht, ich habe mir was ausgedacht.«
»Und das wäre?«
»Ich sag es dir im Wagen.«
»Im Wagen?«
Gordon seufzte. »Unten wartet mein Taxi.«
»Dann ist es wirklich höchste Zeit«, sagte Krisztina bereits in der Badezimmertür, fertig gekleidet für diese Aufgabe: Sie trug eine Hose und eine kurze Stoffjacke. Das Haar hatte sie zu einem Pferdeschwanz gebunden. »Ich hole nur noch den Fotoapparat«, sagte sie und ging an Gordon vorbei.

Der Taxifahrer hatte die Lage richtig eingeschätzt und doch geraucht, er hatte sich noch zwei Zigaretten zusätzlich gedreht und je eine hinter seine Ohren gesteckt. Er öffnete Krisztina die Tür, dann setzte er sich ans Steuer. »Ich bin Endre Czövek, zu Diensten, küss die Hand«, sagte er nach hinten. »Stört es Sie, wenn ich rauche?«

Krisztina winkte ab. »Rauchen Sie ruhig, Herr Czövek.«

»Jawohl, danke ergebenst.« Cszövek lächelte ihr mit schiefem Mund zu. »Wohin geht es jetzt?«

»Zum Matthiasplatz«, antwortete Gordon. Er erzählte Krisztina und Czövek, was er plante. »Wir haben keine Zeit für Experimente«, schloss er. »Wir haben nur die eine Gelegenheit, wir müssen schnell handeln und schnell wieder verschwinden.« Czövek nickte düster. Krisztina bereitete ihren Fotoapparat vor. Czövek bog mit knirschenden Reifen in die Nagyfuvarosstraße ein. Auch hier auf dem Kopfsteinpflaster schonte er den Opel nicht. Eine Ecke vor dem Matthiasplatz verlangsamte er das Tempo und rollte leise auf den Platz. Gordon zeigte ihm die Adresse, Czövek parkte gegenüber dem Kellereingang zwischen einem Lastwagen und einem Leiterwagen, dann stellte er den Motor ab und zog sich die Mütze tief ins Gesicht. Krisztina hatte sich nach vorn gesetzt. Sie rutschte tiefer in den Sitz, kurbelte die Scheibe herunter, setzte den Apparat auf den Türrahmen, stellte das Objektiv ein, fixierte die Position, nahm dann den Apparat auf den Schoß und zündete sich eine Zigarette an.

Auf dem Platz war nur das Gekreische einiger Betrunkener zu hören, sonst war es still. Das Wetter war ihnen wohlgesonnen, weder regnete es, noch gab es Nebel. Die Lichter hinter den Fenstern erloschen bis auf wenige Ausnahmen.

Die Betrunkenen verschwanden, nur eine rollige Katze schrie in die Nacht.
Lange brauchten sie nicht zu warten. Schon nach wenigen Minuten öffnete sich die Tür, heraus trat ein kräftiger Mann mit verschmiertem Gesicht und schmutziger Kleidung. Gordon beobachtete die nacheinander erscheinenden Männer unter seinem ins Gesicht gezogenen Hut hervor. Endlich kam auch Skublics, er unterhielt sich mit einem mageren Mann. Gordon gab Czövek ein Zeichen, der ließ den Motor an, Krisztina öffnete die Tür, hob den Fotoapparat auf den Fensterrahmen, und als der Autoscheinwerfer anging, begann sie in schneller Folge zu fotografieren.
Skublics erstarrte. Der Mann neben ihm ebenso. Gordon verließ den Wagen und ging schnellen Schrittes Richtung Népszinházstraße. Skublics kam auf das Auto zu, aber Czövek gab Gas und entschwand mit knirschenden Reifen. Krisztina hatte kaum Zeit, die Tür zu schließen. Czövek raste, die Zigarette im Mund, auf die Népszinházstraße zu. An der Ecke zur Contistraße wartete Gordon. Czövek bremste, Gordon sprang ins Auto, sie bogen in den Großen Ring ein. Jetzt fuhren sie in ruhigem Tempo weiter bis zum Lövöldeplatz.
Es war schon zwei Uhr vorbei, als Krisztina aus dem Badezimmer kam. Am Trockenseil hingen die frisch entwickelten, vergrößerten Fotos. Krisztinas Augen waren rot vor Müdigkeit, aber sie zeigte zufrieden auf ihre Arbeit. »Nur zwei sind misslungen. Auf allen anderen ist er gut zu erkennen. Ein Glück, dass ich das neue Objektiv hatte.«
Gordon trat zu den Bildern, verdrehte den Kopf und betrachtete sie. In Skublics' Gesicht spiegelte sich Erschrecken, im Gesicht des Mannes neben ihm eher Zorn, kalter, grau-

samer, vernichtender Zorn. »Diese Visage kenne ich«, sagte Gordon und deutete auf Skublics' Nebenmann. »Ich habe ihn schon einmal gesehen, kann aber nicht sagen, wo.«

»Morgen findest du es heraus«, antwortete Krisztina aus dem Bett. »Komm schon her!«

Fünf

»Wo hast du das machen lassen? Und wann?« Kornél Kosik blickte zu Gordon auf. Der Journalist aus der politischen Redaktion saß an seinem Schreibtisch, obwohl es Sonnabend war. Was blieb ihm übrig, in der Woche war so viel los gewesen, dass er sich den Luxus eines erholsamen Wochenendes nicht leisten konnte. Also ordnete Kosik seine Notizen, als Gordon erschien. Kosik sah sich das Foto genau an und schüttelte den Kopf. »Weißt du, wer das ist?«

Gordon vertiefte sich noch einmal in das Foto. Das wellige und speckige Haar des Mannes war nach hinten gekämmt, mit genießerischen grauen Augen starrte er in die Linse des Fotoapparates. So ein Gesicht war schwer zu vergessen, dennoch schüttelte Gordon den Kopf. »Irgendwoher kenne ich den. Ich habe ihn schon gesehen, aber ich weiß nicht, wo.«

Kosik strich durch sein störrisches Haar, auf dem auch ein Hut schwer zurechtkam, dann steckte er den Schlüssel in die einzige verschließbare Schreibtischschublade und nahm ein kleines, blau eingeschlagenes Heft heraus. Gordon versuchte, den Titel zu entziffern, aber Kosiks vom Rauchen verfärbten Finger verdeckten ihn. Er blätterte das Heft auf, das voller Fotos war, daneben ein paar Sätze unterschiedlicher Länge. Als er das Gesuchte gefunden hatte, verdeckte er den Textteil und zeigte Gordon das Bild. »Ist er das?«

»Ja.« Gordon nickte.

»Nach dem wurde schon im Jahr 19 gefahndet«, begann Kosik, »weil er Mitglied der Roten Armee wurde und das Blatt

Kommune herausgab. Aber es gelang ihm, nach Wien und dann weiter nach Bratislava zu flüchten, von wo er 22 illegal zurückkehrte. 1923 wurde er zusammen mit siebzig Kameraden festgenommen und zu fünfzehn Jahren Zuchthaus verurteilt. 1924 wurde er auf diplomatischem Wege mit einundvierzig Verurteilten in die Sowjetunion entlassen. Was weiter mit ihm geschah, ist ungewiss. Man weiß aber, dass er mit anderen kommunistischen Parteien in Europa zusammenarbeitete und dass er Mitglied des NKWD wurde. Du weißt, was das ist?«

»Das Volkskommissariat für Innere Angelegenheiten. Geheimpolizei.«

»Richtig«, sagte Kosik. »Und er kämpfte im spanischen Bürgerkrieg. Ich brauche dir nicht zu sagen, auf wessen Seite. Es ist nicht sicher, aber mehrere Quellen behaupten, er sei in Katalonien gesehen worden. Und neuerdings auch hier, in Budapest. Dafür gibt es jetzt einen Beweis.« Er klopfte mit dem Füller auf Gordons Foto.

»Sagst du mir seinen Namen?«

»Wozu brauchst du ihn?«, fragte Kosik und lehnte sich zurück.

Gordon setzte sich auf die Ecke des Schreibtisches und überlegte, was er sagen sollte. »Ich mache dir ein Angebot«, sagte er schließlich.

»Lass hören.«

»Ich gebe dir das Bild und dazu die Adresse, woher es stammt.«

»Und was ist daran das Geschäft?«

»Sagen wir, ich behalte das Bild nicht für mich und versuche auf andere Weise herauszufinden, wer darauf ist«, antwortete Gordon.

»Ich verstehe. Wir sind uns einig.«
»Ich stelle noch eine Bedingung.«
»Eine Bedingung?«
»Genau.«
»Lass hören.«
»Warte bis Montag früh, geh erst dann zu Schweinitzer.«
»Woher weißt du, dass ich zur Staatspolizei gehen werde?«
»Na hör mal, Kornél. Na hör mal.«
Kosik holte tief Luft, dann nickte er bedächtig. »Das mit Montag geht in Ordnung. Da wird er bereits unterwegs nach Moskau sein. Schnappen können sie ihn sowieso nicht mehr. Er heißt Gerö. Ernö Gerö.«
»Also. Gerö. Was sucht der hier?«, fragte Gordon.
»Frag mich das nicht. Aber vermutlich ist er nicht zu Gömbös' Beerdigung gekommen.«
»Dann wartest du also bis Montag.«
»Mach ich.«
»Du willst gar nicht, dass man ihn schnappt, sondern nur bei Schweinitzer punkten.« Gordon stand auf.
Kosik legte das blaue Heft in die Schublade zurück, warf das Foto darauf, schloss die Schublade ab und steckte den Schlüssel in die Westentasche. Er sah Gordon an. »Hast du damit ein Problem?«
»Ich? Um Himmels willen, kein bisschen. Mach mit dem Foto, was du willst.«
Gordon verließ die Redaktion, schlenderte auf die andere Seite der Rákóczistraße, bog in die Lindenstraße ein und betrat das Gasthaus zur Klette. Dort war Samu nicht zu sehen. Er fragte den Zapfer, doch der schüttelte nur den Kopf. »Er ist gestern Abend weggegangen, seither habe ich ihn nicht gesehen. Dabei ist er jeden Morgen hier.«

Gordon verließ die Klette, blieb stehen, zündete sich eine Zigarette an und ging zum Großen Ring. Aus einem Hausflur trat plötzlich eine stoppelige Gestalt, die nach Bier roch.
»Sind Sie Gordon?«, fragte der Kerl.
»Wer fragt?«
»Samu der Heisere.«
»Ich bin Gordon.«
»Samu lässt ausrichten, er wartet in Buda, in der Karpfenstraße. Sie sollen sich beeilen, sagt er. Beeilung bitte!«
Gordon rief aus dem Kaffeehaus New York das Taxiunternehmen an und bat um Czövek. Das Fräulein am Telefon antwortete bereitwillig: »In zehn Minuten ist er bei Ihnen, mein Herr.«
Gordon wartete auf dem Gehweg. Keine zehn Minuten waren vergangen, da tauchte in dem spärlichen Verkehr der mitgenommene Opel Regent auf.
»Und wohin heute?«, fragte grinsend der Fahrer.
»Karpfenstraße.«
»Mit Beeilung?«, fragte Czövek.
»Ja, mit Beeilung.«
Czövek schonte den Wagen nicht. Schnell raste er an dem noch immer in Schwarz gehüllten Opernhaus vorbei und bog dann zur Kettenbrücke ab. Gordon guckte auf die Donau. Schleppkähne und Barken kämpften sich bei niedrigem Wasserstand voran. Langsam senkte sich Nebel auf die Burg.
»Wohin genau?«, fragte Czövek, als sie die Karpfenstraße erreichten. Gordon schüttelte den Kopf. »Ich weiß es nicht. Warten Sie einen Moment.«
Der Wagen hielt, Gordon stieg aus und betrachtete eine Weile die steile Treppe, die zur Hunyadistraße führte. Er wollte

gerade zum Taxi zurückgehen, da kam aus einer Kellertür ein Mann in einem Sportsakko. »Sind Sie Gordon?«

Gordon bejahte. Der Mann warf seine Kippe weg und sagte: »Samu erwartet Sie vorn in der Várfokstraße.«

Gordon wusste nicht, was er davon halten sollte. Er stieg ins Auto und nannte die neue Adresse. Czövek vergeudete keine Zeit. Am Anfang der Várfokstraße hielten sie, und Gordon war gerade dabei auszusteigen, als wieder eine merkwürdige Gestalt zu ihm trat. »Annastraße«, sagte er nur.

Vor der Matthiaskirche schlenderten einige Touristen herum, sie konnten nicht hinein, weil die Messe schon begonnen hatte. Gordon beugte sich zu Czövek vor. »Fahren Sie jetzt langsam, damit wir in die Annastraße hineinsehen können.« Die Straße war kurz, das wusste er. Dort konnte sich auch ein erfahrener Kundschafter wie Samu nicht verstecken. Sie rollten langsam an der Straße vorbei, und Gordon sah, dass er recht hatte. Er ließ Czövek halten, stieg aus und sagte: »Fahren Sie jetzt zurück zum Platz der Dreifaltigkeit, dort warten Sie auf mich.« Der Fahrer nickte, er wendete, und der Wagen verschwand im dichter werdenden Nebel.

Gordon eilte in die Annastraße. Er verhielt sich unauffällig, Samu würde ihn schon finden. Dort, wo die Úristraße begann, sah er sich um, nirgends war jemand zu sehen. Plötzlich hörte er einen leisen Pfiff, und auf der anderen Straßenseite trat Samu aus einer Haustür. Seine Augen waren gerötet, sein Stoppelhaar grau, sein Gesicht eingefallen, seine Stimme klang noch heiserer als sonst. »Annastraße 1«, sagte er zu Gordon, »links, die erste Wohnung. Er war die ganze Nacht unterwegs. Ein Glück, dass ich ein paar Leute auf den Matthiasplatz geschickt hatte, sonst hätte ich ihn verloren.«

»Er hat dich ordentlich in Atem gehalten«, sagte Gordon und nickte.

»In der Karpfenstraße ging es los, von dort ist er zur Várfok, und schließlich hierher.«

»Bist du sicher, dass er drin ist?«

Samu nickte müde. Gordon langte in die Innentasche, zog zehn Pengö heraus und reichte sie Samu, der aber schüttelte den Kopf. »Ich arbeite nicht für Sie, sondern für Csuli.« Er zog sich die Mütze über die Augen und verschwand.

Gordon stand vor dem Haus, sah sich um, drückte die Tür auf. Der schmale Innenhof sah vernachlässigt und trostlos aus. Rechts führte eine Treppe nach oben, links befand sich eine Tür. Ein paar vertrocknete Topfpflanzen, ein zerfledderter Fußabtreter, flüchtig zusammengekehrte Blätter. Gordon trat in den Hof. An den Fenstern zur Wohnung im Parterre waren die Jalousien herabgelassen. Er ging zur Tür und trommelte dagegen. Eine Jalousie bewegte sich leicht. Gordon trommelte noch stärker. Endlich öffnete sich die Tür, und im Spalt erschienen Skublics' Augen.

»Was zum Teufel wollen Sie?«, zischte er. Gordon antwortete nicht, er drückte die Tür auf und schloss sie hinter sich. Das genügte Skublics, sich abzuwenden, und Gordon sah gerade noch, wie er sich dem Kamin näherte und ein Schüreisen über den Kopf hob. Gordon wartete auf den Augenblick, in dem er zuschlagen wollte, ergriff im selben Moment seine Handgelenke und riss ihm das Schüreisen aus den Händen. Dann schob er Skublics in den schmierigen Sessel. Gordon griff wortlos in die Tasche, nahm die Fotografie heraus und warf sie Skublics in den Schoß. Der rührte sich nicht. Gordon nahm eine brennende Kerze vom Kaminsims, zündete damit eine Zigarette an und hielt sie Skublics hin. Der nahm sie wortlos.

»Ich möchte nicht noch einmal fragen, wer auf jenem Foto zu sehen ist«, sagte Gordon leise.
»Auf welchem Foto?« Skublics sah ihn aus runden Augen an. »Auf dem?«
»Nein, auf jenem, auf das ich dich vor ein paar Tagen in deinem Atelier, falls man das so nennen kann, angesprochen habe.«
»Ich weiß nicht, wovon Sie reden. Hauen Sie ab, sonst hole ich die Polizei.«
Gordon ballte die Hände zu Fäusten, dann streckte er die Finger wieder.
»Tu das nur«, sagte er und stellte die Kerze auf den Tisch. »Hole die Polizei, dann braucht sie dich nicht zu suchen.«
»Sie sind ein …«, entfuhr es Skublics. In seinen Knopfaugen flammte Hass auf.
»Los, wer ist das auf dem Foto?«
»Warum soll ich Ihnen das sagen? Sie schnappen mich ja sowieso. Sie haben denen das Foto gegeben, die Staatspolizei hat überall ihre Leute. Ich meine, Sie arbeiten doch für die.«
»Wäre es so, Skublics, hätte ich deine Tür von Gendarmen aufbrechen lassen und alle Zeitungen alarmiert, dabei zu sein. Vor der Staatspolizei bist du einstweilen sicher. Die bekommt erst am Montag das Bild. Du hast also Zeit zu verschwinden.«
»Warum soll ich Ihnen das glauben?«, fragte Skublics scharf.
»Mir glauben?«, fragte Gordon zurück. »Du brauchst mir nicht zu glauben. Du weißt selbst, dass mehrere Fotos entstanden sind.«
Skublics nickte. Mit seiner vertrockneten Hand rieb er sich den Bart, dann kam Hoffnung in seinen Blick.
»Auf einigen Fotos bist du allein. Auf anderen in Gesellschaft des Kommunisten Gerö. Und ein Foto zeigt Gerö allein. Das

habe ich meinem Mann gegeben. Ob du es glaubst oder nicht.«

»Nehmen wir an, ich glaube es.«

»Nehmen wir es an. Und nehmen wir ferner an, dass ich ein Bild mit Gerö und dir in einem Taxi, das draußen wartet, deponiert habe, das jederzeit bei Schweinitzer auf dem Schreibtisch liegen kann. Wo landest du dann mit deinen Vermutungen?«

Skublics schwieg.

»Hoffe nicht darauf, dass sie dich den Sowjets ausliefern, wie sie es mit Gerö gemacht haben. Du kannst auf vieles hoffen, aber darauf nicht. Die sind ausstaffiert mit ungarischen Kommunisten, noch einen brauchen die nicht. Ausgerechnet so einen. Einen Spitzel. Er spitzelt zwar nicht für die Staatspolizei, aber wen interessiert das schon.«

Skublics kalkulierte fieberhaft. Endlich entschied er sich. »Den Namen des Mädchens kenne ich nicht«, sagte er. »Aber ich weiß, wer sie zu mir gebracht hat.«

»Ich höre«, sagte Gordon und setzte sich in den anderen Sessel, zog die Kerze heran und zückte sein Notizbuch.

»Eine von Zsámbékis Weibern.«

»Wer ist Zsámbéki?«

»Er hat besondere Weiber im Fünften Bezirk.«

»Genauer?«

»In der Báthorystraße. Dort gibt es eine Wohnung, voll mit Mädchen. Zehn oder zwölf. Aber dort sitzen sie nur und warten. Denn es gibt ein Buch, eine Art Katalog. Daraus wählen sich in den Hinterzimmern des Parlaments die Herren Abgeordneten eine aus. Ich bin es, der die Mädchen fotografiert. Die Herren zeigen auf eine, man ruft in der Báthorystraße an, und sie treffen sich in einem Hotel.«

»Willst du damit sagen, die Mädchen sind Huren für die Abgeordneten?«
»Und für die Herren aus dem Oberhaus. Eher für die. Im Unterhaus sitzen nur Bauern und der Pöbel. Diese Mädchen also besorgt Zsámbéki. Ihm hatte jemand gesteckt, in Csulis Bande gebe es ein schulfrisches, besonders hübsches Geschöpf«, sagte Skublics und leckte sich die rissigen Lippen, »eine Jüdin zwar, aber manch einer mag das. Und dass sie mehrere Sprachen spreche. Zsámbéki ging also zu Csuli und kaufte ihm das Mädchen ab. Er zog ihr ein hübsches Kleid an und schickte sie mit der Roten Margó zu mir.«
»Wer ist diese Rote Margó?«
»Die Madam«, antwortete Skublics.
»Wohnt sie in der Báthorystraße?«
»Nein.« Skublics schüttelte den Kopf. »Sie wohnt in der Miksa-Falk-Straße.«
Gordon schrieb sich die Adresse auf. »Den Namen des Mädchens kennst du also nicht.«
»Würde ich gerade den für mich behalten?«
»Und was für Fotos hast du von ihr gemacht?«
»Das, was Sie gesehen haben.«
»Keine anderen?«
»Ich wollte, aber Margó ließ es nicht zu.«
Gordons Hand ballte sich wieder zur Faust. Er stand auf und ging auf Skublics zu. »Scher dich jetzt weg.«
»Sie jagen mich aus meiner Wohnung?«
»Aus dem Land, du Ochse. Du verdammter Ochse. Ich habe gehört, in Paris gäbe es einen riesigen Markt für Bilder von nackten Mädchen. Dort kannst du auch deine Gesinnungsgenossen treffen. Und wenn du auf mich hörst, dann packst du sofort deine Siebensachen! Wäre ja möglich, dass du

einen Fehler gemacht hast, als du mir vertraut hast. Und wer weiß, wenn du nicht schnell genug bist, schreibe ich vielleicht einen Artikel über dich. Unser Pariser Büro könnte ihn übernehmen. Diese Art Storys liest man dort auch gerne.«
An der Tür warf er einen Blick zurück. Skublics rieb sich den Bart und starrte auf den Teppich. Gordon warf die Tür hinter sich zu, schlenderte zum Dreifaltigkeitsplatz und stieg in den Opel.
»Wohin denn jetzt?«, fragte Czövek.
»Lövöldeplatz«, antwortete Gordon.
»Mit Beeilung?«
Gordon sah auf seine Uhr. Es war kurz nach Mittag. »Fahren Sie nur in aller Ruhe. Das Mittagessen kann warten.«

Krisztina machte Bratkartoffeln, Gordon konnte die Zwiebeln schon im Treppenhaus riechen. Als er in die Wohnung kam, sah er Mórs Mantel am Haken hängen. Der Alte ging oft zu Krisztina, sie wohnte ja nur ein paar Straßenecken entfernt. Als Vorwand brachte er immer ein Glas Marmelade mit. Diesmal gab es Palatschinken dazu. »Die Apfelmarmelade ist mir so gut gelungen, dazu muss man Palatschinken essen«, sagte er mit strahlendem Gesicht. Neben ihm, auf dem Küchentisch, dampfte ein Berg davon. Krisztina nahm die Pfanne mit den Kartoffeln vom Herd, trug sie ins Wohnzimmer und stellte sie auf den gedeckten Tisch. »Kommt schon, kommt essen!«, rief sie.
Beim Essen sprachen sie über alles Mögliche, aber Gordon wollte vor Mór nicht erzählen, was er aufgedeckt hatte. Als sie zu den Palatschinken kamen, kostete er zunächst sehr vorsichtig, dann aber mit wachsendem Appetit. »Opa, so übel ist deine neue Schöpfung gar nicht. Nein, sie ist überhaupt

nicht übel. Wie viel Zucker hast du denn genommen, damit sie nicht auseinanderläuft?«

»Nicht wenig, mein Junge, nicht wenig«, sagte Mór mit geheimnisvollem Lächeln.

Nach dem Essen zündete sich Gordon eine Zigarette an und sah auf die Uhr. »Was machst du heute Nachmittag, Opa?«, fragte er Mór.

»Oh, ich habe Unmengen Birnen zu Hause. Ich habe auch wieder Rhabarber gekauft, ich habe genug zu tun«, antwortete der Alte.

»Ich frage nur, weil ich mir am Nachmittag einen Boxkampf ansehen möchte. Man sagt, dass ein Fleischer aus Csepel besser boxen soll als Harangi.«

»Niemand boxt besser als Harangi!«, brauste Mór auf.

»Der Harangi, der in Berlin eine Goldmedaille gewonnen hat?«, wollte Krisztina wissen.

»Genau der.« Gordon nickte.

»Junge, ich habe im Leben wirklich genug Blut gesehen, auf noch mehr bin ich nicht erpicht«, sagte der Alte und winkte ab.

»Wie du willst, Opa.«

»Zsigmond, vergiss bitte nicht, dass wir heute Abend ins Kino gehen wollen.«

»Aber nein«, antwortete Gordon, dann bat er den Alten zu erzählen, was für eine Marmelade er diesmal zu erfinden gedachte.

Als Gordon die Boxhalle des Budapester Vasas-Sportklubs in der Nähe des Westbahnhofs betrat, schlug ihm ein vertrauter Geruch entgegen: ein Gemisch aus Schweiß, stickiger Wärme und Zigarettenrauch. Er blieb in der Tür stehen und sah sich um. Er war eine ganze Weile nicht hier gewesen, bestimmt zwei Wochen. Jetzt war er froh, dem Alltag entfliehen zu können – dem Tod von Gömbös und dem Mord an dem jüdischen Mädchen.

In der Mitte des Saales standen zwei Boxringe, in dem einen wurde trainiert, in dem anderen jedoch wurde ein Kampf vorbereitet. Der Tabellenführer und der Schiedsrichter belehrten gerade die Kämpfer und ihre Betreuer. Alles geschah mit großem Ernst, obwohl es sich nur um einen Amateurkampf handelte. Viele Männer standen um den Ring, manche hemdsärmlig, sie redeten aufgeregt miteinander. Andere hatten sich in die Menge zurückgezogen, um den Kampf zu beobachten.

Gordon trat näher. Einige begrüßten ihn, er gab ihnen die Hand. Natürlich war immer noch Harangis Sieg in Berlin Thema Nummer eins. Gordon ärgerte sich, dass er nicht zur Olympiade hatte fahren können. Die Zeitung hatte ihm nicht freigegeben. Er hatte sich alle Kämpfe im Radio angehört. Beim Entscheidungskampf mit Harangi war er in der Boxhalle von Vasas gewesen. Sie hatten das Radiogerät in die Mitte eines Boxrings gestellt, sich im Kreis darum gesetzt und so enthusiastisch mitgefiebert, als wäre der Olympiakampf vor ihren Augen im Gange. Als der Schiedsrichter Harangis Hand hob, schrien alle mit dem Kommentator, natürlich auch Gordon. Es war ein großartiger Abend gewesen. Gordon steckte auch in der jubelnden Menge, als Harangi mit der Olympiamannschaft aus Berlin zurückkehrte. Nichts hätte ihn davon abhalten können, er warf seinen Hut in die Luft und begleitete Harangi mit der jubelnden Masse aus dem Ostbahnhof. Er wusste nicht, wann er sich jemals über den Sieg eines Boxers so sehr gefreut hatte. Schon lange

zuvor hatte er sich für Harangi begeistert, ihn beeindruckte seine Selbstsicherheit, seine Flexibilität, seine unglaublich schnelle Rechte und seine lässige Überlegenheit.
Gordon zog den Mantel aus, legte ihn über seinen Arm, schob sich den Hut aus der Stirn und sah sich gründlich um. Endlich fand er, wen er suchte. Jenö Strausz stand nahe beim Ring und sprach gerade mit zwei Jungen in Shorts, die ihm mit weit geöffneten Augen lauschten. Strausz konnte manches erzählen, immerhin hatte er bei den internationalen Meisterschaften von Budapest im Februar 1912 im Schwergewicht Ralf Geyling besiegt. Strausz war sein Alter nicht anzumerken. Er ging auf die fünfzig zu, aber jedes Gramm seiner fast neunzig Kilo Lebendgewicht waren Muskeln. Er hob sich aus der Menge ab mit seinem kurzgeschnittenen Haar, dem leicht gekrümmten Rücken und dem sorgsam gestutzten Schnurrbart. Seit Jahrzehnten trainierte er den Nachwuchs, und ihm war die Entdeckung solcher Boxgrößen wie István Énekes oder Zsiga Adler zu verdanken. Strausz erblickte Gordon, und ein Lächeln trat in sein Gesicht. Er breitete die Arme aus: »Zsigmond! Herzlich willkommen! Ich hätte nicht erwartet, dass du hier erscheinst.«
»Niemand kann besser sein als Harangi, aber den Csepeler Fleischer möchte ich mir ansehen«, antwortete Gordon. »Hat er auch einen Namen?«
Strausz zog die Augenbrauen hoch. »Du wirst es nicht glauben. Er heißt Miska Fleischer.«
»Miska Fleischer«, wiederholte Gordon. »Und wie heißt er wirklich?«
»Einen anderen Namen kennen wir nicht. Aufgetaucht ist er beim Csepeler Arbeitersportverein, und schon damals hieß

er bei allen Miska Fleischer. Ich glaube kaum, dass er so heißt, ist ja auch egal.«

»Hast du ihn boxen sehen?«

»Wenn ich ihn gesehen hätte, wäre ich wahrscheinlich nicht hier«, antwortete Strausz. »Entweder er boxt wie die meisten Kohlenträger und Fleischer, dann wäre es unnötig, ihm noch einmal zuzugucken, oder ich würde ihm bereits alle meine Zeit widmen, damit er lernt, nicht nur zuzuschlagen, sondern auch mit dem Kopf zu arbeiten.«

»Wer ist sein Gegner?«

Strausz winkte ab. »Der Micsicsák.«

»Dann wird es ein schneller unblutiger Kampf.« Gordons Blick wanderte über den Ring hinweg. »Sehe ich richtig, ist das dort Antal Kocsis?«

»Ja«, antwortete Strausz. »Ich weiß nicht, was ihn hierher getrieben hat.«

Der Olympiameister im Bantamgewicht von 1928 in Amsterdam war 1930 nach Amerika ausgewandert und seither in Ungarn nicht mehr aufgetaucht. Regelmäßig erschien etwas über ihn in der Presse. Es hieß, er habe sein Geld vertrunken oder ein K.o. erlitten, bei dem ihm der Verstand abhandenkam. Ein andermal hieß es, er habe einen Vertrag in Südamerika und so weiter. Gordon wusste, dass all das nicht stimmte. Kocsis hatte auch in Amerika einen guten Namen. Seines weichen Herzens wegen steckte er jedoch ständig in Geldschwierigkeiten. Wenn ein dortiger Ungar ihn anpumpte, konnte er nicht nein sagen. Das Geld sah er natürlich nie wieder.

Gordon quetschte sich durch die Menge und trat zu Kocsis. Der war klein und schmal, das nach hinten gekämmte Haar wurde von Brillantine gebändigt, er trug einen gut geschnit-

tenen Anzug, auf seinen Lippen ruhte das vertraute freundliche Lächeln.
»Antal!«, begrüßte ihn Gordon. »Antal, was suchst du hier?«
Kocsis drehte sich blitzschnell um, und als er Gordon sah, freute er sich so, dass er ihn umarmte. »Zsigmond! Ach herrje, dich hier zu sehen! Wann haben wir uns das letzte Mal getroffen?«
»Am 27. April 1930 in Philadelphia«, antwortete Gordon prompt. »Du hast gegen einen Polen geboxt und ihn in der sechsten Runde geschlagen. Wajda war sein Name, stimmt's?«
»Ich weiß es nicht mehr, du erinnerst dich besser«, brummte Kocsis und boxte Gordon in die Seite.
»Weil ich darüber geschrieben habe«, antwortete Gordon.
»Über alle meine Kämpfe, wenn du in der Nähe warst.«
»Ich war immer dabei, wenn ich konnte. Antal, bist du jetzt nach Hause gekommen?«
Kocsis nickte. »Ja.«
»Warst du beim Match zwischen Louis und Schmeling in New York dabei?«
»Das war ich.«
»Ich will alles wissen! Jeden einzelnen Schlag, jeden Haken, jedes Tänzeln, Ducken, Festhalten und Zuschlagen. Alles.«
Kocsis' Augen leuchteten auf, und er begann, Gordon den Zweikampf zu schildern. Er versetzte sich so hinein, dass er praktisch jede Runde vorspielte. Die Männer am Ring versammelten sich allmählich um Gordon und Kocsis. Sogar Strausz rückte näher, aber es waren inzwischen so viele Leute dazwischen, dass er sich auf die Ringkante stellen musste, um Kocsis zu sehen.
»Und dann tänzelt Schmeling weg. Plötzlich hebt er den Kopf, da sieht er Louis auf sich zukommen, und als Louis

nicht aufpasst, gibt ihm Schmeling einen Haken, bang, dann noch einen, bang, dann in den Magen, bang, bang, bang …« Kocsis erzählte so voller Eifer, dass Gordon unbewusst die Bewegungen nachahmte. Bei starken Schlägen stöhnte er auf, zählte Louis zusammen mit Kocsis an. Sie waren so in Fahrt geraten, dass sie nicht bemerkten, dass der Csepeler Fleischer schon in der zweiten Runde gegen Micsicsák stand. Der Neue wirkte überraschenderweise wie ein Halbschwergewichtler, er hatte kaum einen Bauch, seine Arme waren lang und muskulös, Micsicsák wusste nichts mit ihm anzufangen. Fleischer setzte in der fünften Runde seinem Gegner eine erbarmungslose gerade Rechte auf den Magenmund. Micsicsák sank auf den Boden und rührte sich nicht mehr. Der Ringrichter beugte sich über ihn und begann zu zählen, und als Micsicsák sich immer noch nicht rührte, winkte er den Arzt herbei. Jetzt erst hob er Fleischers rechte Hand.

Gordon wartete eine Weile, dann wandte er sich an Kocsis.

»Antal, wie ist so ein Schlag auf den Magenmund?«

»Wie schon?«, fragte der Boxer zurück.

»Micsicsák ist so zusammengeklappt, weil ihn der Schlag unvorbereitet traf, oder …?«

»Zsigmond, darauf kann man sich nicht vorbereiten«, entgegnete Kocsis. »Schon gar nicht bei einem Schläger wie Fleischer.«

»Noch eine Frage. Was passiert, wenn man mit solcher Kraft einer Frau in den Magen schlägt?«

Kocsis seufzte. »Worauf willst du hinaus?«

»Es ist nur eine Frage, sonst nichts.«

»Tja, das kann ein böses Ende nehmen.«

»Wie böse?«

»Schlimmstenfalls kann sie daran sterben. Warum fragst du? Hast du etwas vor?«
»Ich? Natürlich nicht. Ich arbeite nur an einer Sache, in der etwas Ähnliches vorgekommen ist.«
»Was passiert, hängt vom Zufall ab. Mich hat mal einer oberhalb der Niere so getroffen, dass die Luft in mir stecken blieb und ich nicht aufstehen konnte. Die Luft blieb einfach in mir stecken. Auf einen Schlag, wie den eben von Fleischer, kann man sich nicht vorbereiten. Seine Hand ging wie ein Geschoss los, du hast es selbst gesehen, Micsicsák konnte sie nicht abwehren. Das war sein Ende.«
Gordon nickte. Wenig später begann der nächste Kampf. Gordon blieb bis sechs Uhr abends bei Strausz und Kocsis, sie kritisierten die Boxer, analysierten die Schläge und erinnerten sich in den Pausen an berühmte Wettkämpfe. Gegen sechs Uhr stellte Gordon seufzend fest: »Ich muss jetzt gehen.«
»Etwa zur Arbeit?«, fragte Strausz.
»Ja. In gewisser Weise schon.« Er gab Kocsis und Strausz die Hand, grüßte beim Weggehen die anderen, trat auf die Straße hinaus und ging Richtung Berliner Platz davon.

Die Miksa-Falk-Straße war wie ausgestorben. Hinter den hohen Fenstern sah er teure Kronleuchter, schwere Vorhänge, mitunter einen vorbeihuschenden Schatten. Gordon fand schnell die Adresse. Vor dem Haus stehend wunderte er sich, in was für einer vornehmen Gegend die Rote Margó wohnte. Natürlich, die Mädchen, die sie beaufsichtigte und steuerte, befanden sich in der Báthorystraße, und sie musste in der Nähe sein. Außerdem war die Wohnung nicht ihr Eigentum, die Miete wurde von dem geheimnisvollen Mann namens

Zsámbéki bezahlt, dem, der das schwarzhaarige Mädchen von Csuli abgekauft hatte.

Er klingelte. Wenig später erschien der Hausmeister, Gordon drückte ihm wortlos einen Pengö in die Hand, woraufhin der ihn eingehend musterte. Er fragte nicht, zu wem. »Dritter Stock, links«, sagte er zu Gordon und watschelte zurück in seine Wohnung neben der Treppe.

Der Innenhof war sauber und gepflegt, einige kahle Sträucher, eine kräftige Akazie und sorgfältig angelegte Rabatten. Gordon stieg in den Fahrstuhl und fuhr zum dritten Stock hinauf. Er ging nach links und blieb vor der ersten Tür stehen. Hinter dem Türfenster war kein Licht zu sehen. Er klopfte an. Augenblicke später öffnete sich die Tür. Die Frau war ein wenig kleiner als er, ungefähr einen Meter fünfundsiebzig. Die Schultern breit, der Busen voll, die Hüften rund, die Beine lang und muskulös. Als sie sich die Hand gaben, merkte er, dass ihre Hand warm, weich und kräftig war. Die Frau mochte etwa fünfundzwanzig Jahre alt sein, aber ihr Gesicht zeigte Zeichen des Alterns. In den Winkeln ihres vollen, sinnlichen Mundes saßen winzige Falten, und um ihre Augen mit den langen Wimpern begannen noch kleinere Fältchen ein Netz zu knüpfen. Die großen blauen Augen waren ein wenig blutunterlaufen. Ihrem vollen braunen Haar hätte Kämmen gut getan, nicht einmal der Scheitel war gerade. Die Oberlippe war auf einer Seite breiter geschminkt als auf der anderen. Sie trug einen Morgenrock aus weinroter Seide, der ihr schlecht stand und sich an einer Seite öffnete. Am linken Bein hatte der Strumpf eine Laufmasche. Das also war die Rote Margó, die – wie Gordon wusste – die erlesensten Politiker in ihr Netz lockte und nichts unversucht ließ, deren Bedürfnisse zu befriedigen.

»Was wollen Sie, schöner Jüngling?«, fragte sie, an den Türpfosten gelehnt.
»Ich suche Sie wegen des jüdischen Mädchens auf«, antwortete er.
»So geht das nicht«, sagte Margó und sah ihn an.
»Sondern wie?«
»Da Sie mich gefunden haben, müssten Sie wissen, wie die Dinge laufen. Ich weiß sowieso nicht, wovon Sie reden und wen Sie suchen. Ich weiß nichts von einem jüdischen Mädchen. Oder meinen Sie, ich bin eins?«, fragte sie Gordon in provozierendem Ton.
Gordon schüttelte sanft den Kopf. »Izsó Skublics hat gesagt, ich soll Sie besuchen.«
»Sind Sie ein Freund von Skublics?«
»Meinen Sie, ich bin einer?«
»Bei ihm weiß man nie.«
»Lassen Sie mich rein?«
»Bitte«, sagte Margó und machte die Tür weiter auf. Gordon schloss sie hinter sich und folgte ihr ins Wohnzimmer, das einmal recht hübsch gewesen sein musste. Aber ein Großteil der Möbel war inzwischen abgenutzt, ausgeblichen und altersschwach. Im Zimmer herrschte eine ziemliche Unordnung.
»Sie erkundigen sich also nach Judit Jeges«, sagte sie, während sie von einem Stuhl ein Paar Schuhe aus Eidechsenleder, eine Tasse und eine Untertasse nahm, damit Gordon sich setzen konnte. Ihre Stimme klang weich und träge. Gordon antwortete wahrheitsgemäß. »Ja, sie interessiert mich. Hauptsächlich aber, wer sie umgebracht hat und warum.«
Das Mädchen runzelte die Stirn. »Wollen Sie etwa sagen, jemand hätte sie getötet?«

»Allem Anschein nach: Ja.«
»Und nun glauben Sie, dass …«
Gordon fiel ihr ins Wort. »Hier bin ich der Detektiv, und ich möchte nicht, dass ein anderer meine Rolle übernimmt und die Fragen stellt.«
Margó musterte ihn von Kopf bis Fuß. »Sie, ein Detektiv?«
»Bleiben wir dabei, dass ich ermittle«, entgegnete Gordon und zog einen Seidenstrumpf unter sich hervor. Er wusste nicht recht, warum er sich einen Detektiv genannt hatte. Vielleicht, weil er gemeint hatte, dass das die Situation vereinfachen würde; aber jetzt merkte er, dass er einen Fehler gemacht hatte. Margó hatte sich in den anderen Sessel gesetzt und sah ihn wortlos an. Er berichtigte sich. »Ich ermittle nur, wie man so sagt. Eigentlich bin ich Kriminaljournalist beim *Abend.*«
»Dann arbeiten Sie also an einem Artikel?«, fragte Margó.
»Nehmen wir's an.«
Margó stand auf und ging zu dem Tischchen am Fenster, auf dem sich die Flaschen reihten. Sie goss sich ein Glas Gin ein, warf ein welkes Stückchen Zitrone hinein und trank es aus. Dann nahm sie ein anderes Glas, füllte es gleichfalls und stellte es für Gordon auf den Rauchtisch. Gordon betrachtete das Glas, und Margó betrachtete ihn, den die Neugier nach dem, was tatsächlich geschehen war, antrieb. Margó kannte das Mädchen also, Judit Jeges, was sicherlich ein Pseudonym war. Gordon nahm eine Zigarette und zündete sie an. Margó stellte sich ans Fenster und sah gelangweilt auf die Straße hinaus, so dass Gordon sie genauer betrachten konnte. Die Kleidung hatte sie sich offenbar in aller Eile übergezogen. Auch unter dem Morgenrock konnte man die perfekten Konturen ihres Busens und ihrer schlanken Hüf-

ten erkennen. Ihre Schenkel waren lang und muskulös. Unter dem Morgenrock trug sie kein Unterkleid, am Oberschenkel und an den Hüften sah man ihre weiße Haut. Er betrachtete ihr Gesicht im Profil: die Nase schön geschwungen, die vollen Lippen verächtlich verzogen. Ihr Blick hatte etwas Katzenhaftes, er wirkte ruhig und zugleich herausfordernd. Eine Herausforderung. Gordon seufzte leise. Sie wandte sich vom Fenster ab, und in ihren Augen spiegelte sich Enttäuschung, oder war es Erfahrung? Gordon konnte sich nicht entscheiden, jedoch wusste er genau, dass er den nächsten Schritt sehr vorsichtig machen musste. Irgendetwas stimmte nicht mit dieser Frau. Das letzte Mal hatte er in Amerika eine Frau Gin trinken sehen. Das musste natürlich nichts bedeuten. Wohl aber, dass Margó manches über Judit wusste. Gordon verwarf schließlich alle seine Ideen, er beugte sich vor und berichtete kurz und knapp, was er über die Tote wusste. Margó beobachtete wieder die Straße, sie wandte sich ihm nicht zu.

»Dienstagnacht wurde ein totes jüdisches Mädchen in der Nussbaumgasse gefunden. Wie Sie sagen, hieß sie Judit Jeges. Die Polizei befasst sich vorerst nicht mit ihrem Tod. Nach Aussagen des Prosektors wurde ihr so fest in die Magengrube geschlagen, dass sie daran starb. Jemand hat das Mädchen Csuli abgekauft, und Izsó Skublics hat einige Fotos von ihr gemacht. Nun, Sie haben sie zu Skublics begleitet«, endete Gordon. »Wie heißt der Mann?«

Margó wandte sich um, zog eine Grimasse und wollte ihr Glas abstellen. Sie verfehlte den Tisch um zwanzig Zentimeter.

»Ich glaube nicht, dass ich Ihnen helfen kann«, sagte sie mit ruhiger Stimme, während sie den Gin auf dem Teppich beobachtete.

»Da bin ich mir nicht sicher«, antwortete Gordon, die Taktik ändernd, »aber eigentlich brauche ich Ihre Informationen gar nicht. Ich denke, ich komme auch ohne sie zurecht.«

»Wenn es so ist, auch gut. Aber ich bin die Einzige, die Ihnen helfen könnte.«

»Wollen Sie Geld?«, fragte Gordon.

»Ja«, antwortete Margó. »Nur nicht von Ihnen.« Damit spuckte sie die Zitronenreste auf den Fußboden, griff sich ins Haar, wischte sich den Mund mit dem Handrücken ab und lächelte. »Also gut, Herr Journalist. Ich neige dazu, mit Ihnen zusammenzuarbeiten. Nehmen Sie mir ruhig ab, dass es nicht Ihr Geld kosten wird, ich beschaffe mir, was mir zusteht, bevor die Party endet. Glauben Sie mir das?«, fragte sie herausfordernd und sah ihn an, als käme sie von einem anderen Stern.

Der Augenblick war nicht geeignet, über Geld zu streiten.

»Ich hoffe, Sie beschaffen sich, was Ihnen zusteht«, antwortete Gordon still.

»Ich beschaffe es mir. Und jetzt passen Sie gut auf. Sie sind zwar nicht betrunken, aber ich bin's. Und zwar so betrunken, dass ich alles erzähle, was Sie wissen wollen. So eine bin ich nun mal. Wenn es mir passt, erzähle ich alles, was man wissen will. Man muss nur fragen. Los also, fragen Sie!«

Gordon verstand nicht recht, warum Margó es sich plötzlich anders überlegt hatte; jedenfalls begann er zu fragen. Und sie antwortete. Sie trat vom Fenster weg, setzte sich in den gegenüberstehenden Sessel und schlug die Beine übereinander. Dabei öffnete sich ihr Morgenrock so weit, dass Gordon ihren flachen Bauch und den Ansatz ihres Busens erkennen konnte.

»Sicher ist, dass sie eine gute Schule besucht hatte«, erzählte

Margó, »sie sprach perfekt deutsch, war höflich und wusste, wie man gute Kleider trägt. Wir unterhielten uns nicht viel. Judit war verschlossen, sie lächelte selten und war kühl zu den Männern, was die schier aus der Fassung brachte.« Sie lächelte. »Das jedenfalls weiß ich, sie war das beliebteste Mädchen. Zsámbéki verlangte eine Menge Geld für sie. Wenn wir uns gelegentlich hinsetzten und was tranken, kam sie dazu, trank aber nicht, sagte nichts, sondern schwieg nur.«
»Das war's?«, fragte Gordon. »Mehr wissen Sie nicht zu sagen?«
Margó schüttelte den Kopf. Sie stand auf, ging wieder zum kleinen Tisch, trank. »Eines könnte ich noch sagen.«
»Und was?«
»Wenn wir Kaffee tranken, fragte sie immer, wo wir den gekauft hätten. Manci hatte ihn einmal nicht bei Meinl, sondern bei Arabs gekauft. ›Davon möchte ich nichts‹, sagte sie. ›Es ist derselbe Kaffee‹, beschwichtigten wir sie. Sie sah mich nur an. ›Den trink ich nicht‹, sagte sie, zerknüllte die Zeitung, in der sie gerade gelesen hatte, und stürmte aus der Küche.«
»War's das?«, fragte Gordon.
»Das war's«, antwortete Margó.
»Sonst wissen Sie nichts?«
»Ich habe alles gesagt, was ich weiß«, antwortete sie. »Vielleicht sogar zu viel.«
Gordon stand auf. »Nein. Gerade genug.«
»Wollen Sie damit sagen, Sie wissen bereits, wer sie getötet hat?«
»Noch nicht. Ein oder zwei Dinge muss ich noch klären, bevor ich es weiß.«
»Wer war es? Wer?«, rief Margó völlig ernüchtert. Sie sprang auf, ergriff seine Jacke. »Sagen Sie mir, wer sie getötet hat!«

»Ich weiß es noch nicht.«
»Seien Sie brav!«
»Jetzt noch nicht.«
Margó ließ seinen Jackensaum los, verschränkte die Arme auf dem Rücken und lachte ihm ins Gesicht. »Na gut, behalten Sie es für sich. Und versuchen Sie herauszufinden, was wahr ist von dem, was ich erzählt habe.«
»Was es auch ist, ich danke Ihnen dafür. Und auch für den Gin.« Er stand auf, sah Margó an und ging zur Tür. Margó stand am Fenster und hatte keinen Blick mehr für ihn. Gordon schloss die Eingangstür hinter sich, und er war schon auf der Treppe, als Margó ihm etwas hinterherrief.
»Warten Sie, Herr Journalist.«
Gordon blieb stehen, drehte sich um. »Worauf?«
»Da ist noch etwas.«
»Und was?«
»Sind Sie interessiert?« Margó betrachtete Gordon mit zusammengekniffenen Augen. »Sie spielen doch den Ermittler, ist es nicht so?«
Gordon ging zur Tür zurück. »Sagen Sie's schon.«
»Warten Sie hier«, antwortete Margó und warf die Tür ins Schloss.
Gordon wartete. Minuten vergingen, er rauchte. Schließlich erschien Margó mit einem Brief in der Hand. »Dieser Brief ist mir gerade noch eingefallen.«
»Ein Brief.«
»Ja.«
»Der Ihnen gerade noch eingefallen ist.«
»Ja. Wenn Sie mir nicht glauben oder er Sie nicht interessiert …«
Gordon blies den Rauch aus. »Was wollen Sie dafür?«

»Nichts.« Margó lehnte sich an den Türpfosten. »Von Ihnen gar nichts.«
Gordon kreuzte die Arme vor der Brust und sah sie an.
»Das ist ein Liebesbrief«, sagte Margó.
Gordon streckte die Hand aus. Sie legte den Brief hinein. »Er ist ihr zufällig aus der Tasche gefallen.«
»Und Sie haben ihn aufgehoben.«
»Ich wollte ihn ihr zurückgeben, doch es gab keine Gelegenheit.«
Gordon schwieg. Er steckte den Brief in die Innentasche seines Sakkos und ging zur Treppe. Margó rief ihm noch hinterher: »Sie wissen nicht, worauf Sie sich eingelassen haben.«
Gordon drehte sich um.
»Sie wissen nicht, worauf Sie sich eingelassen haben«, wiederholte sie. »Das sind keine Spaßvögel. Gucken Sie immer, wer hinter Ihnen ist.« Mit diesen Worten warf sie die Tür zu.
Gordon zuckte mit den Schultern. Was kann mir schon passieren. Und wen soll ich fürchten. Wird man mich abknallen? Das hier ist Budapest, nicht Chicago.

Er verließ das Haus und wandte sich nach links. Auf dem Sankt-Stephans-Platz schlug ihm kalter Wind von der Donau entgegen. Ihn fröstelte. Er sah zur Margaretenbrücke, über ihr sammelten sich dunkle Wolken. Er schlug den Mantelkragen hoch und stellte sich an die Endstation der Straßenbahn. In der Ferne sah er die Lichter des Lustspieltheaters, davor parkten teure Autos. Als es einen Augenblick windstill war, hörte er aus einem nahen Kaffeehaus Musik.
Klingelnd rollte die Straßenbahn an die Station. Gordon sprang auf und stieg am Berliner Platz wieder aus. Wie immer

herrschte vor dem Westbahnhof ein großes Gedränge. Der Bahnhof spie die Angekommenen aus und sog die Abfahrbereiten in sich hinein. Vor der Modiano-Uhr blieb Gordon stehen und sah zur Straßenbahnhaltestelle zurück. Er hatte das Gefühl, dass ihm jemand folgte. Aber er sah niemand Verdächtigen, er hatte keine Ahnung, nach wem er Ausschau halten sollte. Vor dem Westend-Hotel warteten junge Männer und überlegten, ob sie die monatlich sechzig Pengö für ein Zimmer zahlen sollten oder weiter hinaus in einen Vorort gehen, wo es billiger wäre. Vor dem Fröhlichen Biertrinker verkündete ein riesiges Plakat, heute Abend spiele Berta Türke mit ihren Schrammelmusikanten. Gordon schüttelte den Kopf. Gab es Abende, an denen sie nicht dort spielten?
Der Berliner Platz zog die Menschenmassen an. Ein endloses Kommen und Gehen, klingelnde Straßenbahnen, die Rufe der Droschkenkutscher, die Pfiffe der Polizisten, Beamte, die aus ihren Büros ins benachbarte Brauhaus gingen, arme Jungs aus der Provinz und Männer, die ihre Frauen zu Hause gelassen hatten. In der Mitte der kreisförmigen Fußgängerinsel hatte sich unter der Modiano-Uhr ein Tabak- und Zeitungshändler eingerichtet. Gordon hatte schon oft bei ihm gekauft. Der kriegsinvalide Verkäufer begrüßte ihn überschwenglich: »Herr Redakteur! Das Übliche?«
»Wie immer«, antwortete Gordon und steckte die türkischen Zigaretten in die Hosentasche. »Wie geht das Geschäft, Krámer?«
»Oje«, der Invalide winkte ab. »Wissen Sie, der Finanzminister Fabinyi wollte bestimmt das Richtige tun, aber seine Knute hat wieder nur uns getroffen.«
»Indem er den Zeitungsverleih verbot?«
»Wissen Sie, das war doch nicht schlimm. Kam ein Herr und

bat um Tabak, blätterte er dabei in einer Zeitung. Und kam ein Stammgast, dann borgte ich ihm die Zeitungen und die Magazine für ein paar Fillér.« Der Händler wiegte den Kopf. »Aber wenn ich sie beschädigt zurückbekam, musste er sie bezahlen. Es war ja nicht viel Geld im Monat, nur ein paar Pengö, sagen wir, zehn. Jetzt geht das nicht mehr. Jetzt darf man nicht mehr in den Zeitungen blättern, weil es der Finanzminister verboten hat.«

Gordon nickte verständnisvoll und verabschiedete sich. Auf dem Theresienring lief er bis zur Podmaniczkystraße, dort bog er ab in die Jókaistraße. Vom Gewimmel war hier nicht mehr viel zu spüren. Unterwegs empfingen ihn märchenhafte Düfte aus einer Garküche. Gordon wäre gern eingekehrt, aber der Tag hatte ihn müde gemacht, am liebsten wäre er schon zu Hause. Am Anfang der Lovagstraße war es ruhig, aber Richtung Nagymezöstraße nahm der Geräuschpegel des Pester Broadway ständig zu. Er sah auf seine Uhr, es war kurz nach sieben. Ausgezeichnet, er würde Zeit haben, sich zu waschen und umzuziehen, denn der Film »Skandal in der Oper« im Nyugat-Lichtspieltheater begann erst um acht Uhr. Gordon wollte sich wenigstens einmal in der Woche die »Fox-Wochenschau« ansehen. Die endlosen Kriegsberichte aus dem spanischen Bürgerkrieg und aus Abessinien langweilten ihn schon ein wenig, aber gelegentlich berichteten sie auch über Ereignisse aus Amerika. Neulich hatte zum Beispiel Präsident Roosevelt …

»Können Sie mir bitte sagen, wie spät es ist?«, fragte ihn ein Mann mit Hut, der plötzlich neben ihm ging.

Gordon blickte auf, aber er ahnte bereits, dass hier etwas nicht stimmte und er nichts dagegen tun konnte. Er wollte einfach weitergehen, als jemand hinter ihm seinen Arm ergriff und festhielt. Er versuchte den Kopf zu drehen, doch der Hut war ihm über die Augen gerutscht. Sein Angreifer zog ihn in einen Hausflur. Ein anderer trat vor ihn und schlug ihm mit einem Ruck den Hut vom Kopf, so dass Gordon aufblicken konnte. Das Gesicht des Mannes konnte er nicht erkennen, genau hinter ihm blendete eine Straßenlaterne. Er wollte losschreien, aber das hatte keinen Sinn. Was er auch tat, eine Sekunde nur, und sie hätten ihn erledigt. Ein Schlag oder ein Schuss, und aus war es. Gordon versuchte, etwas von dem Mann vor sich zu erkennen, es gelang ihm nicht, denn blitzschnell traf ihn ein Schlag in den Magen. Gordon krümmte sich und würgte. Der Mann hinter ihm hielt ihn mit sicherer Hand. Gordon wusste, dass es ein Fehler war, aber für den nächsten Schlag spannte er die Bauchmuskeln an. Der Schlag bereitete ihm höllischen Schmerz. Tränen traten ihm in die Augen. Seine Beine knickten weg. Er wollte Luft holen, es ging nicht. Es war, als hätten sie einen Bleiwürfel in seinen Magen gepresst, aus dem das Metall langsam zur Lunge strömte. Er tat alles, um nicht in Panik zu geraten. Der Mann hob den Arm zu einem neuen Schlag, Gordon versuchte, den Körper zu lockern. Der Schlag schmerzte diesmal weniger, aber der Magen krampfte sich zusammen, und er erbrach sich. Unsinnige Gedanken gingen ihm durch den Kopf, nur gut, dass er in der Garküche nicht gegessen hatte, er hätte alles erbrochen. Er hob wieder den Blick, noch immer sah er das Gesicht des anderen nicht. Er hörte, wie die Finger des Mannes knackten, als er sie zur Faust ballte. Den Schlag sah er nicht. Der traf diesmal nicht seinen Magen, sondern sein Kinn. Er spürte, wie die Lippe platzte, und hörte, wie seine beiden Zahnreihen knirschend übereinander wegfuhren. Da ließ ihn der Mann hinter ihm los. Gordon klappte zusammen wie eine Marionette, die plötzlich losgelassen wurde. Sein Kopf donnerte auf Stein. Er spürte, wie ihm Blut von der Stirn floss. Seine Zunge hatte er gottlob nicht abgebissen – vielleicht war doch etwas vom Boxunterricht hängengeblieben. Die Zunge an den Gaumen und nicht bewegen, an nichts denken, nur dort lassen … Am Boden liegend wollte er ausspucken, aber es gelang ihm nicht. Der mit Blut vermischte Speichel rann ihm aus dem Mundwinkel.

Der Mann mit dem Hut beugte sich über ihn. »Für diesmal soll es genug sein«, zischelte er. Gordon sah ihm ins Gesicht. Er sah wenig, aber was er sah, genügte. Er sah einen Mund, falls man den überhaupt so nennen konnte. Die Unterlippe hing nach unten, dahinter kaum noch Zähne, oben sah er nur die Eckzähne. Über dem Mund saß eine scheußlich verbogene Nase, von der kaum vorstellbar war, dass man damit noch Luft holen konnte. »Für heute soll's reichen, und wenn das nichts genützt hat, dann wird Ihre nette kleine Freundin mit einer zerstückelten Visage rumlaufen und gar nicht mehr so nett aussehen«, fuhr er fort. Gordon ächzte. Warum das alles? Er begann wieder zu würgen, und Blut sprudelte ihm aus dem Mund. Der Mann mit der schiefen Nase stand auf, schlug sich den Staub von der Hose und ging einen Schritt zurück. Dann stieß er die Spitze seines abgetragenen Schuhs Gordon so in den Magen, dass sich vor ihm die Welt verdunkelte. Er spürte nicht mehr, dass der andere ihm zum Abschied noch einmal kräftig in die Niere trat. Als er ihm jedoch mit dem Schuhabsatz in die rechte Innenhand trat, als müsste er eine Zigarettenkippe austreten, kam Gordon zu sich. Jetzt hörte er einen Wagen in die Straße kommen, und die beiden Männer waren im Handumdrehen verschwunden. Gordon konnte sich nur auf den Schmerz konzentrie-

ren, er meinte, dies sei die einzige Möglichkeit, nicht den Verstand zu verlieren. Er lag da wie die betrunkenen Penner vor den Kneipen in einer Vorstadtstraße. Allmählich gelang es ihm, den Brechreiz niederzukämpfen. Auf die rechte Hand gestützt, versuchte er sich aufzurichten, aber ein scharfer Schmerz durchfuhr ihn. Er legte sich auf den Rücken, rollte auf den Bürgersteig, stützte sich auf die linke Hand und richtete sich ein wenig auf. Er setzte sich mit dem Rücken an die Wand und betastete die rechte Hand. Bei der geringsten Berührung zuckte er zusammen. Trotz starker Schmerzen bewegte er die Finger, einen nach dem anderen. Alle waren in Ordnung, nur der Zeigefinger nicht, der stand in einem komischen Winkel ab. Er konnte ihn nach rechts und links bewegen, hörte ein Knacken und spürte den Schmerz. Langsam kam seine Atmung wieder in Gang. Er schloss die Augen und sog zunehmend mehr Luft ein. Anfangs wollte er sich noch bei jedem Einatmen erbrechen, aber nach ungefähr fünf Minuten ließ die Übelkeit nach. Sehr langsam versuchte er, sich selbst zu helfen, er wusste, dass Hilfe nicht kommen würde.
Auf dem Gehweg nahte ein Paar. Sie im schwarzen Abendkleid und Nerzmantel, er im Smoking, Kamelhaarmantel, Hut. Als sie die zusammengeprügelte, schmutzige, blutende Gestalt sahen, wechselten sie die Straßenseite. Gordon wartete noch ein paar Minuten. Als er meinte, genug Kraft zu haben, versuchte er aufzustehen. Es ging nicht. Sein Magen hämmerte, seine Hände ebenso. Mit dem Rücken an der Wand schob er sich in die Höhe. Die Knie waren fast schon gestreckt, als er merkte, dass an der Wand der Sockel endete und Zierziegel begannen. Er holte tief Luft, stützte beide Hände auf die Knie und drückte sich in den Stand. Ihn

schwindelte. Er blieb an die Mauer gelehnt, um nicht zu stürzen. Das Blut von der Stirn lief ihm in die Augen. Er wischte es mit dem Jackenärmel weg.
Dann guckte er, wie weit es bis zu seiner Haustür war. Seine Wohnung befand sich am Anfang der Lovagstraße, nahe der Nagymezöstraße, gleich das zweite Haus. Bis dorthin waren es noch vier Hauseingänge. Er riss sich zusammen, löste sich von der Mauer und versuchte, auf beiden Beinen zu stehen. Jetzt erst spürte er deutlich die Wirkung der Schläge auf seine Niere. Hätte er sich nicht an einem Ziegelstein festgehalten, wäre er wieder gefallen; das musste er auf jeden Fall verhindern, denn er war sich nicht sicher, ob er es noch einmal hochschaffen würde.
Er ging langsam, Schritt für Schritt. Mit der linken Hand fasste er vor sich einen Ziegelstein, zog das linke Bein nach, dann das rechte. Linke Hand, linkes Bein, rechtes Bein. Linke Hand, linkes Bein, rechtes Bein.
Als er die Haustür erreicht hatte, musste er alle Kräfte zusammennehmen, um laut anzuklopfen. Dann lehnte er den Rücken an die Tür und glitt langsam zu Boden. Die Tür öffnete sich, der Hausmeister schaute heraus und erblickte Gordon, der da halb saß und halb lag. »Ich bin es, Iváncsik.«
Der Hausmeister bückte sich und sah Gordon ins Gesicht. Überrascht rief er: »Nicht bewegen, Herr Redakteur!« Gordon hatte nicht vor, sich zu bewegen. »Ich helfe Ihnen!« Damit griff er ihm unter die Achseln, half ihm auf die Beine und stützte ihn auf dem Weg in die Hausmeisterwohnung unter der Treppe. Seine Frau stand totenbleich in der Küche. »Guck nicht so, Irénchen!«, fuhr er sie an. »Lauf und hol den Doktor!«
»Nicht nötig«, ächzte Gordon.

»Aber nicht doch, Herr Redakteur, das letzte Mal habe ich so etwas an der italienischen Front gesehen. Hier muss ein Feldscher her.«
»Gehen Sie hinauf in meine Wohnung, dort wartet Krisztina«, sagte Gordon leise.
»Sofort«, antwortete der Hausmeister. »Irénchen, dreh hier keine Däumchen, du hast ja gehört, was der Herr Redakteur gesagt hat. Los, Tempo!« Irénchen eilte davon, und Iváncsik ließ Gordon von seiner Schulter auf einen Hocker gleiten. Keine Minute war vergangen, und Krisztina tauchte auf. Ihr Gesicht war weiß, nur am Jochbein gerötet. Sie kniete sich vor Gordon hin. »Zsigmond, Zsigmond, was haben sie mit dir gemacht?«, murmelte sie und griff nach seiner rechten Hand.
»Zuletzt sind sie davongelaufen«, sagte er und zog seine Hand zurück.
»Bleib hier sitzen, ich sage Mór Bescheid«, meinte Krisztina und strich ihm über das blutverkrustete Haar.
»Keine Sorge«, beruhigte Gordon sie, »dieses Mal bleibe ich, wo ich bin.«
Als Krisztina zurückkam, brachte sie ein feuchtes Handtuch mit und umwickelte Gordons Hand. Sie wischte ihm das Blut vom Gesicht, und als zehn Minuten später Mór kam, sah Gordon nicht mehr ganz so schlimm aus. Mór bedachte ihn nur mit einem Blick und sagte: »Ruf den Rettungsdienst.«
»Den nicht, Opa, den nicht! Du bist hier, und das genügt mir.«
»Mein Junge, hier kann ich nicht viel ausrichten. Ich war ein passabler Praktiker, aber kein Chirurg.«
»Versuch es, Opa«, sagte Gordon.

Der Alte seufzte. »Ich untersuche dich in deiner Wohnung. Wenn du es schaffst, hinaufzugehen. Wenn nicht, dann ab in die Klinik.«
Gordon stand langsam auf, ihm war schwindlig. Krisztina hatte schon die Tür geöffnet. Mór und Iváncsik griffen ihm unter die Arme und halfen ihm langsam die Stufen hinauf. Krisztina war vorausgeeilt, hatte die Tür offen stehen lassen und ins Bad einige Handtücher und die Arzttasche gelegt, die sie von Mór bekommen hatte. Gordon ließ sich auf einen Stuhl fallen, Krisztina zog ihn langsam und vorsichtig aus. Die Hose musste sie aufschneiden, den Rest konnte sie ihm überziehen. Krisztina wusch mit Handtüchern Gordons Oberkörper und reinigte seine Wunden an der Stirn und an der Lippe.
»Kannst du ins Zimmer rübergehen, mein Junge?«, fragte der Alte, und hinter der Brille funkelten besorgt seine Augen.
»Ja, Opa«, antwortete Gordon und ging mit Krisztinas Hilfe ins Schlafzimmer, wo er auf das Bett sank.
»Krisztina, geh raus«, bat der Alte, dann öffnete er seine Arzttasche und ging daran, Gordon zu untersuchen. Als er fertig war, meinte er: »Wenn du morgen kein Blut im Urin hast, kannst du zu Hause bleiben. Wenn aber doch, dann ab ins Johannes-Krankenhaus.« Krisztina, die natürlich nicht hinausgegangen war, lehnte am Türpfosten und seufzte erleichtert auf. »Und deine Hand ist nicht gebrochen, nur ein Finger ausgerenkt. Das bringe ich sofort in Ordnung. Tut ein bisschen weh, aber ich beeile mich.« Gordon nickte. Mór umfasste mit der Linken fest sein Handgelenk und mit der Rechten den Zeigefinger. Erst zog er ihn nach vorn, dann drückte er ihn zurück. Tränen traten in Gordons Augen. »Das hast du mir so nicht gesagt, Alter«, stammelte er und

sah Mór an. »Deine Kopfwunde habe ich noch gar nicht behandelt. Dein Glück, dass sie nicht länger ist, dann müsste sie genäht werden, und das mach ich nicht gern. Der Schlag hat eine Ader verletzt, darum die starke Blutung. Krisztina, gib mir Jod.« Er tunkte um ein Streichholz gewickelte Watte hinein und säuberte gründlich die Wunden an Gordons Stirn und Mund.

»Trink das, Zsigmond«, sagte Krisztina und hielt ihm ein Glas hin. Mór lächelte zustimmend. »Trink das nur, mein Junge.« Gordon trank den Schnaps, seine Augen schlossen sich langsam und sein Kopf sank zur Seite.

Sechs

Als Gordon am Morgen aufwachte, konnte er am eigenen Leib erfahren, was Boxer auf eine häufig gestellte Frage antworten: Im Ring merkt man den Schmerz kaum. Später dann stärker. Aber das ist noch gar nichts. Der richtige Schmerz kommt erst einen Tag später.

Alles an ihm tat weh, der Kopf pochte, Finger und Hände ebenso, die Niere stach. Aber er konnte aufstehen. Er stolperte zur Tür. Krisztina saß am Fenster und zeichnete beim Licht der Leselampe. Gordon lehnte sich an den Türpfosten und beobachtete sie. Er hatte ihr schon oft zugesehen, manchmal halbe Stunden lang, aber er begriff nicht, wie die Linien, die Formen, die Schatten aus ihrer Hand kamen. Er hatte eine Menge Zeichner gesehen, hauptsächlich die bei der Polizei, aber auch Gerichtszeichner. Aber deren Arbeiten hatten ihn nie überwältigt. Manchmal hatte er selbst versucht zu zeichnen, aber nicht einmal eine Landkarte konnte er ordentlich wiedergeben. Krisztinas Hand bewegte sich in vollkommener und perfekter Selbstverständlichkeit über das Papier. Sie hielt kaum inne, um zu überlegen, sie korrigierte sich selten. Mehrere Märchenbücher hatte sie bereits illustriert, und nur Gordon wusste, dass ihr als Modelle die Jungen und Mädchen aus Nagyszeben dienten, die sie seit Jahren nicht gesehen hatte; sie hatte sie aus ihrer Kindheit in Erinnerung behalten. Ihrer deutschen Herkunft wegen schien es damals naheliegend, dass sie in Deutschland studierte. Ihr Vater hatte Verwandte in Weimar, also besuchte Krisztina dort die von Gropius gegründete Bauhaus-Universität. Aber sie blieb nicht bei dieser Richtung. Sie entwarf gerne Plakate und malte Porträts, und einmal hatte man auf der Budapester Internationalen Messe den Pavillon der Firma Tungsram nach ihren Entwürfen gebaut. Sie hatte nie eine ordentliche Festanstellung gehabt. Sie arbeitete frei und auf Anforderung, sah sich nie nach Arbeit um, man kannte sie und fand sie. Gordon hatte sie wiederholt gefragt, wann es endlich eine Krisztina-Eckhardt-Ausstellung gäbe? Die Antwort war bestenfalls ausweichend. Krisztina hasste es, wenn sie als Künstlerin bezeichnet wurde, schlimmer war nur, wenn man sie als Frauenrechtlerin bezeichnete. Männer fürchteten und verehrten sie, doch hinter ihrem Rücken tuschelten sie über sie. Aber auch das interessierte sie nicht. Sie zeichnete gern, und sie machte keinen Hehl daraus, dass sie mit der Bewegung für die Gleichberechtigung der Frauen einverstanden war. Doch das betonte sie niemals. Man soll sich nur für das interessieren, was ich zeichne und entwerfe, sagte sie oft zu Gordon. Die Folge war, dass sie keine Freundinnen hatte im herkömmlichen Sinn. Krisztina hatte kein Verständnis für die in schlechten Ehen leidenden Frauen, oder die, die sich Liebhaber hielten, oder für die sinn- und grundlose Selbstaufopferung unter Berufung auf die Heiligkeit der Ehe und Familie. Sie ging selten zu Gesellschaften und traf sich nur mit Frauen, die ähnliche Ansichten hatten wie sie. Man spielte Karten, Bridge, was Gordon nun gar nicht verstand. Das würde ihm an ihr immer ein Geheimnis bleiben.

Er stand an der Tür, und seine Gliedmaßen schmerzten, brannten, pochten. Mór lag auf dem Sofa und schlief. Krisztina hatte ihn mit einer Wolldecke zugedeckt, er war hemdsärmelig und schnarchte. Krisztina wandte sich um und traute ihren Augen nicht, da stand Gordon an den Türpfosten gelehnt. Sie sah ihn giftig an und wollte gerade etwas sagen, aber da legte Gordon den Finger an seinen Mund und gab ihr ein Zeichen, mit ins Schlafzimmer zu kommen.

»In der Innentasche meiner Jacke findest du einen Brief«, sagte er, als sie kam. Er saß auf der Bettkante und versuchte sich nicht zu bewegen. »Bring ihn mir.«

Krisztina sah sich den Umschlag an und hielt ihn Gordon hin.

»Lies vor, Krisztina. Ich glaube, ich kann ihn nicht halten«, sagte er. Krisztina öffnete den Umschlag und nahm ein zusammengefaltetes Blatt heraus. Sie räusperte sich, dann begann sie zu lesen.

Liebe, teure Fanny, Du fehlst mir unsagbar und entsetzlich. Ich weiß nicht, was ich ohne Dich machen soll. Die Tage schleichen dahin, und auch die Thora hilft mir nicht. Ich suche nach Antworten darin, finde sie aber nicht. Überall suche ich Antworten, überall. Wo finde ich die Antwort darauf, warum ich Dich so sehr aus vollem Herzen liebe und es mir nur gut geht, wenn wir zusammen sind? Welche Antwort gibt es darauf, dass man uns beide trennen will? Mein Vater ist nicht zufällig Rabbi geworden. Mag sein, dass er nicht auf alles eine Antwort weiß, aber er tut so, und das genügt. Man glaubt ihm. Man achtet und liebt und fürchtet ihn. Für mich gilt nur das letzte, denn all meine Liebe gehört nur Dir. Erinnerst Du Dich, was ich Dir in jenem Restaurant gesagt habe? Vergiss es nie. Und vergiss auch mich nicht. Irgendwie werde ich alles klären, auf welche Weise, weiß ich noch nicht. Ich zermartere mir ständig den Kopf darüber, wie ich es anstellen kann, endlich bei Dir zu sein, frei Deinen Mund zu küssen, frei Deine Hand zu halten, frei in Deine wunderschönen Augen zu sehen. Ich möchte Dich für alles entschädigen, für alles, und es ist meine feste Absicht, Dich zur glücklichsten Frau auf dieser Welt zu machen, auch wenn das die anderen nicht wollen. Dein hingebungsvoller Schlomo.

Krisztina faltete das Blatt zusammen und steckte es zurück in den Umschlag. »Willst du mir nicht sagen, was das alles zu bedeuten hat? Und weshalb du dich hast verprügeln lassen? Fühlst du dich jetzt besser?«

Gordon versuchte zu lächeln, aber der aufgeplatzten Lippe wegen wurde eher eine Grimasse daraus. Dann erzählte er ihr langsam und stockend von seinem Besuch bei der Roten Margó.

»Und diese Sache interessiert dich so sehr, dass du dich dafür halb totschlagen lässt?«

»Jetzt, wo ich deswegen halb totgeschlagen wurde, erst recht.«

»Zsigmond, spiel doch nicht den Helden«, sagte Krisztina und stand auf.

»Sei beruhigt, ich spiele nicht den Helden. Aber was bleibt mir jetzt übrig? Wie soll ich noch in den Spiegel schauen können, wenn ich den nicht erwische, der mir das angetan hat? Was würdest du von mir halten, wenn ich es nicht täte?«, fragte Gordon. Er sah keinen Sinn darin, ihr die Drohung des Schlägers von dem zerschnittenen Gesicht zu erzählen. Er musste handeln, und zwar schnell.

Krisztina umfasste die Lehne des Stuhls so heftig, dass die Finger weiß wurden. Man sah ihr an, dass sie etwas sagen wollte, doch dann wandte sie sich um und ging hinaus. Fast stieß sie mit Mór zusammen, der zerzaust und verschlafen in der Tür stand, in den Händen ein Tablett, darauf ein Glas Milch, ein Stück Kuchenbrot und ein Glas Marmelade.

»Gib dem bloß keine Marmelade, Mór«, sagte Krisztina, »der hat einen Holzkopf, der nur Sägespäne braucht.«

»Oje, mein Junge«, sagte Mór und schüttelte den Kopf, »iss das hier, und hinterher unterhalten wir uns.« Er stellte das Tablett auf den Nachttisch und setzte sich ans Fenster. Ruhig sah er zu, wie Gordon alles verspeiste. »Pfirsichmarmelade vom vorigen Jahr«, bemerkte er schließlich, »die gut geratene.«

Gordon nickte zustimmend, dann versuchte er aufzustehen.

»Wohin willst du?«, fragte Mór.

»Ich habe zu tun, Opa.«

»Gott behüte, du hast nichts anderes zu tun, als hier zu liegen und zu stöhnen.«

»Ich kann auch stöhnen, ohne zu liegen«, gab Gordon zurück. »Im Liegen geht es besser«, sagte Mór.

»Geht nicht, Opa, ich muss jetzt raus.«

»Raus? Wohin zum Teufel willst du? Du kannst nicht einmal aufstehen, wieso dann raus? Und wenn du es wirklich schaffst, wirst du die Leute auf der Straße erschrecken, so schrecklich wie du aussiehst.«

»Ich muss in die Tabakstraße gehen«, antwortete Gordon. »Dort gibt es einen Rabbi mit einem Sohn, der Schlomo heißt.«

»Wenn du mich fragst, von solchen Rabbinern gibt es mehrere.«

»Dann suche ich den richtigen und rede mit ihm.«

»Ich werde mit ihnen reden.«

»Du?«

»Ja, ich. Junge, du gehst tatsächlich nirgendwohin. Du brauchst Ruhe! Was willst du über diesen Rabbi wissen?«
»Über diesen Rabbi gar nichts, sondern über seinen Sohn und dessen Liebste.«
»Ich soll dich nicht fragen, warum du das wissen willst, stimmt's?«, sagte Mór. Er strich sich über das Haar, und Gordon sah, dass er seine Weste falsch geknöpft hatte, sein Hemd zerknittert war und seine Krawatte schief saß.
»Frage mich nicht, Opa.«
»Ich gehe. Aber unter einer Bedingung«, sagte Mór.
»Unter einer Bedingung?«
»Genau. Du gehst jetzt ins Bad und pinkelst in dieses Glas«, sagte Mór und hielt ihm ein altes Wasserglas hin. »Wenn kein Blut im Urin ist, gehe ich. Wenn doch, gehst du ins Krankenhaus. Darüber gibt es keine Diskussion.«
Gordon seufzte, er rappelte sich auf, nahm das Glas, griff nach seinem Zigarettenetui und ging mit zusammengebissenen Zähnen ins Bad. Er schloss die Tür und stellte sich vor den Spiegel, nahm eine Zigarette und zündete sie an. Den Rauch ausblasend prüfte er sein Gesicht. Er sah genauso aus wie ein Boxer, der einem ernstzunehmenden Gegner in die Handschuhe gelaufen war. Die Wunde über dem linken Auge war dick verbunden. Mór hatte das gut gemacht, aber durch den Verband war Blut gesickert. Die untere Lippe war gerissen und geschwollen. Er leckte mit der Zunge darüber und fuhr vor Schmerz zusammen. Seine Augen waren blutunterlaufen, aber er hatte kein Veilchen. Alles in allem sah er so übel nicht aus. Auf das Rasieren musste er verzichten, dazu hätte er die rechte Hand gebraucht, die trotz des Verbands heftig pochte. Der Alte hatte irgendeine Heilsalbe auf den Nachttisch gestellt, damit sollte er sie einschmieren. Ein

sauberes Hemd und ein adretter Anzug würden ihm ein akzeptables Aussehen verleihen.
Er trat zur Toilette und schlug den Sitz hoch, nahm das Glas in die Hand und pinkelte mit schmerzverzerrtem Gesicht hinein. Als er fertig war, hob er das Glas. Keine Spur von Blut. Er stellte das Glas auf den Waschbeckenrand, wusch sich mit kaltem Wasser das Gesicht, kämmte sich das Haar zurück und ging hinaus.
»Bitte, Opa«, sagte er und stellte Mór das Glas hin.
Mór hielt es gegen das Licht und seufzte zufrieden. »Das hast du brav gemacht!«
»Na gut«, sagte Gordon und setzte sich auf die Bettkante. »Und jetzt musst du mir ein paar Dinge versprechen.«
»Schieß los.«
»Pass gut auf, wenn du auf der Straße bist. Guck, ob dir jemand folgt. Beobachte nicht nur die Fußgänger, sondern auch die Autos. Wenn du aus dem Haus gehst, sieh dich gründlich um, ob du einen Wagen entdeckst, in dem jemand sitzt. Geh immer dicht an den Hauswänden entlang, an den Hauseingängen aber geh zum Straßenrand. Bleib manchmal überraschend stehen und sieh hinter dich, aber möglichst unauffällig. Wenn du etwas Ungewöhnliches siehst, bleib ruhig, setz dich in ein Kaffeehaus, trink etwas, komm dann nach Hause.«
»Ich verstehe«, sagte der Alte und nickte.
»Möglich, dass du gar nichts bemerkst. Schließlich ist heute Sonntag und in der Tabakstraße kaum jemand unterwegs.«
»Sorge dich nicht, Junge, ich werde schon alles richtig machen.«
»Sei sehr vorsichtig!«

»Das bin ich. Und du bleibst hier im Bett liegen.«

»Abgemacht, Opa«, sagte Gordon und nickte.

»Krisztina!«, rief Mór laut. »Pass auf, dass er im Bett bleibt«, legte er ihr ans Herz, als sie aus dem Wohnzimmer kam. »Er muss liegen und sich ausruhen, wer weiß was ihm sonst noch passiert.« Er erhob sich und knöpfte die Weste richtig zu. Krisztina zog seine Krawatte zurecht, drückte ihm den Hut auf den Kopf, und Mór ging.

Kaum war Mór aus dem Zimmer, stand Gordon auf. Mit wackeligen Beinen ging er zum Telefon und griff mit der linken Hand nach dem Hörer. Dabei fiel ihm ein, dass er mit der verbundenen und schmerzenden rechten Hand nicht wählen konnte. Er legte den Hörer hin und versuchte es mit der linken Hand, aber es ging nicht. Krisztina sah von der Tür aus zu, wie er zum Fenster stolperte, einen Bleistift nahm und mit ihm zu wählen begann. Aber der Bleistift entglitt ihm immer wieder. Nach dem fünften Versuch warf er ihn zu Boden und wandte sich an Krisztina. »Möchtest du mir nicht helfen, verdammt noch mal? Oder amüsierst du dich lieber?«

»Wen willst du anrufen?«, fragte Krisztina frostig.

»Das Kaffeehaus Stambul.«

»Und warum?«

»Um dort mit jemandem zu sprechen.«

»Schau an, was du nicht sagst.«

»Hilfst du mir nun oder nicht?«

Krisztina trat zum Telefon, Gordon nannte ihr die Nummer aus dem Kopf. Als der Rufton erklang, gab sie Gordon den Hörer. »Ist Jenö Strausz im Haus?«, fragte Gordon. Er hörte die Antwort und legte auf. Dann ging er ins Schlafzimmer zurück und begann sich umständlich anzuziehen. Krisztina

sah ihm mit verschränkten Armen zu. »Wohin willst du?«, fragte sie.
»Ich habe zu tun.«
»Du hast also zu tun. Zusammengeprügelt wie ein Hund hast du einfach zu tun. Und was, wenn ich fragen darf?«
»Fragen darfst du. Ich muss mit Jenö Strausz reden.«
»Was nicht bis morgen Zeit hat. Oder besser, bis du wieder so weit bist, dass du unter Menschen gehen kannst.«
»Keine Zeit«, antwortete Gordon und hielt Krisztinas Blick stand. Die Drohungen des Krummnasigen wollte er ihr auch jetzt nicht sagen. Erst, wenn er wusste, dass er nichts gegen die Schläger unternehmen konnte. Wenn er alles versucht hatte. Aber davon war er noch weit entfernt.
»Kann sein, Zsigmond, dass ich auch keine Zeit haben werde«, entgegnete ihm Krisztina. »Und ich nehme das Penguin-Angebot an. Und fahre nach London.«
»Hilf mir vorher beim Anziehen«, meinte Gordon nur. Inzwischen war er in seine Hose gestiegen, aber mit dem Hemd kam er allein nicht zurecht. Krisztina zögerte einige Augenblicke, dann trat sie zu ihm und half ihm. Sie knöpfte sein Sakko zu, band ihm die Krawatte und zog ihm den Mantel an. Gordon ging ins Vorzimmer und setzte sich mit der linken Hand den Hut auf. Bei dieser Bewegung wurde ihm schwindlig, und er lehnte sich an die Wand. Sein Gesicht zuckte unter den Schmerzen. Krisztina war das zu viel. Sie nahm ihren Mantel vom Haken und griff nach der Handtasche.
»Wohin gehst du?«, fragte Gordon.
»Wenn du glaubst, ich würde dir bei diesem Wahnsinn weiter assistieren, bis du völlig kaputtgehst, dann irrst du dich!« Damit schlug sie die Tür hinter sich zu und stürmte davon.

Gordon nahm den Schlüssel vom Haken neben der Tür, zwängte ihn mit der linken Hand ins Schloss, drehte ihn um und stieg die Treppe hinunter.

Der Morgen war regnerisch und hässlich. Vom nässenden Nebel war der Bürgersteig feucht, und Gordon gab den Plan auf, zu Fuß ins Stambul zu gehen. Eine gute Viertelstunde verging, bis er den Berliner Platz erreicht hatte. Dort stieg er in die Straßenbahn, setzte sich und sah auf die herbstliche Stadt hinaus. Über die Margaretenbrücke schlenderten hübsche junge Mädchen mit Tennisschlägern in der Hand. Gordon verzichtete darauf, den Kopf zu drehen und ihnen hinterherzuschauen. Er gab dem Schaffner ein Zeichen, dass er an der nächsten Station aussteigen wollte.
Wenige Meter von der Haltestelle entfernt lag das Stambul. Trotz der frühen Stunde war es voll. Ein Kellner öffnete ihm die Tür, er trat in den verrauchten, nach Kaffee und Semmeln riechenden Raum. Die Kassiererin trommelte auf ihrer Registrierkasse herum, Kellner kurvten mit vollen Tabletts umher, an den Tischen saßen wohlsituierte Budaer Jugendliche, Männer und Frauen. Gordon sah sich um. Hinten erblickte er Strausz in Gesellschaft von Antal Kocsis. Er ging auf die beiden zu, aber unterwegs schmerzte seine Seite so stark, dass er sich mit der Linken auf einem Tisch abstützen musste. Der junge Schönling am Tisch richtete den Blick auf das ihm gegenübersitzende Fräulein und empörte sich: »Haben Sie keine Augen im Kopf, Mann? Noch so früh am Tage und schon blau!« Gordon hätte ihm am liebsten seinen Kaffee in den Schoß gegossen, aber er hatte Wichtigeres vor. Den Vorfall hatte auch Strausz mitbekommen, er hob den Kopf, und als er Gordon erblickte, wollte er aufspringen, um

zu helfen. Doch Gordon winkte ab. Er wankte bis zu Strausz' Tisch, wo ihm Kocsis einen Stuhl unterschob.

»Was ist mit dir passiert, Gordon?«, fragte Strausz. »Wenn ich es nicht besser wüsste, würde ich denken, jemand, über den du einen Artikel geschrieben hast, hat dich verprügelt. Aber ich weiß ja, dass deine Helden entweder tot sind oder im Knast sitzen.«

»Dann müsste aber nicht ich die Prügel beziehen, sondern der Richter, der das Urteil gesprochen hat«, sagte Gordon und winkte ab. Er fing den Blick eines Kellners auf und bestellte schwarzen Kaffee, »stark, doppelt und schnell«, dann erzählte er Strausz und Kocsis, was ihm in der letzten Nacht passiert war.

»Und weißt du, warum sie über dich hergefallen sind?«, fragte Strausz. Gordon schüttelte den Kopf. »Nein.«

Kocsis sah ihn verwundert an. »Zsigmond, das gibt es nicht, dass sie so einfach über dich herfallen und dich grün und blau prügeln!«

»Doch, das gibt es«, warf Strausz ein. »Du warst lange Zeit nicht hier. Es hat sich manches verändert, und nicht nur, dass wir statt mit Kronen mit Pengö zahlen.« Er schüttelte den Kopf. »Sag mir, wie sah der Schläger aus?«

»Er war etwas kleiner als ich, von durchschnittlichem Körperbau, aber das vermute ich vielleicht nur seines Mantels wegen, ich weiß es nicht. Seine Augen habe ich nicht gesehen, wohl aber Mund und Nase. Oben hatte er nur noch die Eckzähne, unten nicht einmal die. Seine Lippe hing schief herab, seine Nase war krumm.«

Strausz sah Kocsis an, der hob die Augenbrauen. »Meinst du auch, es handelt sich um den?«, fragte Kocsis.

»Klar, nur um den«, sagte Strausz und nickte.

Gordon blickte von einem zum anderen. »Um wen?« Doch da erschien der Kellner, er stellte ein Henkeltöpfchen auf den Tisch, randvoll mit schwarzem, dampfendem Kaffee. Gordon zog sein Zigarettenetui hervor, nahm eine Zigarette heraus und dankte dem Kellner dafür, dass er ihm ein brennendes Streichholz hinhielt. Er atmete den Rauch ein, nahm einen Schluck Kaffee und sah Strausz an.

»Er heißt Pojva«, sagte Strausz. »Wir kennen ihn, du auch.«

Kocsis nickte düster. »Als Amateur hat er mit dem Boxen begonnen, und er war gar nicht so schlecht. Seine Bewegungen waren nicht schnell, das war aber auch nicht nötig, denn sein Körper war wie aus Bronze gegossen. Er wurde geschlagen und spürte es nicht, und in seinen Fäusten hatte sich eine Kraft eingenistet, wenn der jemanden richtig traf, stand der im Ring nicht mehr auf. Aber weit hat er es nicht gebracht, denn die technisch versierten Boxer kamen leicht mit ihm zurecht. Ungefähr 1925 oder 1926 wurde er aus seinem Verein, dem Budafoker Jugendkreis, ausgeschlossen. Immer häufiger boxte er regelwidrig. Er schlug die Gegner an den Hinterkopf, er nahm die Ellbogen zu Hilfe, wenn er auf sie einschlug, er schlug unter die Gürtellinie, umklammerte sie und hielt sie fest. Er verdiente es nicht, ein Boxer genannt zu werden. Außerdem war er hinterhältig, kleinlich und geldgierig.«

»Kurz bevor er wegging, hörte ich noch, dass er als Türsteher arbeitet«, sagte Gordon.

»Und natürlich boxt er immer noch«, sagte Strausz.

»Wo?«

»Wo? In den Vorstädten, an allerlei finsteren Orten. Ohne Handschuhe, bis Blut fließt. Außerdem ist er Türsteher, wie du gesagt hast.«

»Und seine Gegner?«
»Jeder, der bezahlen kann. Na, viel kostet es nicht.«
»Und wo finden diese heimlichen Boxkämpfe statt?«
»Ich weiß es nicht, Zsigmond«, antwortete Strausz. »Und ich will es auch nicht wissen.«
»Ich bekomme es heraus«, warf Kocsis ein.
»Dafür danke ich dir«, sagte Gordon.
»Ach, keine Ursache, wirklich.« Kocsis nickte.
Gordon wurde es schwindlig, er rutschte fast vom Stuhl. Strausz half ihm wieder auf. Gordon bat ihn, ihm ein Taxi zu bestellen. Strausz gab dem Kellner einen Wink.
Während sie warteten, erzählte Kocsis von den verbotenen Boxkämpfen. »Zsigmond, vergiss alles, was du über das Boxen weißt. Boxhandschuhe gibt es nicht, es ist schon gut, wenn es überhaupt einen Ring gibt. Der Seilabstand ist dann aber nicht wie vorgeschrieben ein Meter zwanzig, sondern wesentlich mehr, eins fünfzig oder sechzig. Damit du nicht hinausfallen kannst. Es gibt einen Ringrichter, wenn man ihn so nennen kann, aber keine Runden. Der Veranstalter läutet den Kampf ein, und die beiden fallen übereinander her und schlagen zu, wie es gerade geht. Verboten sind nur Schläge unter die Gürtellinie, sonst ist alles erlaubt. Schläge ins Genick? Na klar. Mit dem Ellbogen? Freilich. Zum Schluss muss einer am Boden liegen. Je später, desto besser, denn wetten kann man, solange die beiden auf den Beinen sind. Versteht sich von selbst, dass die Buchmacher sich dabei dumm und dämlich verdienen. Manchmal setzen sie sogar selbst die Kämpfer ein. Na, nicht direkt, denn so was spricht sich herum. Kredit gibt es nicht, du kannst nur setzen, was du bei dir hast. Es gab mal einen Abend, da heimste der Buchmacher an die zweitausend Pengö ein.«

»Woher weißt du das alles, Toni?«, fragte Strausz und sah ihn überrascht an.

Kocsis zuckte mit den Schultern. »Na ja …«

Doch da erschien der Kellner und sagte, draußen stehe das Taxi. Gordon stand auf, zog eine Pengömünze aus der Hosentasche und warf sie auf den Tisch. »Danke«, sagte er leise und sah zur Tür. Dann machte er sich auf den Weg, immer die Tür im Blick. Ein anderer Kellner öffnete ihm die Tür, Gordon sah ihn an, nickte dankend und stolperte hinaus in den nebligen Oktobervormittag.

Kaum stand er auf dem Bürgersteig, gab der Taxifahrer Gas und brauste über die Margaretenbrücke davon. An seinen Platz rollte ein schwarzer Citroën. Gordon hatte keine Zeit, sich zu entrüsten, denn dem Citroën entstieg ein hochgewachsener, schnurrbärtiger Mann, Csomor, ein Ermittler der V. Hauptabteilung. »Guten Tag«, begrüßte ihn Csomor. »Steigen Sie ein, bitte schön.« Und er riss die hintere Tür auf.

»Warum soll ich einsteigen?«, fragte Gordon giftig zurück.

»Weil ich Sie darum bitte«, antwortete der Ermittler, trat zu ihm, nahm ihn am Arm und drückte ihn in den Wagen.

Auf dem Rücksitz saß schon Vladimir Gellért, er hatte eine Zigarette im Mund und las in einer Akte.

»Was soll das alles?«, fragte Gordon und erwartete eine Erklärung. Der Kriminalinspektor gab keine Antwort, er war in die Akte vertieft und hob nicht einmal den Blick.

»Ich habe gefragt, was das alles soll!«, sagte Gordon nochmals.

»Was schon.« Gellért blickte ihn an. »Wir fahren Sie nach Hause. Wie ich sehe, sind Sie müde. Und wozu Geld für ein Taxi ausgeben?«

»Ich gebe Geld aus, wofür ich möchte.«
»Fahren Sie, Csomor«, rief Gellért nach vorn. Csomor fuhr an, wartete, bis auf der Straße Platz war, und ordnete sich ein. Am Rudolfplatz bog er nach rechts ab in die Miksa-Falk-Straße.
»Hier wohne ich nicht«, sagte Gordon mit lauter Stimme, und es überraschte ihn nicht, dass er keine Antwort bekam. Vor dem Haus der Roten Margó verlangsamte Csomor das Tempo, und Gellért blickte zum Fenster hinauf. Schließlich parkten sie vor dem Parlament. Csomor stellte den Motor ab. »Und jetzt?«, fragte Gordon. »Was habt ihr vor?«
»Die Frage lautet, Gordon, was Sie vorhaben. Schnüffeln Sie rum?«
Gordon war so verblüfft, dass er nicht antworten konnte.
»Sie schnüffeln, Sie stellen Fragen. Schreiben Sie etwa einen Artikel?«, fuhr Gellért fort.
»Und wenn es so wäre, was geht Sie das an? Überhaupt, woher wissen Sie, woran ich arbeite?«
»Hören Sie, Gordon«, sagte Gellért mit müdem Kopfschütteln. Sein Gesicht war bleicher als sonst, unter seinen Augen hingen dunkle Tränensäcke, die auch die Brille nicht verbergen konnte. An seinem hageren Körper hing das Sakko herab. »Erinnern Sie sich? Ein Mädchen ist tot. Sie haben selbst gefragt, was mit ihr ist. Bitte, wir ermitteln.«
»Ach ja?«, fragte Gordon spöttisch. »Und wie weit sind Sie?«
Gellért antwortete nicht, er rauchte seine nächste Zigarette.
»Ich frage Sie, wie weit Sie sind!«
»Sie machen einen Fehler, Gordon. Sie sprechen mit einem Kriminalinspektor der Ungarischen Königlichen Staatspolizei. Nicht Sie stellen die Fragen, sondern ich.«
Gordon lehnte sich müde zurück. Seine Niere pochte, seine

rechte Hand schmerzte bei jeder Bewegung, aus der Wunde an seinem Mund sickerte Blut.

»Warum erkundigen Sie sich nach einem toten Freudenmädchen?«, fragte Gellért und sah ihn durch eine Rauchwolke an. »Warum gehen Sie ihretwegen in die Anatomie?« Gordon öffnete den Mund, um zu antworten, aber der Kriminalinspektor fuhr fort. »Warum drängen Sie auf eine Obduktion? Haben Sie sie geschwängert? Und fürchten Sie, es könnte herauskommen? Und wenn wir schon dabei sind, was haben Sie mit Csuli ausgeheckt?«

Einen Augenblick lang vergaß Gordon seinen Schmerz. Er setzte sich auf und lauschte wachsam, was Gellért zu sagen hatte.

»Man hat Sie ein bißchen verprügelt«, fuhr Gellért fort. »Das kommt schon mal vor. Es hätte Schlimmeres passieren können. Pojva geht in der Regel energischer vor.«

Gordon war nicht überrascht, er hatte erwartet, dass Gellért so etwas erwähnen würde.

»In der Maria-Valéria-Siedlung zittern alle vor ihm. Wenn ich Sie mir so ansehe, wundert mich das nicht. Auch wenn Sie ihm Geld bieten, werden Sie aus ihm nicht herausbekommen, wer ihn angeheuert hat«, fuhr Gellért fort. Er kurbelte die Scheibe ein wenig herunter, blies den Rauch hinaus und betrachtete dabei das Parlament, die auf Halbmast gezogene Flagge, die Posten. Ohne sich Gordon zuzuwenden, fuhr er fort: »Schnüffeln Sie nicht weiter. Hören Sie auf mich. Schnüffeln Sie nicht gegen die redlichen Budaer Bürger. Stellen Sie keine Nachforschungen auf dem Rosenhügel an. Dort leben nur anständige Menschen. Wenn Sie Ärger suchen, werden Sie ihn finden, nur wird keiner kommen und Ihnen helfen.«

Gellért gab Csomor einen Wink, der ließ den Motor an. Gordon beobachtete mit zusammengekniffenen Augen den Kriminalinspektor, der immer noch aus dem Fenster starrte. Csomor fuhr bis zur Ecke an der Lovagstraße. Dort stieg er aus und öffnete die Tür zum Rücksitz. Jetzt sah Gellért Gordon an, aber er sprach kein Wort. Csomor half Gordon vom Sitz, stieg wieder ins Auto, und sie fuhren Richtung Andrássystraße davon.
Gordon drückte die Klingel und lehnte sich an die Wand. Augenblicke später öffnete Iváncsik die Tür. »Wie gut, dass Sie endlich kommen«, sagte er aufgeregt und stützte Gordon beim Eintreten. Er half ihm die Treppe hinauf. »Der Herr Doktor ist wütend, weil Sie verschwunden sind.«
Mór öffnete die Tür mit zornigem Gesicht, aber als er Gordon erblickte, wurde sein Ausdruck milder. »Ins Schlafzimmer mit ihm«, sagte er zu Iváncsik, dann schloss er die Tür und half dem Hausmeister. Gordon wurde aufs Bett gesetzt, Mór zog ihm die Jacke aus und gab sie dem Hausmeister. »Hängen Sie sie an den Haken, Iváncsik.« Inváncsik nickte und ging zur Tür. »Moment«, rief ihm Mór nach. »Hier sind zwei Pengö, holen Sie ihm was zu essen aus dem Heiteren Biertrinker.« Iváncsik nickte erneut. »Jawohl. Wird gemacht!«
Als der Hausmeister die Tür hinter sich geschlossen hatte, sah Mór Gordon an, der sich bemühte, seinem Etui eine Zigarette zu entnehmen. Der Alte half ihm und gab ihm Feuer. »Wo warst du, Junge?«
»Nicht jetzt, Opa. Ich erzähle es später«, antwortete Gordon. »Berichte mir erst, was du erreicht hast.«
»Leicht war es nicht«, begann Mór. »Weißt du, wie viele Leute ich befragt habe?«

»Wie hast du es gemacht, Opa?«
»Uninteressant, mein Junge. Jedenfalls habe ich es rausbekommen.«
»Da war ich mir sicher.«
»Nun, der Schlomo, den du suchst – denn es gibt drei –, hat zum Vater den Reb Teitelbaum Schajele, einen Rabbiner. Hast du von ihm gehört?«
»Nein.« Gordon schüttelte den Kopf. »Hätte ich sollen?«
»Man sagt, er sei einer der klügsten Rabbiner. Es scheint wirklich so.«
»Wieso?«
»Weil er schnell gehandelt hat, als er Unheil roch.«
»Was für ein Unheil?«
»Man sagt, Schlomo habe der Tochter des Händlers Szöllösy den Hof gemacht.«
»Also Fanny«, sagte Gordon und nickte.
»Wenn du es weißt, warum hast du mich dann losgeschickt?«
»Ich habe es nicht gewusst, Opa. Und hast du mit Schlomo gesprochen?«
Der Alte schüttelte enttäuscht den Kopf. »Das ging nicht.«
»Dann tu ich es.«
»Das kannst du nicht.«
»Warum?«
»Weil Rabbi Teitelbaum seinen Sohn vor sechs Wochen in den Zug nach Hamburg gesetzt hat und von dort auf das Schiff nach New York. Dort soll Schlomo die Rabbinerschule besuchen.«
»Und dort ist er weit weg von Fanny«, sagte Gordon und drückte die Zigarette aus.
Es klingelte. Mór stand auf, Minuten später kam er mit einem Essensbehälter zurück. »Der gute Mann hat Hähnchenpör-

költ gebracht«, sagte Mór, »mit Nudeln. Und einer sauren Gurke. Eine Diät ist das nicht, kommt aber gerade richtig für dich.« Er ging in die Küche, und als er zurückkam, trug er ein Tablett, darauf in einem tiefen Teller das Pörkölt, auf einem kleinen Teller die Gurke und daneben eine Scheibe Brot.

Gordon fiel über das Essen her. Er fühlte nichts von der Wunde am Mund, und es störte ihn auch nicht, dass er mit der linken Hand essen musste. Als er fertig war, nahm Mór das Tablett und trug es in die Küche. Augenblicke später war Gordon zur Seite gekippt und schlief. Er atmete wie nach einer schweren Anstrengung. Mór zog den Vorhang zu, nahm das *Kochbuch des Gourmets*, setzte sich ins Wohnzimmer und begann aufmerksam zu lesen.

Sieben

Ein unangenehmes Geräusch weckte ihn. Kreischend und rasselnd. Gordon hatte das Gefühl, dass höchstens eine Viertelstunde vergangen war, seit er eingeschlafen war. Mit schmerzenden Gliedern erhob er sich und ging langsam zum Telefon. Auf dem Sofa im Wohnzimmer schnarchte Mór, ihn hätte das gesamte Telegrafenamt anrufen können, er wäre nicht aufgewacht. Als Gordon das Gerät erreicht hatte, hörte das Klingeln auf. Minuten später setzte es wieder ein.

»Zsigmond«, hörte er Krisztina in der Ferne mit erschrockener Stimme sagen.

»Ja. Hast du Ärger?«

»Ob ich Ärger habe? Ich weiß es nicht, aber ich glaube, ja.«

»Erzähl mir, was los ist.«

»Vor fünf Minuten bin ich aufgewacht, mit einem blöden Gefühl. Ich war sofort hellwach, mein Magen verkrampfte sich. Ich stand auf und sah mich um, ob jemand in der Wohnung wäre. Aber es war keiner da. Nun sah ich nach, ob die Tür verriegelt war. Und da erblickte ich ein Blatt Papier an der Scheibe.«

Gordon setzte sich in den Sessel.

»Ich machte die Tür auf«, fuhr Krisztina fort, »es war ein älterer Artikel von dir. Dann sah ich auf den Fußabtreter. Da lag ein Huhn mit umgedrehtem Hals.«

»Ja?«

»Auf deinen Zeitungsartikel hatte jemand mit roter Tinte geschrieben: ›Blödes Huhn, wenn du ihm nicht sagst, er soll

mit dem Schnüffeln aufhören, dann drehen wir auch dir den Hals um.‹ Bist du noch da, Zsigmond?«
»Natürlich. Leg gleich auf, rühr dich nicht von der Stelle, lass niemanden rein. Ich schicke Mór zu dir. Ich kann nicht kommen, ich habe zu tun. Mór wird dich hierherbringen. Lass nur ihn rein.«
»Aber Zsigmond …«
»Lass diesmal das Aber-Zsigmond und tu nur, was ich dir sage«, entgegnete Gordon und legte auf. Er ging ins Bad, zog sich den Morgenmantel an und setzte sich auf den Stuhl am Sofa. »Opa, wach auf!«
Doch Mór schnarchte weiter.
Gordon stieß ihn sanft an. »Aufstehen, Opa!«
Mór riss die Augen auf, Gordon half ihm hoch und wartete, bis er sich den Schlaf aus den Augen gerieben hatte. »Was ist los, mein Junge?«, fragte Mór.
»Opa, du musst sofort zu Krisztina fahren und sie herholen. Jemand hat ihr ein totes Huhn auf die Fußmatte gelegt und gedroht, wenn sie mich nicht zum Aufhören bringt, werde man auch ihr den Hals umdrehen.«
Der Alte sah ihn erschrocken an. »Ich gehe gleich los, mein Junge.«
»Mach dich fertig, ich rufe ein Taxi.«
Mór rappelte sich auf und ging ins Badezimmer, und als er zurückkam, zog sich auch Gordon an. »Geh vors Haus, Opa, das Taxi kommt gleich. Hol Krisztina ab, kommt hierher zurück und lasst nur mich rein, niemanden sonst.«
»Kannst du dich allein anziehen?«, fragte der Alte.
Gordon biss die Zähne zusammen und stieg in seine Hose. »Na klar, Opa, um mich musst du dich nicht sorgen.« Die Knöpfe am Hemd bereiteten ihm Schwierigkeiten, und so

nahm er einen Sportpullover aus dem Schrank, ein Geschenk von Krisztina. Mit dem Sakko ging es leichter, auch mit dem Mantel. Bevor er losging, nahm er ein Päckchen ägyptische Zigaretten aus dem Schreibtisch und steckte es ein.

Die Ringstraße und die Rákóczistraße befanden sich im üblichen Montagmorgen-Fieber: Leute auf dem Weg zur Arbeit, hupende Autos und Busse, übergeschnappte Pferde vor den Wagen. Gordon nickte dem Portier zu, ging hinauf in die Redaktion und hängte seinen Mantel an den Haken. Langsam erwachte der Raum zum Leben. Er nahm ein Notizheft und einen Bleistift und machte sich auf den Weg in den Keller.

Auf dem Korridor brannte nur eine einzige Glühlampe. Seine Schritte hallten wider, als er zu der schweren, nie verschlossenen Eisentür ging. Er trat ein, langte nach links und schaltete die Lampe ein. Der kalte Raum lag nun im Licht. Vor ihm standen in langen Reihen Regale, in ihnen, nach Jahrgängen geordnet, alle Exemplare vom *Abend*, vom *Pester Tageblatt* und der Zeitschrift *Ungarn*. Vom *Abend* waren es nur sechsundzwanzig Jahrgänge, vom *Pester Tageblatt* waren es sechsundachtzig. Andor Miklós, der Konzerninhaber, hatte 1926 mit dem *Abend* das gesamte Archiv gekauft und weder Zeit noch Geld gescheut, alles zu katalogisieren. Die Kataloge brauchten fast mehr Platz als die gebundenen Jahrgänge. An den Wänden standen Holzschränke, wie man sie in Bibliotheken verwendet, mit Indexkarten vorn an den Schubkästen.

Gordon hatte niemandem je gestanden, dass er dieses System nicht wirklich begriff. In Amerika hatte er sich das dort übliche Prinzip angeeignet, mit diesem hier kam er überhaupt nicht zurecht. Er gab sich allerdings auch keine Mühe, es zu durchschauen, weil der Archivleiter Benö Strasser alles über Zeitungen wusste, was man brauchte. Mit der ausschließlich nachts arbeitenden Valéria waren sie beide die Sonderlinge der Redaktion und des ganzen Verlages. Strasser erschien, so behauptete er, seit 1910, also seit der Gründung des *Abend*, jeden Morgen um acht Uhr in der Redaktion. Ob Sommer oder Winter, Ostern oder Weihnachtszeit. Er setzte sich an seinen Tisch, nahm Bleistift und Notizblock und las von vorn bis hinten alle Zeitungen des Vortages, wobei er sich Notizen machte. Gerüchteweise hieß es, er notiere sich auch das Rundfunkprogramm und die Kleinanzeigen. Gordon zweifelte nicht daran. Strasser saß von acht Uhr morgens bis fünf Uhr nachmittags hinter seinem Tisch, machte sich Notizen, schrieb Karteikarten voll und rauchte pausenlos Zigaretten. Solange Andor Miklós lebte, war er regelmäßig zu Strasser hinuntergegangen und hatte ihn um seine Meinung gebeten, denn besser als er kannte niemand die Veröffentlichungen des Konzerns.

Gordon machte vor den Regalen halt und seufzte. Mit den Karteikarten mochte er nichts zu tun haben, lieber nahm er sich aus einem Regal den ersten Band eines Monats vom *Abend* und einen vom *Tageblatt* und setzte sich mit ihnen an den Tisch am Eingang. Nicht an den Tisch, der Strasser und den Seinen vorbehalten war, sondern an einen für die Besucher. Er wusste, was er suchte, nur nicht, wo er suchen sollte. Er sah auf seine Movado, viertel acht. Er hatte Zeit zum Lesen, bis Strasser kam.

Punkt acht Uhr ging die Tür auf, und herein trat der Archivar. Er war ein verschwindend kleiner Mann mit hagerem Gesicht, und trotz der Jahrzehnte bei künstlicher Beleuchtung trug er keine Brille. Er zog den Mantel aus, auch die Jacke, schlüpfte in die Ärmelschoner, setzte sich den Sonnenschutz aus grünem Kunststoff auf und wandte sich jetzt erst Gordon zu.

»Muss ja wichtig sein, wenn Sie so zeitig kommen«, begrüßte er ihn.

»Wichtig, Strasser, wichtig«, sagte Gordon. »Ich müsste suchen.«

»Suchen Sie.«

»Es ist nicht nur wichtig, sondern auch eilig«, sagte Gordon, ging zu Strassers Tisch, langte in die Jackentasche und zog seine Zigaretten heraus. Die Augen des Archivars leuchteten auf, als er die teuren ägyptischen Zigaretten sah. Er nahm Gordon die Schachtel ab, zog eine Zigarette heraus, drehte sie zwischen den Fingern, roch daran, steckte sie in den Mund, zog dann Streichhölzer aus der Tasche und brannte sie mit grenzenlosem Genuss an. »Was wollen Sie, Gordon?«

»Alles über Szöllösy, den Kaffeehändler.«

»Den Inhaber von Arabs?«

»Ja.«

»Wirklich alles?«

»Wenn es möglich wäre.«

»Haben Sie sich über seinen Kaffee beschwert und deshalb eins hinter die Ohren bekommen?«, fragte Strasser und musterte ihn.

»So ähnlich«, meinte Gordon.

Der Archivar zog die Ärmelschoner hoch und richtete seinen Sonnenschutz, dann öffnete er ein Schubfach seines Schreibtisches und nahm ein umfangreiches Buch heraus. Er schlug es auf. Das ist der Katalog der Kataloge, dachte Gordon, das Herz des Archivs, in dem sich nur Strasser zurechtfindet.

Strasser blickte auf. »Kommen Sie um vier Uhr wieder.«
»Um vier Uhr?«
»Wollen Sie alles schriftlich haben?«
»Ich will es nicht schriftlich haben, mir reicht Ihr Wort.«
»Wenn das so ist, kommen Sie mittags. Auf keinen Fall eher.«
»Um zwölf bin ich hier.« Gordon setzte seinen Hut auf. Die Eisentür zog er behutsam zu, der Archivar sollte nicht gestört werden.
Obwohl ihm alles weh tat, bewegte er sich leichter als am Tag davor. Seine verletzte Hand störte ihn am meisten. Die Wunde an der Stirn war ruhig, und wenn er den Hut über die Augen zog, verdeckte er den Verband. Sein Mund war noch geschwollen, aber er tat nicht mehr weh, wenn er redete. Da bei ruckartigen Bewegungen seine Niere noch zuckte, versuchte er, sie zu vermeiden. Aber die Hand. Er steckte sie in die Manteltasche und nahm sie einfach nicht mehr zur Kenntnis.
Am Lujza-Blaha-Platz stieg er in die Straßenbahn. Er setzte sich ans Fenster und beobachtete die Stadt. Verfrorene Menschen eilten durch die morgendlichen Straßen, den Kragen hochgeschlagen und mit Handschuhen. Wer keine Handschuhe besaß, steckte die Hände in die Taschen oder wärmte sie kurz beim Maronenhändler. An der Margareteninsel lagen Schiffe vor Anker, auf dem Wasser trainierten energische Ruderer. Nichts mehr zu sehen von den truppweise aufziehenden Familien, den Dreirad fahrenden Kindern, den Kinderwagen schiebenden Frauen, den mit Zeitungen unterm Arm umherspazierenden Männern. Manchmal kam von der Insel her ein Taxi mit Hotelgästen, aber andere Besucher sah er nicht.
Er stieg an der Endstation aus. Hier, am Kálmán-Széll-Platz,

gab es eine Trafik, die speziell ausländische Zigaretten anbot. Und noch vieles andere mehr, natürlich nur für Eingeweihte. Gordon vermutete, dass Kovách, der Trafikinhaber, nie an der Front gewesen war, zumindest war er nicht als Invalide heimgekommen. Kovách war ein lebenslustiger, gesunder Mann mit rotwangigem Gesicht sowie einem unerhört sorgsam geschnittenen Kinnbart.

»Zwei Schachteln von den ägyptischen, Kovách«, begrüßte ihn Gordon. Kovách griff unter den Ladentisch und brachte nach einigem Suchen zwei Schachteln an den Tag.

»Sonst nichts, Herr Redakteur?«

»Heute nicht«, antwortete Gordon.

»Na schön, Sie wissen ja gar nicht, was ich alles dahabe unter dem Tisch. Viele, viele wunderschöne Sachen. So viele.« Er stand auf, kam hinter dem Ladentisch hervor und hängte das Schild GESCHLOSSEN an die Tür. Gordon beobachtete ihn interessiert, obwohl er in Eile war. Kovách verschwand im Hinterzimmer, und als er zurückkam, hielt er in den Händen zwei Holztabletts und einen Weidenkorb.

»Sehen Sie sich an, was drinnen ist, bitte schön«, sagte er und packte seine Waren ungewisser Herkunft aus. »Hier habe ich einen nagelneuen Parker Vacumatic Füllfederhalter, und das …«

»Kovách, ich muss gehen. Außer Zigaretten habe ich Ihnen nie etwas abgekauft.«

»Das stimmt, Respekt, zugleich weiß man nie, ob Sie es sich nicht anders überlegen.«

»Die Hoffnung stirbt zuletzt«, sagte Gordon.

»Was sagten Sie?«

»Unwichtig.«

Kovách legte seine Waren weg und ließ ihn hinaus. Gordon

trat auf den Platz, der inzwischen zum Leben erwacht war. Straßenbahnen rangierten, Leute machten einen Ausflug zum Normafa, obwohl Montag war, Zeitungsjungen versuchten einander zu überschreien, Hausfrauen liefen zum Markt in die Lichtstraße. Gordon eilte weiter. Er war ungern in Buda. Aus irgendwelchen Gründen lag ihm Pest mehr, dort fühlte er sich, soweit das möglich war, einigermaßen heimisch. Er drängte sich durch die Menschenmenge zum Heuplatz und ging in das Kaffeehaus Budavár. Auch hier waren Lärm und Andrang gewaltig, aber was blieb ihm übrig, Vécsey trank nur hier seinen Morgenkaffee. Gordon war nicht der Einzige, der wusste, wo Leó Vécsey zu finden war. Saß er nicht in der Redaktion des *Ungarischen Polizisten*, dann hier im Budavár, um zu lesen und zu übersetzen. Seit er vor zwei Jahren mit der Herausgabe des *Ungarischen Polizisten* betraut worden war, schrieb Vécsey keine Polizeiberichte mehr. Davon hatte er genug. Mehr Spaß machte es ihm, eine Zeitschrift herauszugeben. Daneben fand er Zeit zu übersetzen und Gedichte zu schreiben. Trotz allem kannte er die Kriminalszene von Budapest am besten. Er wusste alles über die Kriminellen, die Hehler, die Falschspieler, Betrüger und über die sie verfolgenden Polizisten.

Gordon und Vécsey waren zwar keine Freunde, aber sie kannten sich gut, und wenn sie sich bei der Arbeit begegneten, halfen sie sich gegenseitig. Vécsey hatte vor Gordon, der einige Jahre in Amerika verbracht hatte, einigen Respekt. Gordon verstand nicht, weshalb eigentlich, aber er wusste, dass es nicht gut wäre, nachzufragen. Wahrscheinlich lag es an Vécseys Steckenpferd: »Zsigmond, was hier bei uns passiert, ist keine Kriminalität, sondern Kinderkram. Da gibt es Grósz mit der Entenbrust, den Hehler Jolán Kerepesi und ihre Kumpane. Das sind keine Kriminellen, sondern Kunstliebhaber. Und als solche kläglich, wenn du meine Meinung wissen willst«, hatte er wiederholt zu Gordon gesagt, um dann zu schildern, wie viele Menschen man in derselben Woche in Chicago umgebracht und wie viele Millionen Dollar man in New York unterschlagen hatte. Vécsey ritt ständig auf dem Thema Amerika herum. Er konnte sich nichts Besseres denken, als ein Kriminalreporter bei einer Zeitung in Chicago zu sein.

»Zsigmond, du bist jemandem mächtig auf die Hühneraugen getreten«, sagte Vécsey und richtete seine tiefblauen Augen auf Gordon.

»Macht nichts.« Gordon winkte mit der linken Hand ab. »Hingegen habe ich gehört, dass Hollywood ein Buch von dir gekauft hat.«

Vécsey nickte. »Den *Lebenszirkus*.«

»So, dann wirst du reich und berühmt.«

»Oder auch nicht«, meinte Vécsey.

»Gab es viel Geld?«

»Nicht genug, um nicht mehr arbeiten zu müssen.«

»Woran sitzt du jetzt?«

»An einem Band Gedichte.«

»Der Titel?«

»Verbanntes Herz.«

»Weiß man, wessen Herz verbannt wurde und wohin?«

»Man wird sehen.« Vécsey lächelte. »Möchtest du Kaffee?«

Gordon nickte. Vécsey gab dem Kellner ein Zeichen, dann verschränkte er die Arme vor der Brust. »Du bist nicht zufällig hier.«

»Nein«, gab Gordon zu. »Es ist etwas passiert, das über das gewöhnliche Maß hinausgeht.«

»Ich höre.«
»Man hat ein totes jüdisches Mädchen gefunden in der …«
»Nussbaumgasse«, fuhr Vécsey fort. »Hat mir ein Mann von Csuli erzählt.«
»Dann hast du auch von Skublics gehört?«
»Aber ja.« Vécsey lehnte sich zurück. Er knöpfte das Sakko seines perfekt geschnittenen Anzugs auf und langte nach der Kaffeetasse. »Er ist verschwunden und hat alles in seinem Atelier zurückgelassen. So, als hätte er sich in Rauch aufgelöst.«
»Kann sein«, sagte Gordon.
»Ich verstehe. Nur eines frage ich mich, Zsigmond. Was willst du damit anfangen? Darüber schreiben kannst du nicht.«
»Das weiß ich selber.« Gordon hob seine Tasse zum Mund und stellte sie schnell wieder ab. Der heiße Kaffee hatte ihm die Zunge verbrannt. »Ich habe aber einen Plan.«
»Das ist nützlich«, meinte Vécsey zustimmend. »Ein Plan ist immer nützlich. Sag nur nicht, jetzt komme ich ins Bild. Mich interessieren keinerlei Pläne. Und solche schon überhaupt nicht.«
»Ich brauche eine Information. Sonst nichts, Leó. Nur eine Information.«
»Versuch es. Vielleicht kann ich antworten.«
Gordon nahm sich eine Zigarette. Ging ganz gut mit der linken Hand. Vécsey gab ihm Feuer. »Was für eine Information?«, fragte er ernst.
»Es geht um Politiker und Huren.«
Vécsey hob theatralisch die Hand und pfiff leise. »Beide sind für Geld zu haben.«
»Leó, es ist mein Ernst.«
»Ich weiß, du meinst es ernst, aber ich will nicht ernsthaft

antworten. Du schreibst ja sowieso nichts, und darüber schon gar nicht.«
»Wir haben es besprochen. Ich schreibe nicht darüber. Es gibt eine Wohnung in der Báthorystraße, in der Mädchen warten. Und es gibt ein Buch, nennen wir es besser Katalog, aus dem Politiker sie auswählen können. Die Fotos von den Mädchen hat Skublics gemacht. Und gesteuert wird alles von der Roten Margó, die für einen gewissen Zsámbéki arbeitet.«
Vécsey kniff die Augen zusammen und beobachtete Gordon. Wieder verschränkte er die Arme, lehnte sich zurück und schaukelte eine Weile auf den Hinterbeinen des Stuhls. Als er innehielt, sagte er leise: »Nicht nur sie. Unsere Politiker, die Mitglieder des Unter- und des Oberhauses, auch ausländische Politiker kennen ihn, diesen … Katalog, wie Sie sagen.«
»Sind auch Polizisten darunter?«
»Aktive nicht«, antwortete Vécsey. »Wer damit zu tun hat, weiß Bescheid, und unternimmt demzufolge nichts.«
»Ich verstehe.«
»Nein, du verstehst nicht. Du verstehst gar nichts. Nicht nur, dass du darüber nicht schreiben kannst, du darfst auch niemandem davon erzählen. Also haben wir beide uns heute nicht getroffen.«
»Wir sollten nicht übertreiben, Leó.«
Vécsey beugte sich über den Tisch. »Hast du schon einmal was von Schweinitzers Sonderkommando für Ordnung gehört?«, fragte er gedämpft.
Gordon schüttelte den Kopf.
»Weil du nichts davon hören und ihm nicht begegnen willst.«

»Was machen die?«
»Das sollst du besser nicht wissen. Glaube mir, Zsigmond, es ist besser, du weißt nichts. Wenn du dich verplapperst, braucht Bárczy dem Schweinitzer nur einen Wink zu geben.«
»Diesem István Bárczy von Bárcziháza?«
»Was weißt du über ihn?«
»Dem Staatssekretär beim Ministerpräsidenten?«
»Ja, und spiel nicht den Blödmann. Was willst du erreichen, was hast du vor?«
Gordon zog die verbundene Hand aus der Tasche und legte sie auf den Tisch. »Das tote Mädchen hat mich anfangs nur aus beruflicher Passion interessiert. Ich dachte, daraus wird vielleicht ein netter kleiner Artikel. Die Sache schien mir interessant. Aber wohin ich mich deswegen auch wandte, ich stieß auf Mauern. Das hat mich neugierig gemacht. Sonnabendnachmittag hat man mich um ein Haar totgeschlagen. Heute früh hat man Krisztina ein Huhn mit umgedrehtem Hals vor die Tür gelegt. Und geschrieben, wenn ich nicht aufhöre zu schnüffeln, werden sie auch ihr den Hals umdrehen. Jetzt kann ich nicht mehr aufhören.«
»Aber das musst du!«
»Und was bringt mir das?«
Vécsey überlegte. »Nichts«, sagte er schließlich und lehnte sich zurück. »Die glauben dir sowieso nicht, dass du aufhörst. Wer auch immer hinter allem steht. Du hattest recht. Dies hier ist nicht mehr Budapest, dies ist Chicago. Nicht jeder Gangster braucht eine Waffe.«
»Na siehst du. Selbst wenn ich vergesse, dass sie mich verprügelt und bedroht haben und nach Krisztinas Leben trachten, selbst wenn ich mit einer wegwerfenden Handbewegung

über das tote Mädchen hinwegginge, ich könnte nicht aufhören. Aber ich habe nicht vergessen, und es gibt keine wegwerfende Handbewegung. Ich muss etwas tun, denn wenn nicht, dann …«
»Erspare dir den Rest«, unterbrach ihn Vécsey. »Ich verstehe.«
»Ich hingegen verstehe etwas nicht«, sagte Gordon und drückte seine Zigarette aus. »Am Tag der Beerdigung von Gömbös war ich an seiner Bahre. Dort habe ich Innenminister Kozma gesehen, und weißt du, mit wem der geredet hat?«
»Nein.«
»Nun, nicht etwa mit Schweinitzer, nicht mit dem Chef der Staatssicherheit, sondern mit Vladimir Gellért.«
»So überraschend ist das nicht«, meinte Vécsey.
»Nein?«
»Kozma und Gellért waren zusammen auf der Ludavika-Polizeischule. Im selben Jahrgang.«
»Bárcziháza war auch an dieser Schule«, bemerkte Gordon.
»Ja, aber viel früher als sie.«
Gordon nickte, stand auf und warf einen Pengö auf den Tisch.
»Viel Erfolg mit Hollywood. Und besten Dank.«
»Nichts zu danken.«
»Aber etwas möchte ich noch wissen«, sagte Gordon hinter seinem Stuhl.
»Und was?«
»Was weißt du über den Kaffeehändler Szöllösy?«
»Den Inhaber von Arabs?«
»Ja, den.«
Vécsey beobachtete eine Weile Gordons Gesicht. »Abgesehen davon, dass er 33 den Ritterorden bekam?«
»Ist der teuer?«

»Wieso, willst du dir auch einen kaufen?«, fragte Vécsey.
»Nein, es interessiert mich nur.«
»Nun, wenn du mich fragst, ist für einen getauften Juden ein Ritterorden alles Geld wert.«

Gordon kam weit nach elf in die Redaktion zurück. Turcsányi saß in seinem Büro und kämpfte mit einem Rotstift gegen einen kleinen Manuskriptberg an.
»Da schau an!« Er warf Gordon wütend einen flüchtigen Blick zu. »Elf Uhr, und Sie machen sich die Mühe, an Ihrem Arbeitsplatz zu erscheinen. Mag sein, Gordon, dass es in Amerika so war, aber Sie sind jetzt in Budapest tätig, falls Sie es noch nicht bemerkt haben. Wissen Sie, wir sind ganz kleinlich mit der Arbeitszeit. Der Redakteur sitzt um neun an seinem Tisch und schreibt seinen Artikel, oder, wenn er nicht dort sitzt, ist er für den Artikel unterwegs, den er bis zwei Uhr abgibt. Oder habe ich Ihnen das noch nicht gesagt? Also?« Endlich blickte er auf und sah den unrasierten Gordon, seine verwundete Lippe, den unter dem Hut versteckten Verband und die lahm herunterhängende Hand. »Was zum Satan ist passiert?«
»Ein Unfall.«
»Eine Prügelei?«
»Nicht aus Jux.«
»Mit einem konkurrierenden Kollegen? Wer von euch über die Maci schreiben darf, die Streichhölzer getrunken hat?«
»Meine rechte Hand braucht Ruhe. Der Arzt sagt, bis Freitag darf ich sie nicht benutzen.« Turcsányi hinter seinem Schreibtisch musterte ihn schweigend. »Maschine kann ich nicht schreiben. Und mit der Hand schon gar nicht.«
Der Ressortleiter warf den Rotstift auf das Manuskriptbün-

del und seufzte. »Dann gehen Sie brav nach Hause und lernen Sie bis Freitag mit der linken Hand zu schreiben. Oder mit der Maschine. Oder beides.« Dann griff er nach einem beschriebenen Blatt und las weiter.

Gordon ging ins Archiv. Die Tür war wie üblich geschlossen. Beim Eintreten sah er, dass Strasser gebündelte Zeitungen auf einen Tisch an der Wand packte. Er war völlig in seine Arbeit vertieft. Manchmal nahm er den Bleistift, der hinter seinem Ohr steckte, notierte etwas mit Druckbuchstaben, blätterte im Band, legte ihn weg, suchte weiter, befragte sein Katalogbuch, kratzte sich am Kopf. Gordon wusste genau, dass ein Archivar jetzt nicht gestört werden durfte, er würde dann ärgerlich, würde die herausgesuchten Bände der Reihe nach zuklappen und, in Schweigen gehüllt, den Rauch über den Tisch blasen.

Natürlich hatte er wieder eine Zigarette im Mund. Gordon setzte sich auf den für Gäste vorgesehenen Stuhl und rauchte ebenfalls. Es war kurz nach Mittag. Strasser nahm die Bände und packte sie einzeln ins Regal zurück. Als er fertig war, setzte er sich, las seine Notizen durch und richtete den Blick eine Weile an die Decke. Plötzlich sprang er auf, eilte zu einem Regal, zog zielsicher einen Band heraus, blätterte darin, nahm einen Bleistift und schrieb etwas auf. »Ich dachte es mir«, murmelte er, ging zum Tisch zurück, zog an seinem Ärmelschoner und sagte: »Da bin ich, Gordon.«

»Prima.«

Der Archivar ordnete die Notizen vor sich und sah Gordon an. »Sie wollten es nicht schriftlich, deshalb habe ich die Referenzen nicht notiert. Vielleicht erinnere ich mich an sie, wenn es nötig ist, aber darauf können Sie kein Gift nehmen.«

»Ich brauche nicht, wer wann was geschrieben hat, Strasser. Mir genügt Ihr Wort.«

»Na dann.« Strasser verdrehte den Hals. Gordon saß wie auf Nadeln und wartete darauf, dass er endlich zu sprechen begänne. Aber er wusste, das Warten lohnte sich. »Na dann«, wiederholte der Archivar. »András Szöllösy Szöllöshegyi wurde 1876 in Budapest geboren. Sein Vater hieß damals Tamás Szöllösy, besser gesagt: Thomas Rotenau. Als osteuropäischer Jude war er nach dem ungarischen Freiheitskrieg nach Buda gekommen, wo er eine Gemischtwarenhandlung eröffnete. Wann er sich taufen ließ, weiß man nicht genau, irgendwann gegen Ende der fünfziger Jahre. Sein Sohn hieß nicht mehr Andreas, sondern ungarisch András. Seine Frau nahm ebenfalls den römisch-katholischen Glauben an. Der Vater kam zu Wohlstand, als er 1867 sein Geschäft nach Pest verlegte. András war das einzige Kind, so war es kein Problem, es im Ausland studieren zu lassen. András lernte zunächst in Antwerpen, dann in Berlin. 1902 kehrte er nach Budapest zurück und war seinem Vater behilflich, der jedoch 1905 starb. Ein Jahr später, 1906, heiratete er Irma Petneházy. 1914 bekamen sie ein Kind, eine gewisse Fanny. In den beiden ersten Jahren des Weltkriegs reiste er viel, besonders in Afrika. Er war einer der Ersten, die in Abessinien ein Geschäft eröffneten. 1919 besaß er fünf Läden in Pest, doch deren Umsatz war im Vergleich zum Kaffeeimport minimal. Eine Zeitlang war er der Hauptlieferant der Wiener und Belgrader Geschäfte. Von hier aus eroberte er 1920 den deutschen Markt. Er mogelte sich geschickt durch die komplizierten politischen Verhältnisse und vermied Aufsehen, das ihm hätte schaden können. Und bald eröffnete er mehrere Großhandelsunternehmen. Eins in Berlin, eins in München, eins in Bremen und eins in Nürnberg. 1933 schlug ihn Horthy zum Ritter und ernannte ihn gleichzeitig zum Geheimrat. Seit Anfang des Jahres geht sein Kaffeeexport vorwiegend nach Deutschland. Er wohnt in der Pasaréter Straße 48, sein Büro liegt in der Kaiser-Wilhelm-Straße. Sein privates Automobil ist ein Maybach DS8 Zeppelin Sedan mit dem Kennzeichen MA 110. Er gilt als verschlossen und verbringt viel Zeit geschäftlich in Deutschland. Das Theater besucht er nie, am Gesellschaftsleben nimmt er nicht teil. Seine Frau, Irma Petneházy, ist viel aktiver, sie gehört mehreren Frauenvereinen an. Szöllösys größte Enttäuschung ist, dass er nicht mehr Kinder haben wird und nicht weiß, wem er das Geschäft hinterlassen soll.«

Gordon versuchte gar nicht erst zu notieren, was Strasser mit farbloser Stimme vorlas. Ein guter Rundfunksprecher wäre er nicht geworden, aber das wollte er auch nicht. »Sagen Sie, Strasser, kann ich Ihre Notizen bekommen?«, fragte er.

Der Archivar musterte ihn. »So etwas habe ich noch nie gemacht.«

»Genauso wie Sie noch nie einen Journalisten gesehen haben, der gerne arbeiten würde, dem man aber die Hand zertrümmert hat.«

»Oh, ich habe schon Journalisten gesehen, die nicht arbeiten konnten, aber es gibt Ausnahmefälle.«

»Das hier ist so einer«, sagte Gordon, stand auf und legte Strasser eine Schachtel ägyptische Zigaretten hin.

»Das scheint mir auch so«, entgegnete der Archivar, steckte flink die Schachtel ein und schob Gordon seine Notizen hin. »Ich weiß nicht, welchen Nutzen Ihnen das bringt. Wollen Sie denn einen Artikel darüber schreiben? Interessant wäre das schon.«

»Wieso?«
»Szöllösy hat sich nie in der Zeitung geäußert. In unserer jedenfalls nicht, von anderen weiß ich es nicht. Geschrieben wurde über ihn, er bekäme den Mund nicht auf.«
»Und warum diese Heimlichtuerei?«
»Na, das müssen Sie herausfinden, falls Sie es wollen, denn ich hier unten im Archiv kann dazu nichts beitragen. Nicht, dass ich es wollte, sei angemerkt.«

Gordon ging in die Redaktion, trat zum Telefon und wählte. Mór nahm den Hörer ab. »Ist bei euch alles in Ordnung?«, fragte Gordon.
»Alles in Ordnung, mein Junge. Wie lange sollen wir hier noch sitzen?«
»Nicht mehr lange. Lasst euch vom Hausmeister was zu essen bringen, aber bis ich komme, geht nicht hinaus. Kannst du mir Krisztina geben?«
»Einen Moment, mein Junge. Was bedeutet das alles? Auf was hast du dich eingelassen?«
»Ich erzähle es dir, Opa, aber jetzt geht das nicht. Sag Krisztina Bescheid.«
Während er wartete, zog er die *8-Uhr-Zeitung* heran und blätterte darin. Bei den Annoncen machte er halt. Die ersten überflog er nur, denn er wusste, was da stand. »Hiermit teile ich meinen bisherigen und künftigen Klienten respektvoll mit, dass ich ab 10. Oktober meinen Namen aus Klein in Kutas ungarisiere. Hochachtungsvoll Dr. Endre Kutas, Rechtsanwalt.« Die anderen Mitteilungen hatten ähnlichen Inhalt. Ärzte, Kaufleute, Rechtsanwälte – alle teilten mit, dass sie ihre ausländischen Namen in ungarische Namen änderten. Überraschend war nur, dass …

»Zsigmond.«
»Geht es dir gut, Krisztina?«
»Gut. Besser«, antwortete sie. »Ich hätte nicht gedacht, dass mich das so aufwühlt.«
»Sei mir bitte nicht böse.«
»Es ist nicht deine Schuld.«
»Doch, es ist meine Schuld.«
Krisztina überlegte kurz. »Gut, deine Schuld. Waren das dieselben, die dich verprügelt haben?«
»Ja.«
»Weißt du, wer es war?«
»Ich ahne es.«
»Du ahnst es.«
»Ja.«
»Aber du sagst es noch nicht.«
»Genau«, Gordon sah sich in der Redaktion um. Niemand beachtete ihn. Gömbös gehörte der Vergangenheit an, jetzt arbeiteten die Kollegen an anderen Themen.
»Und?«
»Was und?«
»Bis wann sind wir zum Hausarrest verurteilt?«
»Wenn ich nach Hause komme, besprechen wir alles. Ich muss jetzt aufhören. Gebt acht auf euch«, sagte Gordon und legte auf.
Ihn ärgerte nur, dass er nicht ordentlich arbeiten konnte.
Die Vortage waren mit Überlegungen vergangen, wen Darányi alles aus der NEP in seine Regierung übernehmen würde. Aber wozu solche Überlegungen? Dieselben Leute wie bisher. Horthy hatte schon am Tag der Beerdigung Kálmán Darányi berufen, der so nur einen Tag lang als designiertes Regierungsoberhaupt fungierte, eine reine Formalität.

In der Redaktion arbeiteten sie jetzt gerade an den Berichten über die Regierungsumbildung. Gordon sah vor sich das *Pester Tageblatt.* Er blätterte darin. Nichts zeigte Horthys Vertrauen in Darányi deutlicher, als seine schnelle Ernennung. Der hatte sich sofort entschlossen, das Handels- und das Industrieministerium zusammenzulegen. Statt Winkler würde Bornemissza der neue Minister sein. Außerdem gab es einige Wechsel im Verteidigungsministerium. Die Schlüsselleute behielten ihre Posten, stellte Gordon fest: der Kulturminister, der Finanzminister, der Außenminister und natürlich auch Miklós Kozma, der Innenminister. Gordon wusste, was das zu bedeuten hatte, und verstand es trotzdem nicht. Eigentlich war es einerlei, wer Regierungsoberhaupt war und wer der Regierung angehörte, Veränderungen gab es sowieso keine. Die Zeitungen mussten erscheinen, und in ihnen mussten Meldungen stehen, selbst dann, wenn alles beim Alten blieb.

Am Lujza-Blaha-Platz stieg er in die Linie 4 und las noch einmal Strassers Notizen. An der Italienischen Allee stieg er aus und bog in die Pasaréter Straße ein. Der Spaziergang tat ihm gut. Seine Niere muckte zwar auf, dennoch fühlte er sich wohl. Und im Gehen überlegte er, wie es weitergehen sollte.

Hier gab es kaum Verkehr. Auf dem Gehweg des Villenviertels zeigte sich gelegentlich ein Kindermädchen, das die Kleinen ausführte oder im Wagen spazieren fuhr, aber die meisten Häuser hockten mürrisch, unnahbar und herausfordernd hinter den dichten Hecken und hohen Zäunen. Das abgefallene Laub war zusammengeharkt, man bereitete sich auf den Winter vor. Vor manchen Villen sah er eifrige Gärt-

ner arbeiten. Aus den Schornsteinen stieg Rauch auf, sonstige Anzeichen von Leben gab es nicht.
Auch das Haus Nummer 48 schützte ein hoher Zaun, hinter dem man dennoch das pompöse Haus sehen konnte. Offensichtlich war es recht neu, kaum älter als zehn Jahre. Beiderseits gab es Treppen zur Terrasse, aber ein Fußabtreter lag nur vor der linken Tür. Oben waren die Jalousien geschlossen, der Balkon schien leer. Nichts rührte sich. Im Garten wuchsen Birken, einige Platanen und eine mindestens fünfzehn Meter hohe Lärche, an der in Trauben die Zapfen hingen.
Gordon trat ans Tor und klingelte. Nach einigen Minuten erschien, in ein Tuch gehüllt, ein Dienstmädchen. »Wen suchen Sie?«, fragte sie argwöhnisch.
»Ich komme vom *Abend* und möchte den Hausherrn sprechen«, antwortete Gordon in einem Ton, der dem Mädchen signalisierte: Jetzt lass mich endlich rein.
»Der ist, bitte schön, nicht zu Haus. Der ist im Büro«, sagte sie und zog fröstelnd das Tuch zusammen.
Gordon nickte. Damit hatte er gerechnet. »Und die gnädige Frau?«
»Die ist zu Hause, bitte schön.«
»Worauf warten Sie noch?«, knurrte er. »Melden Sie mich bei ihr!«
»Jawohl, bitte schön«, sagte das Mädchen und öffnete die Tür. Gordon folgte ihr ins Haus. In der Diele empfing ihn eine wohlige Wärme. Er sah sich um. Das Haus war geschmackvoll eingerichtet, dennoch fühlte er sich hier nicht heimisch. Alles glänzte, alles war schön und elegant. Er gab dem Mädchen seinen Mantel und den Hut und folgte ihr dann ins Wohnzimmer. Dort bot sich ihm der gleiche Anblick wie in der Diele: teure, schwere Möbel, ein Perserteppich, eine Biedermeier-

Sitzgarnitur – vermutlich echt –, ein Kristallleuchter, Vasen von Zsolnay, Brokatvorhänge. Es war, als befände er sich in einem Museum oder einer eleganten Möbelhandlung. Nirgendwo ein persönlicher Gegenstand, nirgends eine Falte an der Tischdecke, nirgends ein liegen gelassenes Buch. Er setzte sich am Rauchtisch in einen Sessel, der schön war, aber unbequem. Auf dem Tisch war kein Aschenbecher. Er zog den Verband an der Hand zurecht, als sich die Tür öffnete und Frau Szöllösy eintrat. Sie war lang und hager, ihr Kleid schleifte am Boden, die Hüften schmal, der Rücken steif, das braune Haar zum Knoten aufgesteckt. Im Haar hatte sie graue Strähnen.

»Guten Tag«, begrüßte die Frau ihn.

»Guten Tag«, antwortete Gordon und stand auf.

»Das Mädchen sagt, sie kämen von einer Zeitung.«

»Ja«, sagte Gordon, »vom *Abend.* Wir schreiben einen Artikel über die Kaffeesituation, und ich hätte gern mit Ihrem Mann gesprochen.«

Die Frau schien plötzlich beruhigt. Sie setzte sich auf das Sofa und klingelte nach dem Mädchen. »Möchten Sie Kaffee?«, fragte sie Gordon.

»Ja, gerne.«

»Schwarzen, Anna.«

»Jawohl, gnädige Frau.«

Sie sah Gordon an. »Wieso haben Sie meinen Mann nicht im Büro aufgesucht?«

»Nun, ich hatte hier in der Gegend zu tun, und da dachte ich mir, ich versuch es einfach, vielleicht ist er zu Hause. Wer so einen großen Konzern leitet, der braucht vielleicht nicht täglich im Büro zu sein.«

»Mein Mann hat einen großen Konzern, weil er Tag für Tag um acht Uhr in seinem Büro ist. Und arbeitet«, sagte sie und strich sich über das Haar. Gordon sah, wie müde ihre Hand wirkte. Aber ihre Haltung war beeindruckend. Als sie jung gewesen war, hatten die Männer vermutlich Schlange gestanden um ihre Gunst. Mit ihrer dürren Gestalt hatte sie es vielleicht nicht ganz leicht gehabt, aber ihre fürstliche Kopfhaltung und ihr selbstsicherer Blick hatten Mitgiftjäger, Gecken und absichtslose Flaneure sicherlich vertrieben.

»Ich verstehe. Dennoch würde ich gern ein paar Fragen stellen. Nur ganz kurz.«

»Ich höre.«

»Soviel ich weiß, ist Arabs neben Meinl einer der größten Kaffeeimporteure.«

»Das stimmt.«

»Und Geschäfte haben Sie nicht nur in Budapest, sondern auch in Deutschland.«

»Ja.«

»In Berlin, München, Stuttgart und Bremen.«

»Und in Nürnberg«, berichtigte sie ihn.

»Ja, in Nürnberg. Dann muss Ihr Mann beste Beziehungen haben.«

Sie hob den Kopf. »Wie meinen Sie das?«

»Nun, Nürnberg ist die Brutstätte des Nationalsozialismus. Ich erinnere nur an Hitlers Aufmärsche im September und die Nürnberger Gesetze.«

»Wonach fragen Sie mich eigentlich?«, erkundigte sie sich und rückte an den Rand des Sofas.

»Eigentlich würde ich denken, dass es für einen ungarischen Kaufmann nicht leicht ist, in der Hochburg der Nazis ein Geschäft zu betreiben.«

»Wir importieren Kaffee, keinen Faschismus.«

»Das habe ich auch nicht behauptet«, entgegnete Gordon.

»Mein Mann hat viel für den deutschen Markt gearbeitet. Auch viele Opfer gebracht. Er ist kaum zu Hause, meist unterwegs, vor allem in Berlin.«

Nach einem leisen Klopfen trat Anna ein, in den Händen ein silbernes Tablett, darauf ein Meißner Kaffeeservice. Sie stellte es auf den Tisch und ging schnell hinaus. Frau Szöllösy nahm die Kaffeekanne und goss ein, während Gordon weitersprach.

»Meine nächste Frage wäre, was wird später einmal aus dem Geschäft und Ihrem Imperium? Wird Ihre Tochter es weiterführen?«

Es war, als hätte Frau Szöllösy einen Schlag ins Gesicht bekommen. Ihre Hand stand in der Luft, die Kaffeekanne zitterte. Sie holte tief Luft, die Kanne senkte sich auf das Tablett zurück, und sie antwortete ihm mit eisiger Stimme, voller Hass und Furcht: »Wenn Sie über Geschäfte reden wollen, besuchen Sie meinen Mann. Wenn über unsere Familie, dann gehen Sie auf der Stelle. Zeitungsschmierer geht unsere Familie nichts an. Das Mädchen begleitet Sie hinaus.« Sie erhob sich und verließ das Zimmer, ohne ihn anzusehen.

Gordon kostete den Kaffee. Er verstand das ganze Theater nicht um Arabs oder Meinl. Kaffee blieb Kaffee, schwarz und bitter.

Das Dienstmädchen stand in der Tür. Gordon stellte die Tasse ab und folgte ihr in die Diele, wo sie ihm in den Mantel half. Gordon musterte sie. Ihr Haar war zu zwei Zöpfen geflochten, ihre Augen waren rund und riesig. »Was ist mit Fanny passiert?«, fragte er leise.

»O Gott, stellen Sie mir nicht solche Fragen«, antwortete sie ebenso leise.

»Warum nicht?«

»Weil hier niemand von ihr spricht. Ich bin noch nicht lange hier, aber bisher hat man mir ihren Namen verheimlicht.«
»Seit wann dienst du hier?«
»Seit zwei Wochen.«
»Und deine Vorgängerin?«
»Sie ist nach Hause gegangen, in ihr Dorf.«
»In welches?«
»Bükkszentkereszt.«
»Warum?«
»Ich weiß es nicht.«
»Hat sie sich mit der Herrschaft gestritten?«
»Ich weiß es nicht, bitte schön, nun gehen Sie endlich«, sagte sie und sah sich erschrocken um.
»Wie hieß das Mädchen?«
»Teréz Ökrös«, antwortete sie. »Ach, und sie konnte so schön häkeln. So was haben Sie noch nicht gesehen!«
»Ich glaube es dir.« Gordon nickte. »Also, was ist mit der Tochter deines Arbeitgebers? Was ist ihr passiert?«
Das Mädchen erbleichte. »Reden Sie nicht so laut«, flüsterte sie Gordon zu. »Ich sag doch, ich weiß kaum etwas über sie. Die Herrschaften sprechen kein Wort über sie. Einmal war ich in ihrem Zimmer, aber es war so sauber, als wohnte dort niemand. Es war sogar frisch gestrichen.« Sie hob trotzig den Kopf. »Und nun gehen Sie endlich, ich möchte nicht, dass sie mich auch wegschicken.«
Gordon zog die Augenbrauen hoch, aber er fragte nichts mehr. Er nahm seinen Hut und trat aus der Tür. Vor dem Haus drehte er sich noch einmal um und sah zurück. Die Gardinen bewegten sich nicht, alles sah so aus, als wäre das Haus unbewohnt.

In der Italienischen Allee nahm er eine Straßenbahn, er wollte schnell nach Hause. Mór öffnete die Tür, denn er hatte sie von innen abgeschlossen und den Schlüssel stecken lassen.
»Endlich, mein Junge!« Sein Gesicht hellte sich auf. »Wir haben uns schon Sorgen gemacht.«
»Sorgen sind unnötig, Opa, ich bin ja zu Hause. Krisztina?«
»Sitzt im Wohnzimmer und arbeitet.«
Gordon zog seinen Mantel aus und ging zu ihr. Sie hatte ihre Sachen ordentlich auf Gordons Schreibtisch gelegt und war ins Zeichnen vertieft. Ihre Hände arbeiteten geschickt mit der Tusche. Gordon konnte nicht erkennen, woran sie arbeitete.
»Da bist du also«, sagte sie und blickte auf.
»Ja.«
»Und was ist passiert?«
»Ich erzähle es dir unterwegs.«
»Unterwegs?«
Gordon stand inzwischen am Telefon und bestellte ein Taxi. Die linke Hand benutzte er immer geschickter, einen Bleistift benötigte er zum Wählen nicht mehr. »Ich verstehe, in zehn Minuten stehen wir vor der Tür. Sagen Sie ihm, dass wir möglicherweise auch dort übernachten, er soll sich darauf einstellen.« Er legte auf und suchte auf dem Telefontisch nach einer Broschüre. Er wählte erneut und bestellte ein Zweibettzimmer für zwei Nächte.
Krisztina stand auf. »Was soll das, Zsigmond?«
»Ich erzähle es dir im Auto.«
»Was?«
»Alles, was ich bisher rausbekommen habe.«
»Und das ist so gefährlich, dass wir ausreißen müssen?«
»Möglicherweise schon«, sagte Gordon leise und ging zum

Schrank. »Und ich brauche auch deine Hilfe«, sagte er zu Krisztina. Sie schwieg. »Ich packe schnell ein paar Sachen zusammen«, sagte er und warf einiges aufs Bett. »Kannst du es so einrichten, dass wir gleich losfahren?«

Krisztina seufzte und packte ärgerlich ihre Zeichnungen, die Stifte, die Tusche und die Hefte zusammen.

Mór stand derweil still in der Küchentür. Gordon wandte sich an ihn. »Opa, kannst du bitte meinen Koffer vom Schrank herunterholen? Ich kann das nicht.«

Der Alte zog den uralten, abgenutzten Vulkankoffer vom Schrank. »Auf was lässt du dich da ein, Junge?«

»Auf nichts, was ich nicht in den Griff bekomme«, entgegnete Gordon. »Ich weiß nur noch nicht, Opa, wohin das Ganze führt. Ich sorge mich um Krisztina, aber auch um dich. Aber ich weiß, du möchtest nicht mit uns kommen, weil du …«

»Ich werde Marmelade kochen«, warf Mór ein.

»Genau. Und du bist auch nicht gewillt, irgendwohin zu verreisen, aber tu mir wenigstens den Gefallen, schließ die Tür ab, wenn du zu Hause bist. Hast du genug Obst und Früchte eingekauft?«

»Ich habe Äpfel, Birnen, Weintrauben, die zwar schon ein bißchen schrumplig sind, aber inzwischen reifen auch die Maronen. Warum?«

»Mir wäre es am liebsten, wenn du ein paar Tage lang, nur ein paar Tage lang, nicht aus dem Haus gehen würdest. Du hast genug Früchte und kannst arbeiten. Und du hast gesagt, du hättest keine Zeit, deine Rezepte aufzuschreiben.«

Mór steckte den Zeigefinger in die Westentasche, und Gordon sah ihm schweigend zu. »Du hast recht«, sagte Mór schließlich. »Es wäre keine schlechte Idee, die besten aufzuschreiben.«

»Na bitte. Auch die von neulich, die Apfelmarmelade.«
Der Alte winkte ab. »Die war nicht besonders.«
»Ich fand schon. Schreib das Rezept auf. Am Mittwoch kommen wir wieder. Vielleicht schon eher.«

Als sie vor das Haus traten, wartete das Taxi bereits auf sie, und am Steuer saß Czövek, um den Gordon gebeten hatte. Czövek grinste. »Küss die Hand, gnädiges Fräulein. Heute ein Ausflug, ja? Und wohin?«
»Zum Lövöldeplatz«, erwiderte Gordon. Czövek legte zutiefst enttäuscht den Gang ein, und sie fuhren los. Er sprach kein Wort, wie auch Krisztina nicht, die sich in die Ecke gekauert hatte und aus dem Fenster sah. Gordon ärgerte sich, dass er Mór nicht um einen neuen Handverband gebeten hatte. Im Hotel würde er um kaltes Wasser bitten.
Sie parkten auf dem Lövöldeplatz, und Krisztina wandte sich an Gordon. »Wartet hier auf mich. Du brauchst nicht mitzukommen, Zsigmond, ich beeile mich.« Czövek öffnete ihr die Tür und zündete sich eine Zigarette an. Gordon lehnte sich zurück und schloss die Augen. Der ohnehin nicht kurze Weg würde ihm lang werden, wenn Krisztina in so »blendender« Stimmung war. Aber er machte ihr keine Vorwürfe.
Die Tür knallte, und er öffnete die Augen. Krisztina setzte sich neben ihn, und auch Czövek setzte sich ans Lenkrad. »Wohin jetzt?«, fragte er. »Zurück in die Lovagstraße?«
»Nach Lillafüred ins Palasthotel«, antwortete Gordon.
Czövek stieß einen leisen Pfiff aus, richtete seine Kraftfahrermütze, fuhr seinen schweren Wagen rückwärts aus der Lücke und dann durch die Andrássystraße zum Heldenplatz. Dort schlug er den Weg zur Landstraße Nummer 3 ein. Gordon beobachtete den Tachometer. Sechzig Kilometer pro Stunde.

Er blickte auf seine Uhr und rechnete nach. Wenn sie so fuhren, kämen sie erst gegen sechs Uhr an, vielleicht sogar später.

Die Häuser wurden spärlicher, und Gordon wurde es unbehaglich. Er fühlte sich nie wohl, wenn er Budapest verlassen musste. Schon in den Außenbezirken gefiel es ihm nicht. Es war ihm, als käme er in eine andere Welt, deren Regeln er nur ahnte. Wenn irgend möglich, verließ er Budapest nicht. Darüber hatte er auch mit Krisztina nie geredet, obwohl er vermutete, dass sie es wusste.

Die Häuser wurden zu Hütten, die abzweigenden Wege immer schlammiger, und Gordon fühlte sich immer unwohler, bis sie endlich die Stadt hinter sich gelassen hatten. Er atmete auf, aber sein Misstrauen gegenüber der Landschaft, den abgelegenen kleinen Dörfern, den dichten Wäldern und den Kleinstädten wuchs. In Gödöllö war er einmal gewesen, sogar im Schloss Grassalkovich, der Residenz des Staatsoberhauptes Horthy. Der *Abend* hatte ihn zu einem Empfang geschickt, an dem auch mehrere amerikanische Diplomaten teilgenommen hatten. Das Schloss mit seiner Eleganz gefiel ihm, aber mit der Mentalität der Leute konnte er nichts anfangen. Die Kleinstädte protzten mit ihrem Aussehen, aber die Provinzler hätten um nichts in der Welt ihren schäbigen Provinzialismus abgelegt. Da hatte sich in seinem Innern das Gefühl verstärkt: Hier bin ich in einem anderen Land.

»Ich habe dir gesagt, kauf dir ein Auto«, meldete sich nach langem Schweigen Krisztina, die aus dem Fenster sah.

»Nicht im Traum«, entgegnete Gordon.

»Der hübsche kleine Graham Paige. Er hätte nur achthundert Pengö gekostet«, fuhr Krisztina fort.

»Wohin sollte ich mit dem Auto fahren?«

»Jetzt zum Beispiel nach Lillafüred, mit mir.«
»Und dafür ein Auto kaufen? Um dich nach Lillafüred zu bringen?«
Krisztina sah ihn an, schüttelte den Kopf, schwieg aber.
»Außerdem«, fuhr Gordon fort, »fehlen mir die Nerven, um in Budapest mit einem Auto herumzufahren.«
Krisztina wandte sich wieder dem Fenster zu. Erst eine geraume Zeit später sagte sie: »Sagst du mir endlich, worum es geht? Oder willst du den geheimnisvollen Detektiv weiterspielen?«
»Ach wo«, antwortete Gordon, »ach wo.«
»Dann fang schon an, Zeit haben wir genug.«
»Das tote Mädchen hieß Fanny Szöllösy«, begann Gordon. »Sie war die Tochter des Inhabers von Arabs, sein einziges Kind. Wie sie Csuli in die Hände gefallen ist, weiß ich noch nicht. Beziehungsweise ich weiß nicht, wie es so weit kommen konnte. Sie war verliebt in Schlomo, den Sohn des Rabbi Reb Teitelbaum Schajele. Ich vermute, der Junge hat sie geschwängert, dann ist das irgendwie herausgekommen, und der Rabbi hat seinen Sohn aufs Schiff gesetzt und nach New York geschickt.«
»Und wie kam Fanny auf die Straße?«
»Das weiß ich nicht.«
»Hat ihr Vater sie rausgesetzt?«
»Ich weiß es nicht, Krisztina, aber die Antwort finden wir da, wohin wir jetzt fahren.« Dann erzählte er, was er von Szöllösys Dienstmädchen erfahren hatte. Und natürlich von Frau Szöllösy selbst.
»Wir fahren jetzt also nach Lillafüred, um in Bükkszentkereszt mit dieser Teréz zu sprechen.«
»Natürlich auch, weil du schon immer mal dorthin wolltest.«

»Zsigmond, man soll so etwas nicht vermischen. Wir fahren hin, weil du dort zu tun hast. Und nicht mir zuliebe.«

»Und außerdem, weil ich nicht wollte, dass du in Budapest bleibst«, wandte Gordon ein. »Ich fürchte, dass du dort nicht in Sicherheit bist.«

»Aus Sorge um mich?«

»Ja, um dich.«

Krisztina antwortete nicht. Ein paar Augenblicke lang überlegte sie. »Was hältst du eigentlich von dem Ganzen?«

Gordon schüttelte den Kopf. »Ich weiß es noch nicht, Krisztina, ich ahne es nur.«

»Was ahnst du?«

»Böses. Ich hoffe sehr, dass nicht geschehen ist, was ich befürchte.«

»Was befürchtest du?«

»Du willst es nicht wissen«, antwortete Gordon.

»Doch, ich will es wissen, aber du sagst es mir nicht.«

»Ich sage es nicht, weil ich mir nicht sicher bin. Ich werde dir alles erzählen, wenn ich Gewissheit habe.«

»Und wann wird das sein?«

»Keine Ahnung. Vielleicht in ein paar Tagen. Noch diese Woche.«

»Diese Woche.« Krisztina sah ihn nachdenklich an. »Weil du das gerade erwähnst, fällt mir ein, ich muss diese Woche Penguin eine Antwort geben.«

»Ich weiß, ich habe es nicht vergessen.«

»Dann ist es gut.«

Es war schon weit nach sechs Uhr, als sie Miskolc erreicht hatten. Czövek fuhr so sicher durch die verwinkelten Berggassen, als wäre er erst kürzlich hier gewesen.

Die Nacht brach an. Nur gelegentlich kam ihnen ein anderes Auto entgegen oder sie mussten einem verirrten Ausflügler ausweichen, der sich mit Spazierstock, gesenktem Kopf und einem Rucksack auf dem Rücken voranquälte. An der Schranke mussten sie halten, weil gerade die Schmalspurbahn vorbeikam. In den beleuchteten Waggons drückten die Kinder ihre Gesichter an die Glasscheiben, die Eltern saßen müde neben ihnen.

Schon von weitem erkannten sie die Lichter des Palasthotels. Gordon bewunderte den im Licht schwimmenden Palast am Rande eines Sees. Schon als er ihn 1931 zum ersten Mal gesehen hatte, hatte er sich gefragt, was das pompöse Meisterwerk hier zu suchen hatte. Auch damals war er zum Arbeiten hier gewesen und konnte die Schönheiten des Schlosses kaum zur Kenntnis nehmen, auch nicht, wie wenig es in die Zeit passte. Solche Schlösser hatten alte Adelsfamilien besessen, in ihren Sälen hatten vor Jahrhunderten Könige, Ritter und Herzoginnen geplaudert, und in den kleinen Dörfern unterhalb der Schlösser mehrere Generationen gelebt. Dann verschwanden die Könige und Fürsten, es kamen die modernen Zeiten, und an den Schlössern nagte allmählich der Zahn der Zeit.

Dieses hier war vor kaum sechs Jahren errichtet worden, zu dem Zweck, als Hotel zu dienen. Gordon ließ das Gebäude nicht aus den Augen, als sie am Szinvabach entlang zu ihm hinauffuhren.

Ein livrierter Boy öffnete ihnen die Wagentür. Krisztina stieg aus, nach ihr Gordon. »Fahren Sie auf die Seite, ich komme gleich«, rief Gordon Czövek zu. Der Boy sammelte die mitgebrachten Gepäckstücke ein und folgte ihnen in die luxuriöse Halle. Männer in Jagdkleidung oder Smoking eilten in den Speisesaal, neben ihnen Frauen in teuren Abendkleidern und schwer mit Schmuck behängt. Gordon trat zur Rezeption. »Auf den Namen Gordon ein Zweibettzimmer für zwei Nächte«, sagte er.

»Jawohl, mein Herr«, antwortete der Mann hinter dem Tresen und blätterte in einem Buch. »Bemühen Sie sich bitte in den dritten Stock hinauf. Der Boy zeigt Ihnen den Weg.«

»Mein Kraftfahrer braucht eine Unterkunft für eine Nacht.«

»O ja, natürlich. Wenn Sie einverstanden sind, kann ich Ihnen einige Privathäuser empfehlen, wo er schlafen kann.«

Gordon nahm den Zettel, auf dem die Adressen standen, und wandte sich Krisztina zu. »Wenn du willst, geh ruhig schon hinauf. Ich spreche mit Czövek und komme nach.«

»Beeile dich«, sagte Krisztina und folgte dem Boy.

Czövek saß auf der Motorhaube und rauchte. Als Gordon kam, sprang er herab.

»Hier sind einige Adressen, wo Sie heute Nacht schlafen können, Czövek«, sagte Gordon und gab ihm den Zettel und ein Fünf-Pengö-Stück. »Hier das Geld, es sollte bis zum Frühstück reichen.«

»Danke.«

»Seien Sie morgen früh um neun wieder hier.«

Der Boy stieg gerade aus dem Lift, Gordon drückte ihm einen Pengö in die Hand und fuhr mit ihm in den dritten Stock hinauf. Die Fahrstuhltür öffnete sich leise, er trat auf den nachgiebigen Teppich hinaus. Die Lampen tauchten den Korridor in ein weiches Licht. Gordon verfolgte die Zimmernummern und trat in die 304 ein.

Auf dem kleinen Tisch vor dem Balkon brannte eine Lampe. Aus dem Bad hörte er Wassergeplätscher. Er trat zum Vorhang, zog ihn auf und betrachtete die an den Berghängen steil aufragenden Bäume und das Licht des Mondes, wie sich alles im Wasser spiegelte.

Die Tür zum Bad öffnete sich. Heraus trat Krisztina in einem Satinnachthemd, das er ihr 1934 zu Weihnachten geschenkt hatte. Ihr Haar fiel offen auf die Schultern. Das Licht des Bades drang durch den feinen Stoff des Nachthemdes.

Gordon zog seinen Mantel und die Jacke aus und lockerte seine Krawatte. Krisztina schlenderte zum Bett und legte sich unter die Decke. »Worauf wartest du?«, fragte sie Gordon. »Komm schon her.«

Gordon wartete auf gar nichts. Er ging sofort zu ihr.

Acht

Es war schon nach acht Uhr, als sie aufwachten. Gordon war in der Nacht mehrmals hochgeschreckt; dass es gar keine Geräusche gab, störte ihn. Die Stille war übergroß. Aber dann war er doch wieder eingeschlafen. Er stieg aus dem Bett und ging ins Bad. Zum Rasieren brauchte er mehrere Anläufe. Nach einer halben Stunde erschien auch Krisztina.

»Guten Morgen«, grüßte sie.

»Guten Morgen.«

»Müssen wir uns beeilen?«

»Um neun erwartet uns Czövek am Hoteleingang«, antwortete Gordon. »Wenn du willst, frühstücken wir noch, es schadet also nichts, wenn wir uns beeilen.«

Um halb neun saßen sie im Frühstücksraum. Krisztina bestellte Rührei, Gordon Kaffee. Sie beobachteten, wie das Hotel langsam zum Leben erwachte und wie die Gäste gekleidet waren. Manche saßen in Ausflugsgarderobe am Tisch, andere in Jagdtracht, und einige trugen Anzüge, vermutlich weil sie die im Hotel gebotenen Möglichkeiten nutzen wollten, zu denen sie sich nicht hinausbewegen mussten. Der Billardsaal und das Kartenzimmer füllten sich rasch mit Männern, während ihre Frauen im Wintergarten plauderten oder Radio hörten.

Der Kellner kam mit Budapester Zeitungen, aber Gordon winkte ab. »Danke, heute Morgen komme ich auch ohne Zeitungen aus. Willst du sie?«, fragte er Krisztina.

»Ach wo. Sag mir lieber, was du alles wissen möchtest, damit ich Teréz Ökrös danach frage.«
»Sie soll alles erzählen, was sie über Szöllösys Tochter weiß«, sagte er und runzelte die Stirn. Manchmal verstand er sich mit Krisztina auch ohne Worte. Wenn sie es wollte. »Ich weiß nicht, wie viel sie dir anvertrauen wird, aber bestimmt mehr als mir. Dir gelingt so etwas viel besser als mir. Versuche im Gespräch alles zu erfahren, was diese Teréz über Fanny weiß.«
Kurz vor neun traten sie vor das Hotel. Czövek erwartete sie schon, ungefähr so, wie er sich am Abend vorher verabschiedet hatte. Über die Motorhaube des Opel war ein Tuch gebreitet, und er futterte. Als er die beiden sah, grinste er.
»Kosten Sie davon! O Gott, ich weiß nicht, wann ich zuletzt so erhabenen Presskopf gegessen habe«, sagte er und reichte ihnen eine Kostprobe.
»Wenn das so ist, frühstücke ich nicht mehr vorher«, sagte Krisztina.
»Den Rest habe ich im Wagen«, sagte Czövek, sprang von der Motorhaube, öffnete die Türen und startete , sobald sie eingestiegen waren. Sie fuhren am See vorbei und nahmen dann den Weg nach Bükkszentkereszt. Den Berg hinauf fuhren sie langsam, sie hatten Zeit, die Landschaft zu bewundern. Czövek hatte sichtlich Vergnügen an der Fahrt; wie er das riesige Auto steuerte, war ein Genuss. Espen säumten den Weg. Zum Glück begegneten sie nicht einem Fuhrwerk, bis sie nach etwa zwanzig Minuten den Ort erreicht hatten.
Wie schön und aufgeräumt das Dorf hier oben war, überraschte Gordon. Krisztina meinte, hier sei es wie in den Alpen. Schmucke kleine Häuser standen die Hauptstraße entlang, man hätte wirklich glauben können, man sei in den Alpen. Nur der Stil der Häuser war anders. Gordon betrachtete ver-

ständnislos die schmalen, schießschartenähnlichen Fenster und niedrigen Dächer der langgezogenen, mitunter den Berg hinaufkletternden Häuser. Kein Wunder, dass sich so viele Leute in dieser Gegend das Leben nahmen. Nicht wegen irgendwelcher Lieder, wie dem vom »Traurigen Sonntag«, der Hymne der Selbstmörder, brachten sich die Menschen hier um, sondern der dunklen, auf ihnen lastenden Häuser wegen. Im Vorbeirollen blickte er in einige Fenster. Ihm verging schon die Lust am Leben, wenn er nur die niedrigen, braun gestrichenen Balkendecken sah. Es war ihm unvorstellbar, wie man hier Tag für Tag aufwachen und sein ganzes Leben verbringen konnte.

»Einen Moment«, sagte er zu Czövek, als sie eine Frau, die eine Milchkanne trug, eingeholt hatten. Sie sagte ihnen, in welchem Haus Teréz Ökrös wohnte.

Sie gingen zu dem geschnitzten Holztor. Wie aus dem Nichts kamen plötzlich zwei struppige Pulihunde auf sie zugestürmt und überboten einander im Bellen. Auf das Gekläff hin kam aus dem Schuppen ein älterer Mann und näherte sich den beiden.

»Einen schönen guten Tag!«, grüßte Krisztina. »Wir suchen Teréz.«

Der Mann sagte mit leiser Stimme etwas zu den Pulis, woraufhin diese kehrtmachten und sich vor das Haus setzten.

»Kommen Sie nur herein, die beißen nicht.«

Gordon beäugte die Pulis mit Misstrauen, dann öffnete er das Tor.

Der lange, schnurrbärtige Mann wischte sich die Hände an der Hose ab. »Sie suchen Teréz?«, fragte er.

»Ja«, antwortete Krisztina mit einem Lächeln.

»Da können Sie lange suchen, die ist nicht zu Hause. Sie ist

nach Miskolc gefahren, um ihr Gesindebuch in Ordnung zu bringen.«
»Sind Sie ihr Mann?«
»Ihr Bruder. Was wollen Sie von ihr?«
»Wir möchten mit ihr über ihren früheren Brotherrn sprechen«, antwortete Gordon.
»Meinetwegen.« Der Mann zuckte mit den Schultern. »Sie kommt aber erst am Nachmittag zurück. Vor drei ist sie kaum hier.«
»Dann kommen wir um drei wieder«, sagte Gordon und hakte sich bei Krisztina ein. Sie gingen zum Auto zurück.
»Was nun?«, fragte sie.
»Ich weiß es nicht«, antwortete Gordon ärgerlich. »Warten bis drei.«
»Sei froh, dass du mal aus der Stadt raus bist und mehr als fünf Bäume siehst.«
Gordon sagte nichts und stieg ins Auto. Czövek packte schnell seine Sachen weg und glitt hinter das Lenkrad. »Wohin jetzt?«
»Zurück ins Hotel«, sagte Gordon. Die ganze Fahrt über starrte er wortlos aus dem Fenster.

Am Hotel hatte der Verkehr zugenommen. Ein Luxuswagen nach dem anderen fuhr vor und rollte weg. Gordon sagte zu Czövek, er solle um halb drei zurückkommen, dann fragte er am Empfang, ob er sich eine Schreibmaschine ausleihen könne.
»Gewiss doch«, antwortete der Mann von der Rezeption, »ich schicke sie Ihnen ins Zimmer, und auch Papier.«
»Willst du denn arbeiten?«, fragte ihn Krisztina im Fahrstuhl.

»Nicht unbedingt«, antwortete Gordon. »Ich möchte mal aufschreiben, was ich bisher in Erfahrung gebracht habe.«
»Und wozu das?«
»Damit ich einen Überblick bekomme. Irgend etwas in der Geschichte stimmt nicht.«
»Und was?«
»Ich sage es dir im Zimmer«, antwortete Gordon, denn der Fahrstuhl hatte den dritten Stock erreicht.
Krisztina öffnete ihren Koffer und entnahm ihm ihren Fotoapparat, ein Paar bequeme Schuhe, eine Strickmütze und Handschuhe sowie einen wärmeren Mantel.
»Hast du gewusst, dass Zeit für einen Ausflug bleiben würde?«
»Nein, ich habe das nur vorsichtshalber eingepackt. Kommst du mit?«
Gordon schüttelte den Kopf. »Nein.«
Es klopfte. Gordon öffnete die Tür, nahm dem Boy die Remington-Schreibmaschine ab und stellte sie auf den Tisch am Balkonfenster.
»Bevor ich gehe, sag mir noch, was an der Geschichte nicht stimmt«, bat ihn Krisztina.
Gordon spannte Papier ein. »Es gibt einen getauften jüdischen Händler, dessen christliche Tochter sich in den Sohn eines chassidischen Rabbis verliebt«, begann er. »Daran ist nichts ungewöhnlich. Das Mädchen wird tot am Rand eines Vergnügungsviertels aufgefunden, sie ist im dritten Monat schwanger. Das ist schon ein wenig merkwürdiger, aber nur ein wenig. Mich verprügelt ein Mann, der eine gebrochene Nase hat, er heißt Pojva, und man sagt, er sei ein Schläger. Die Vermutung liegt nahe, dass er das Mädchen getötet haben könnte, das allerdings gar nicht existiert zu haben

scheint, die Familie will jedenfalls nichts von ihr hören. Das kann man noch akzeptieren. Nicht aber, dass ihr Vater sie habe töten lassen.«

»Erscheint dir das so undenkbar?«

»Ach, Krisztina, ich habe schon von solchen Fällen gehört. Trotzdem stimmt in dem Fall etwas nicht. Irgendwie passt da was nicht zusammen. Ich will mal alles aufschreiben, um zu sehen, ob es Löcher in der Geschichte gibt, ob ich nicht etwas übersehen habe, ob etwas meiner Aufmerksamkeit entgangen ist.«

»Nun, dann arbeite, ordne deine Gedanken«, sagte Krisztina, hängte sich den Fotoapparat über die Schulter und schloss hinter sich die Tür. Gordon versuchte, die rechte Hand behutsam zu bewegen. Überrascht stellte er fest, dass sie weniger schmerzte, als gedacht, und so schrieb er anfangs auch mit ihr. Doch als Krisztina gegen ein Uhr zurückkam, benutzte er eigentlich nur noch die linke Hand.

Krisztina legte den Fotoapparat aufs Bett, Gordon bedeutete ihr, er sei gleich fertig. Der Absatz war beendet, er zog das Papier aus der Maschine und stand auf. »Hast du viel Schönes gesehen?«, fragte er Krisztina.

»Ja, aber wenn wir nicht auf der Stelle essen gehen, verhungere ich, und das willst du wohl nicht«, sagte sie.

Gordon zog die beschriebenen Seiten aus der Maschine, steckte sie in die Innentasche seiner Jacke, und sie gingen ins Restaurant.

Während des Essens erzählte Krisztina mit leuchtenden Augen von ihrer Tour. Sie war zum Aussichtsturm Weißer Stein hinaufgestiegen, quer durch den Wald. Der Hang war sehr steil gewesen. »Mir tut alles weh«, sagte sie zufrieden. »Die Beine, die Schultern, die Hände.«

»Wie schön, dass du dich darüber freuen kannst«, sagte Gordon. »Und hast du fotografiert?«
»Aber ja, Hirsche, zwei Rehkitze und Fasane«, antwortete Krisztina und lächelte. Dann berichtete sie ihm ausführlich über den Wald, die Lichtungen, die gelbbraunen Blätter, die himmelhohen Tannen. »Und du, hast du herausgefunden, wo die Geschichte hakt?«, fragte sie schließlich.
»Möglicherweise nirgendwo«, antwortete Gordon. »Vielleicht will ich einfach nicht glauben, was die Tatsachen offenbaren.«
»Du hast einmal gesagt, mit den Tatsachen kann man nicht streiten.«
»So ist es. Aber bis jetzt verfüge ich noch nicht über alle Tatsachen. Fahren wir zu Teréz.«

Der Opel parkte vor dem Haus. Der Mann mit dem Schnurrbart erblickte sie und rief etwas ins Haus hinein. Kurz danach trat eine mollige Frau heraus. Sie mochte dreißig oder auch fünfzig Jahre alt sein. Als sie zu sprechen begann, verriet ihre Stimme, dass ihr Alter wohl dazwischenlag.
»Kommen Sie nur, hier herein«, lud sie die Gäste ein. Die beiden Pulis verfolgten Krisztina und Gordon mit ihren Blicken, als sie in die Küche traten. Am Tisch saßen zwei Kinder. Sie waren etwa zehn Jahre alt, Teréz befahl ihnen hinauszugehen, und zog zwei Stühle an den Tisch heran. »Setzen Sie sich bitte. Ins Wohnzimmer können wir nicht gehen, dort liegt meine Mutter, sie ist krank.«
»Hoffentlich nichts Ernstes?«, fragte Krisztina.
»Wenn man über achtzig ist, ist alles ernst«, antwortete Teréz.
»Wir haben gehört, dass Sie wunderbar häkeln können«, fuhr

Krisztina fort und schaute auf den Tisch, den eine zauberhafte Decke schmückte.
»Nicht der Rede wert«, antwortete Teréz und errötete.
»Können Sie mir etwas davon zeigen?«, fragte Krisztina.
Teréz verließ die Küche. Gordon stand angespannt auf und ging zur Tür. Argwöhnisch betrachtete er den Herd, die niedrige Decke, die geschnitzten Stühle. Minuten später kam Teréz zurück, im Arm hielt sie einige Tischdecken und Kissenbezüge.
Sie legte sie vor Krisztina auf den Tisch, die dabei war, ihre Handtasche zu durchwühlen. Eine Weile suchte sie, dann sah sie Gordon an. »Zsigmond, meine Zigaretten sind alle. Holst du mir ein Päckchen?«
»Natürlich«, antwortete Gordon. »Sagen Sie, wo kann man hier Zigaretten kaufen?«
»Eigentlich nur in Lillafüred. Jedenfalls die, die Sie mögen. Hier bei uns gibt es nur Knaster.«
»Dann dauert es mindestens eine Stunde, bis ich zurück bin«, sagte Gordon. »Hältst du es so lange ohne Zigaretten aus?«
»Fahrt nur, ich komme schon zurecht.«
Gordon verließ das Haus, nickte dem hinten im Garten arbeitenden Mann zu und stieg in den Opel. »Zurück zum Hotel, Czövek«, sagte er zum Fahrer.
Im Hotel kaufte sich Gordon ein Päckchen Zigaretten, suchte im Café ein paar Zeitungen zusammen, bestellte einen Kaffee und setzte sich hin zum Lesen.

Besser hätten sie die Rückfahrt gar nicht planen können. Kaum stand das Auto vor dem Haus, trat Krisztina aus der Tür, in der Hand eine Tischdecke und einen Kissenbezug. Sie verabschiedete sich von Teréz und winkte dem Bruder zu, dann trat sie durch die Gartentür und setzte sich neben Gordon. »Wohin jetzt?«, fragte Czövek. »Zurück ins Hotel«, antwortete Gordon, aber Krisztina legte ihm die Hand auf den Arm. »Nein, nicht dorthin. Mir gehen die vielen Leute auf die Nerven. Fahren Sie los, unterwegs werden wir anhalten.«

»Kann ich was empfehlen?«, fragte Czövek.

»Empfehlen Sie uns was«, sagte Gordon.

»Die Witwe Traurig, das ist nicht irgendwer, bei der habe ich gewohnt, hat gesagt, nicht weit vom Aussichtsturm zum Weißen Stein gebe es ein Waldgasthaus. Vielleicht eher eine Jagdhütte, aber die Witwe schwor bei allen Heiligen, eine bessere Küche als diese gebe es in der ganzen Gegend nicht. Die Hütte liegt mitten im Wald.«

»Fahren Sie nur«, sagte Gordon und nickte. »Nichts wie hin.«

Czövek legte den Gang ein und fuhr ans Ende des Dorfes. Gordon warf Krisztina einen Blick zu. Sie war tief in Gedanken versunken und streichelte die Decke, die sie auf dem Schoß hatte. Jetzt durfte er sie nicht ansprechen, er musste warten, bis sie von sich aus zu reden begann. Gordon hatte es früher manchmal versucht, aber nie etwas erreicht, jetzt ließ er es lieber sein. Kaum hatten sie das letzte Haus hinter sich, sahen sie ein Holzschild, dessen Inschrift von Schnee und Regen weggewaschen war. Der trübe Oktobertag schien sich zu verabschieden, Czövek schaltete die Beleuchtung ein, schob seine Mütze zurück und drehte sich um. »Die Witwe sagte, der Weg hier sei holperig. Halten Sie sich gut fest.«

Langsam holperten sie den Steig entlang, der eigentlich nichts anderes war als ein von Pferdehufen ausgetretener Schlammpfad. Um sie herum ragten Bäume in den grauen Himmel,

und der Opel fraß sich schnaufend aufwärts. Eine Zeitlang schwiegen sie. Czövek konzentrierte sich, über das Lenkrad gebeugt, mit allen Nervenfasern darauf, den Pfützen und Ästen auszuweichen. Dann endlich erreichten sie eine Lichtung.
»Die Alte hat Sie reingelegt«, mutmaßte Gordon. »Hier gibt es nirgendwo eine Jagdhütte. Oder Sie haben sich verfahren.«
»Ach wo«, sagte Czövek nur.
»Wir befinden uns mitten im Nichts.«
»Na dann sind es nur noch ein paar hundert Meter«, meinte Czövek und holperte weiter. Sie kamen an eine Weggabelung und bogen nach rechts ab. Das Grau wurde immer dunkler, Bäume legten sich dicht über sie. Gebüschzweige kratzten am Auto. Gordon wandte sich Krisztina zu, aber ihr Gesicht konnte er nicht sehen. Czövek kämpfte gleichzeitig mit dem Steuer, der Bremse, der Kupplung und dem Getriebe. Der schwere Opel rutschte hin und her, an einer steilen Stelle musste Czövek zweimal Anlauf nehmen. Oben angekommen, sahen sie in der Ferne ein Licht. »Na bitte, ich hab's doch gesagt!«, rief Czövek triumphierend. Tatsächlich. Beim Näherkommen sahen sie, dass es sich um eine Jagdhütte im Licht einer Fackel handelte. Sie war nicht einmal klein und stand direkt an einem Hang. Aus dem Schornstein stieg Rauch auf, vor der Tür lungerten zwei Vorstehhunde herum. Hinten gab es einen offenen Kamin.
Am Stall blieben sie stehen. Die Pferde darin begannen wild zu trampeln. Die Tür der Jagdhütte öffnete sich, und heraus trat ein kräftiger Mann mit kurzgeschorenem Haar. Er stemmte die Hände in die Hüften und wartete.
»Na, was sagen Sie?«, fragte Czövek.
»Bisher ganz gut«, antwortete Krisztina.

Gordon war ausgestiegen und ging auf den Mann zu. »Guten Abend. Wir haben gehört, bei Ihnen wird gut gekocht.« Im Gesicht des Mannes begann es kaum merklich zu zucken, dann holte er tief Luft. »Guten Abend!«, sagte er stotternd. »Die Küche öffnet erst in einer Stunde. Ich bin István Bársony«, sagte er und hielt ihm mit heiterem Lächeln die Hand hin. »Treten Sie näher.«
Er machte die Tür weit auf, und hinter ihm zeigte sich ein Bild von Harmonie und Frieden. Rechts verströmte ein Kamin seine Wärme, vor ihm lag ein Vorstehhund, am Sims schlief eine Katze. Vor dem Kamin standen vier Tische mit Stühlen, an der Wand ein Diwan, davor ein großer Eichenholztisch, an den Wänden die unverzichtbaren Trophäen. Eine junge Frau mit Zopf tauchte auf, sie guckte, wie viele Leute gekommen waren, und schloss dann wieder die Tür. Bársony setzte sie an einen Tisch. »Ich habe ausgezeichneten Tresterschnaps. Möchten Sie ihn probieren?«
»Ja, wir möchten«, antwortete Krisztina, stand auf und trat zum Kamin. Sie wandte den Rücken dem wärmenden Feuer zu. Bársony zündete die Kerzen auf den Tischen an, dann ging er in die Küche. Czövek rutschte auf seinem Stuhl hin und her, er war es nicht gewohnt, mit Fahrgästen an einem Tisch zu sitzen. Gordon nahm gerade eine Zigarette aus seinem Etui, als Bársony mit einem Tablett erschien, darauf standen vier Gläser. Er stellte sie auf den Tisch. »Kommen Sie nur«, rief er Krisztina zu, »wenn Sie den getrunken haben, frieren Sie nicht mehr, darauf können Sie sich verlassen.«
Krisztina kam und nahm ein Glas, die anderen folgten ihrem Beispiel und leerten die Gläser in einem Zug. Gordon schüttelte es, er bat um ein Glas Wasser. Inzwischen hielt er Krisztina die Speisekarte hin. »Was möchtest du essen?«

Krisztina überflog die Seite mit den Speisen, unter denen weder Suppen noch Fisch noch Gemüse auftauchten, sondern einzig und allein Gerichte mit Wildfleisch. »Bestell mir Hirschbraten mit Kartoffelklößen.«

Gordon trank das Wasser aus, dann zählte er Bársony auf, was sie bestellen wollten. Er wollte Wildschweinrippchen mit Kartoffeln, Czövek entschloss sich zögernd zu einem Bohnengulasch aus Wildschweinfleisch.

Bársony war zufrieden, in einer Stunde sei alles fertig. »Wenn Sie wollen, ziehe ich die Stühle vor das Feuer«, sagte er.

»Lassen Sie nur«, entgegnete Krisztina. »Wir gehen spazieren, hinterher wärmen wir uns auf.«

»Gehen Sie vorsichtig«, ermahnte sie Bársony. »Unser Haus ist auch aus der Ferne sichtbar, aber wagen Sie sich nicht zu weit weg. In dieser Richtung«, er deutete hin, »kommen Sie zum Aussichtsturm Weißer Stein. Ein ausgetretener Pfad, den Sie nicht verfehlen können. Wenn Sie in einer Stunde nicht wieder hier sind, suche ich Sie mit den Hunden.«

Das Licht der Jagdhütte beleuchtete den Pfad eine Zeitlang. Krisztina hakte sich bei Gordon ein, sie gingen langsam, ohne Eile und Ziel. Krisztina begann mit der Geschichte, die sie von Teréz Ökrös gehört hatte. Ihre Stimme klang beklommen, als könnte sie das alles gar nicht verstehen, aber sie wusste, es stimmte.

»Fanny war ein hübsches, freundliches, lebhaftes Mädchen, geboren im ersten Jahr des Krieges. Ihr Vater begann zu der Zeit, häufig nach Afrika zu reisen. Vielleicht nicht zufällig, meinte Teréz. Er wollte um jeden Preis einen Sohn, doch seine Frau hatte so schwer entbunden, dass die Ärzte erklärten, noch mehr Kinder kämen nicht in Frage. Szöllösy wandte

sich von seiner Frau und seinem Kind ab. Er ließ sie das nicht fühlen, aber sie wurden ihm fremd. Vielleicht hätte er weniger reisen sollen, aber er wollte ja weg von seiner Familie. Das Mädchen wurde von seiner Mutter und auch von Teréz geliebt, die Fannys Amme war. Teréz hatte mit achtzehn Jahren einen Sohn geboren und bei Szöllösy eine Anstellung gefunden. Fanny wurde dann später von englischen Damen unterrichtet. Sie litt keinen Mangel, allein das kühle, konventionelle Verhalten ihres Vaters störte sie. Sie ging mit ihrer Mutter regelmäßig in die Kirche, es gab nie Ärger mit ihr.«
Krisztina blieb an einem umgestürzten Baum stehen, sie setzte sich darauf und fuhr fort: »Ihr Vater bestimmte, wo sie ausgebildet werden sollte. Er schickte Fanny an die Berliner Technische Hochschule, doch sie sehnte sich nach Kunst, kam nach Hause und sagte ihrem Vater, wenn sie nach Paris gehen dürfe, an die Sorbonne, wolle sie hinterher lernen, was ihr Vater wollte, Handel, Buchhaltung, was auch immer. Jetzt aber müsse sie malen. Szöllösy bekam einen Wutanfall, später aber hörte er auf seine Frau und stimmte zu. Fanny studierte drei Jahre lang Malerei, sie kam nur im Sommer und zu Weihnachten nach Hause. Aber im Frühjahr dieses Jahres erschien sie mitten im Semester daheim und erklärte ihrem Vater, sie werde jetzt heiraten. Vor Teréz hatte sie keine Geheimnisse. Was Teréz nicht den regelmäßigen Streitereien entnehmen konnte, erzählte ihr Fanny selber«, sagte Krisztina. Gordon hörte schweigend zu. »Wie sich herausstellte, war Fanny in Paris dem Sohn eines chassidischen Rabbis aus Budapest begegnet. Sie verliebten sich ineinander, und um ihn heiraten zu können, musste sie den jüdischen Glauben annehmen. Szöllösy antwortete brüllend, das komme nicht in Frage. Wenn seine deutschen Partner das erführen, würde

bald herauskommen, dass er Jude sei, und mit den Geschäften mit den Deutschen wäre es vorbei. Obendrein sei es auch in Ungarn nicht gerade gut, ein Jude zu sein. Lieber gebe er sie einem Reformierten als einem Juden, schrie der Vater. Fanny sagte nur, die Deutschen interessierten sie nicht und die Geschäfte seien ihr auch egal. Sie wolle Schlomo heiraten, und sie werde es auch tun. Daraufhin fragte sie ihr Vater, ob sie nicht sehe, was hier im Gange sei und was in Nürnberg geschehe. Für sie alle sei alles aus, wenn ihre Herkunft bekannt würde. Und es würde herauskommen, wenn Fanny den jüdischen Glauben annähme. Das alles spiele für sie keine Rolle, sagte Fanny, sie werde Schlomo heiraten. Und seinen Glauben annehmen. Wenn du ihm noch einmal begegnest, so der Vater, bist du meine Tochter nicht mehr. Den Rest hörte Teréz nicht, denn sie erschrak so sehr, dass sie in den Keller rannte und dort aufräumte.« Krisztina schüttelte den Kopf. »Als Teréz aus dem Keller nach oben kam, sah sie Fanny mit einem Koffer in der Hand. Sie sah Teréz an, Fanny hatte Tränen in den Augen, aber sie schien entschlossen. Frau Szöllösy wechselte mit ihrem Mann kein Wort mehr. Herr Szöllösy ließ Tage später Fannys Sachen zusammenpacken, rief die Maler und ließ ihr Zimmer streichen, stellte ein Klavier hinein und wurde mürrischer als je zuvor.«

»Was geschah dann?«, fragte Gordon, als Krisztina schwieg.

»Nicht viel«, antwortete sie. »Teréz meint, die Mutter hätte Fanny mehrmals getroffen, aber das vermutet sie nur. Frau Szöllösy hat niemals offen mit Teréz darüber gesprochen. Es kam vor, dass sie sich plötzlich ankleidete und Teréz sagte, wohin sie gehe. Früher war das nie passiert. Jetzt aber erzählte sie ihr, sie gehe ins Café, zum Einkaufen, in eine Ausstellung oder so. Und wenn sie nach Hause kam, saß sie lange im Wohnzimmer, trank Wein, manchmal eine ganze Flasche, starrte vor sich hin und rauchte Zigaretten, was sie sich längst abgewöhnt hatte.«

»Und warum musste Teréz weggehen?«

»Vor zwei Wochen ließ Herr Szöllösy sie kommen, händigte ihr den Lohn für zwei Wochen aus und entließ sie sofort. Also ist sie nach Hause gekommen, und seither weiß sie nichts mehr über Fanny und die Familie Szöllösy.«

»Das hat sie gesagt?«

»Genau das.«

»Ich verstehe.«

»Ich allerdings verstehe das nicht, Zsigmond!«, brauste Krisztina auf. »Du sagst immer, ich verstehe, ich verstehe, ich verstehe. Was zum Teufel meinst du damit? Ich verstehe gar nichts. Nicht das Geringste!« Damit stapfte sie zum Aussichtsturm davon. Gordon stand auf, folgte ihr, hakte sie unter und drehte sie um zur Jagdhütte. »Es ist spät geworden, in der Wärme ist es angenehmer. Vom Aussichtsturm aus ist sowieso nichts mehr zu sehen.«

Krisztina ließ sich führen. Sie stützte sich auf Gordons Arm, so gingen sie auf das Licht der Jagdhütte zu.

Als sie eintraten, stieg Krisztina der Geruch des Abendessens in die Nase. Sie schüttelte sich. »Hast du Appetit?«

»Ja«, antwortete Gordon. »Du wirst sehen, du bekommst ihn auch. Wir setzen uns an den Kamin, bestellen eine Flasche Wein, essen in aller Ruhe, und wenn du willst, erkläre ich dir alles im Hotel.«

Bársony warf einen Blick aus der Küche, eine Minute später erschien er mit einem Tablett. »Ein kleiner Appetitmacher vor dem Abendbrot«, stotterte er und stellte die Gläser auf den Tisch. Gordon nahm nur einen Schluck, aber Krisztina leerte das ganze Glas Trester. »Bringen Sie uns bitte, falls vorhanden, eine Flasche Rotwein!« Der Wirt nickte und ging in die Küche. Gordon half Krisztina aus dem Mantel und zog ihr den Stuhl heran. Czövek saß am Ecktisch und sah ihnen rauchend zu, an Gordons Blick erkannte er, hier durfte er nicht stören.

Bársony setzte Krisztina den Hirschbraten mit Kartoffelklößen vor, dazu in einem Schälchen Preiselbeerkompott. Gordon bekam ein Tongefäß mit Wildschweinrippchen und Kartoffeln und Czövek einen tiefen Teller mit Bohnengulasch. Bársony ging nicht in die Küche zurück, sondern setzte sich an einen anderen Tisch und ließ sich auf ein Gespräch mit ihnen ein. Gordon ärgerte sich anfangs, dass er sie nicht allein ließ, aber dann merkte er, dass Krisztina die selbstironischen, lebendigen Geschichten des Jägers gern hörte.

Der Wein hatte ihr Appetit gemacht, sie fiel über den Hirschbraten her, als hätte sie tagelang nichts gegessen. Gordon hörte Bársony dankbar zu, Krisztina aß und trank. Als das Abendessen beendet war, enthielt die Flasche kaum noch ein Glas voll. Krisztina fielen allmählich die Augen zu. Gordon bat um die Rechnung und bezahlte. Bársony begleitete sie zum Wagen. »Es hat mich gefreut, dass Sie hier waren«, sagte er und lächelte. »Kommen Sie bald wieder!«

Czövek ließ den Motor an, und kaum hatten sie die Jagdhütte hinter sich gelassen, schlief Krisztina, an Gordons Schulter gelehnt, bereits fest.

Als sie vor ihrem Hotel hielten, schreckte Krisztina hoch. »Sind wir da?«

»Ja«, antwortete Gordon und half ihr aus dem Wagen. Zugleich gab er Czövek ein Zeichen, nicht wegzufahren, sondern hier zu warten. Er begleitete Krisztina ins Zimmer, sie setzte sich auf die Bettkante und begann sich auszuziehen. Gordon half ihr, dann deckte er sie zu. Minuten später schlief Krisztina wieder.

Gordon setzte sich an den Tisch, legte ein Blatt Papier vor sich auf den Tisch und fand nach etlichen Versuchen endlich die Position, in der er den Federhalter richtig führen konnte. Er beugte sich über das Papier und schrieb:

Krisztina, ich fahre nach Budapest zurück. Ich wollte dich nicht wecken. Ich hoffe, du hast gut geschlafen. Wenn du morgen mit Czövek zurückkommst, werde ich mehr wissen. Ich kann jetzt nicht hier bei dir bleiben. Ich weiß, du bist enttäuscht und wütend, dennoch bitte ich dich, halte deinen Zorn in Grenzen. Ich will nicht, dass dir etwas zustößt. Hoffentlich habe ich unrecht, aber wie es aussieht, sind die zu allem fähig. Ich muss schnell handeln, um ihnen zuvorzukommen. Den Wagen lasse ich euch hier. Vor dem Mittagessen kommt keinesfalls zurück. Geh zu Mór, nicht nach Hause. Ich werde dir alles erklären.

Den Brief legte er auf den Nachttisch, dann nahm er den Koffer und ging leise hinaus. Am Empfang fragte er, wann der letzte Zug nach Budapest ginge. Der Mann blickte auf seine Uhr. »Um acht, aber ich habe Zweifel, dass Sie den noch schaffen.«

»Ich versuche es«, sagte Gordon. »Addieren Sie schnell, was ich zu zahlen habe. Die Dame meldet sich morgen ab. Zählen sie das Frühstück und das Mittagessen dazu, und zehn Pengö obendrauf.«

Der Mann reichte ihm Augenblicke später die Rechnung. Gordon zuckte nicht zusammen, als er die Summe sah. Er füllte einen Scheck aus, schob ihn dem Mann hin und eilte hinaus zu Czövek.

»Los, Czövek, ich muss den Zug um acht Uhr schaffen.«

»Und das Fräulein?«
»Das fahren Sie morgen nach Budapest.«
Czövek warf sich ins Auto, ließ seine Finger knacken, fuhr an und beschleunigte den Wagen zu einem solchen Tempo, dass er zwei Minuten vor acht mit knirschenden Bremsen vor dem Bahnhof hielt.
»Hier sind fünfzig Pengö, reicht das für zwei Tage?«
»O ja. Es ist reichlich«, antwortete Czövek.
»Vor zwei Uhr mittags fahren Sie nicht zurück, und bringen Sie die Dame zum Köröndi.«
»Also zum Hitlerplatz?«
»Genau, zu dem.« Gordon nahm den Koffer und eilte davon. Der Schaffner blies bereits in seine Pfeife, als Gordon einstieg. Er setzte sich in ein leeres Abteil und zog sich den Hut ins Gesicht. Bei Gyöngyös weckte ihn der Schaffner. Er bezahlte die Fahrt und sah bis Budapest aus dem Fenster auf die schwarze Landschaft und überlegte, womit er den Mittwoch am besten beginnen und womit er ihn beenden sollte.
Am Ostbahnhof winkte er ein Taxi herbei und ließ sich nach Hause fahren. Mitternacht war längst vorüber, als er seine Wohnung in der Lovagstraße betrat. Er stellte den Koffer weg, zog sein Sakko aus, ließ kaltes Wasser auf einen Lappen laufen, verband seine rechte Hand und legte sich angezogen aufs Bett.

Neun

Am Morgen erwachte er in aller Frühe und stellte am Spiegel fest, dass die Wunden am Mund und an der Stirn gut verheilten. Wegen der Stoppeln sah er allerdings mindestens zehn Jahre älter aus, also holte er seinen Rasierapparat, legte eine neue Klinge ein, schlug den Schaum auf und versuchte sich mit der rechten Hand zu rasieren. Es gelang ihm, obzwar der Erfolg nicht vollkommen war. An manchen Stellen schnitt er sich oder riss alte Wunden auf, aber Alaun löste auch dieses Problem.

Er zog sich an, prüfte, ob er alles beieinander hatte, dann verließ er das Haus Richtung Ring. An der Ecke zur Szondistraße trat er bei einem Kopierer ein und erklärte ihm, dass er von seinen mehrseitigen Notizen wirklich nur fünf Exemplare benötigte, hundert brauche er nicht. Sie vereinbarten einen Preis von zwanzig Fillér, fast das Fünffache des normalen Preises. Nun ging er ins Abbazia. Der Oberkellner grüßte ihn erfreut, dann entschuldigte er sich, sein Stammtisch sei besetzt. Gordon winkte ab, setzte sich an einen anderen Tisch, bestellte ein Frühstück und überflog die Zeitungen. Er hatte nichts verpasst. Béla Ivády war unter Berufung auf seinen Gesundheitszustand von seinem Präsidialposten der NEP zurückgetreten. Inzwischen hatte Darányi seine auf der ersten Regierungssitzung angenommenen Vorschläge dem Parlament vorgelegt. Großartig, dachte er und nahm einen Schluck Kaffee. Es machte keinen Sinn, wenn Ivády zurücktrat, es gab keinen Ersatz für ihn. Der kämpferische und nur

Schaden verursachende Generalsekretär Béla Marton sollte lieber keine Rolle in der Parteiführung übernehmen. Gordon las weiter. Die üblichen internen Zwistigkeiten, Ivády war das kleinste Problem. Gordon blätterte weiter. Miklós Kozma drückte seine Hoffnung aus, man werde so bald wie möglich die Verordnung über das Versammlungsverbot zurücknehmen. Gordon legte die Zeitung zusammen, trank den Kaffee aus, zahlte und ging. Unterwegs holte er die kopierten Notizen ab, stieg am Berliner Platz in die Straßenbahn 5 und schlug die *8-Uhr-Zeitung* auf.

Doktor Pazár war kurz vor ihm in die Anatomie gekommen. Gordon fand ihn in seinem Büro, die Sekretärin konnte ihn gerade noch melden, da trat er hinter ihr auch schon ein. Pazár ordnete ärgerlich seine Papiere auf dem Schreibtisch. Im Aschenbecher glimmte seine Zigarette.
»Entschuldigung, Gordon«, sagte er und blickte auf, »aber ich habe Unmengen zu tun. Im Ministerium gab es Umbesetzungen, ich weiß nicht, wo mir der Kopf steht.«
»Ich möchte Sie nicht aufhalten. Ich möchte lediglich eine Kopie des Sektionsberichtes.«
»Lediglich?« Pazár hob den Kopf. »Es muss reichen, dass ich es Ihnen gezeigt habe, obwohl ich auch darauf hätte verzichten können.«
»Ich weiß, und ich bin Ihnen dafür dankbar. Trotzdem brauche ich eine Kopie des Protokolls.«
»Für mich ist es ein Haus am Balaton. Ich kann es Ihnen nicht geben.«
»Gut, nicht geben, sondern ausleihen.«
»Sie wissen selber, wir sind keine Leihbibliothek. Oder haben Sie auf dem Schild am Eingang gelesen, Medizinisches Ge-

richtsinstitut und Leihbibliothek? Denn wenn doch, dann geht es natürlich ohne weiteres.«
Gordon schwieg.
»Wofür brauchen Sie es?«
»Sagen wir, für private Zwecke. Ich plane nicht, es zu veröffentlichen, und wenn doch, sage ich vorher Bescheid.«
»Für private Zwecke, dafür dieser Aufwand? Machen Sie keine Witze.«
»Ich denke nicht daran«, antwortete Gordon. »Vielleicht weiß ich, was mit dem Mädchen geschah, und vielleicht will ich etwas unternehmen.«
»Unternehmen?« Pazár fixierte ihn. »Also, Sie wollen etwas unternehmen. Und ich kann nichts unternehmen, und wenn Sie jetzt in den Seziersaal gehen, dann treffen Sie dort niemanden an. Ich müsste dort sein, aber stattdessen bin ich hier, streite mit Ihnen über völlig sinnlose Dinge und habe obendrein den Aktenschrank offen gelassen.«
»Dann möchte ich nicht weiter stören«, sagte Gordon und öffnete die Tür.
»Mici!«, schrie Pazár. »Ruf sofort das Ministerium an und suche jemanden, mit dem ich sprechen kann.«
Gordon ging die Treppe hinab in den Keller, lief zu dem weißgestrichenen Aktenschrank und fand nach kurzem Suchen das zweiseitige Protokoll und seine Kopien. Er nahm eine davon, schob sie in die Innentasche seiner Jacke und saß Minuten später wieder in der Linie 5. Als er den Thronfolger-Rudolf-Platz erreichte, hatte er das Schriftstück bereits studiert.

Die Haustür stand offen, Gordon stieg in den dritten Stock hinauf und blieb vor der Tür stehen. Er klopfte an. Fester.

Noch fester. Zuletzt schlug er mit den Fäusten. Gerade, als er sie wieder hob, bewegte sich hinter der Tür etwas. Er trat einen Schritt zurück. Das kleine Guckfensterchen öffnete sich, dann auch die Tür. Die Rote Margó sah ihn blinzelnd an, hinter ihr war die Wohnung völlig dunkel. Sie hielt eine Hand vor die Augen und fragte heiser: »Was wollen Sie?«

»Über Fanny reden«, antwortete Gordon.

»Kommen Sie in einer Stunde wieder. Ich muss erst einmal zu mir kommen. Wer ist Fanny?«

»Wir müssen sofort reden.«

»Wieso müssen wir«, sagte Margó und wollte die Tür schließen, aber Gordon hatte seinen Fuß zwischen Tür und Pfosten geschoben. Sie sah auf seine Füße, schließlich ließ sie die Tür los und ging in die dunkle Wohnung zurück.

Gordon folgte ihr. »Sie müssen gar nicht reden, wenn Sie nicht wollen«, sagte er zu ihrem Rücken.

»Ich weiß. Ich bleibe einfach im Bett liegen, Sie erledigen alles, ich brauche mich gar nicht zu rühren«, sagte Margó spöttisch.

Er trat ans Fenster und zog die Gardine ein Stückchen beiseite. Er zog das eilig über die Stehlampe geworfene Tuch herunter und sah, dass im Zimmer die gleiche Unordnung herrschte wie neulich. Gläser und zusammengeschobene Kippen auf dem Rauchtisch, in den Sesseln Kleidungsstücke. Er räumte die Kleider beiseite und setzte sich. Margó setzte sich ihm gegenüber ebenfalls hin. Ihre Haare waren strubbelig, die Augen geschwollen, der Morgenrock eilig übergezogen. Als sie sich vorbeugte, öffnete er sich. Sie nahm eine halb aufgerauchte Zigarette vom Tisch und langte nach der Streichholzschachtel. Doch die Schachtel war leer, sie warf sie ärgerlich auf den Tisch zurück. Gordon langte in seine

Jackentasche, nahm das Feuerzeug und hielt ihr die Flamme hin. Margó beugte sich vor. Unter dem Morgenrock trug sie nichts. Margó atmete den Rauch ein und sah Gordon an, der das Feuerzeug nur eine Sekunde länger als nötig hielt. Margó wedelte den Rauch weg, lehnte sich im Sessel zurück, zog über den Knien den Morgenrock zusammen, am Busen jedoch nicht ganz. Lächelnd betrachtete sie durch den Rauch hindurch Gordon, der ebenfalls rauchte.

»Mögen Sie etwas trinken?«, fragte Margó und fuhr sich durch das Haar.

»Um diese Zeit noch nicht«, antwortete er.

»Es würde Ihnen aber guttun«, sagte sie. »Wie ich sehe, hat Sie irgendjemand gründlich verprügelt.«

»Ja.«

Margó betrachtete Gordon mit zusammengekniffenen Augen, er erwiderte ihren Blick, dann wandte er ihn ab. »Wissen Sie, der Schmiss in Ihrem Gesicht steht Ihnen ganz gut«, meinte Margó. Gordon lehnte sich im Sessel zurück. »Das zerschundene Gesicht macht Sie noch anziehender«, fuhr sie fort und rutschte an den Rand des Sessels. Dabei öffnete sich ihr Morgenrock noch weiter, und die Brüste rutschten halb unter dem Stoff hervor. Gordon sah sie an, in seinen Augen erwachte Begierde. »Anziehender?«, fragte er zurück.

»Ja«, antwortete sie langsam, zog schamvoll den Morgenrock zusammen und stand auf. Mit weichen, faulen Schritten trat sie zu ihm und stellte sich hinter seinen Rücken. Die Hände stützte sie auf die Sessellehnen, sie beugte sich vor und ließ eine Hand über Gordons Brust gleiten. »Warum …«, begann sie, und ihre linke Hand schob sich unter das Hemd, »warum folgen Sie mir nicht ins Schlafzimmer?«, flüsterte sie ihm ins Ohr. »Sie wollen es doch.« Sie richtete sich auf und ging zum Schlafzimmer. Gordon zog sein Hemd zurecht und wandte sich zu ihr um. Margó stand in der Schlafzimmertür, drehte ihm den Rücken zu. Mit geübter Bewegung ließ sie den Morgenrock von der Schulter gleiten, bis er ganz hinunterrutschte. Gordon stand auf und besah sich ihren runden Hintern, ihre Oberschenkel, ihre hübschen Schultern. Da drehte sich Margó um und lehnte sich an den Türpfosten. Ihre Brüste senkten sich leicht, aber ihre Warzen starrten empor. Er ging zu dem kleinen Tisch am Fenster, füllte Gin in zwei akzeptable Gläser und ging ins Schlafzimmer.

Margó, auf die Ellbogen gestützt, erwartete ihn. Unter der Bettdecke zeichneten sich ihre Hüften ab, in der Mitte war das Tal tief, durch die Fältchen der Bettdecke sah man die Rundungen der Brust. Gordon blieb bei ihr stehen und hielt ihr das Glas hin. Sie nahm es, setzte sich auf und kippte den Gin in sich hinein. Dabei rutschte die Bettdecke weg. Gordon warf einen Blick in sein Glas, und auch er leerte es in einem Zug. Der Gin ätzte seine Speiseröhre, dann den Magen und strömte nun durch die Blutgefäße. Seine Nase war erfüllt vom Geruch des Getränks und des stickigen, schweren Frauendufts, der sich mit dem Geruch der Zigaretten im Aschenbecher mengte. Margó rutschte auf ihn zu. Sie langte nach seiner Krawatte, während die andere Hand über seine Lenden strich. »Komm schon«, flüsterte sie.

»Es geht nicht«, antwortete er mit heiserer Stimme. »Jetzt nicht.«

»Woher willst du wissen, ob du noch eine Gelegenheit bekommst?«

»Das hängt nicht von mir ab.«

»O doch. Nur von dir«, bemerkte Margó. Sie lag auf dem Bett, drehte sich zur Seite und nahm eine Zigarette vom

Nachttisch. Sie zündete sie an, inhalierte und blies den Rauch aus. »Nur von dir«, wiederholte sie und drehte sich um. Die Zigarette hing in ihrem linken Mundwinkel, ein dünner Rauchschweif kringelte sich in die Höhe.

Gordon beobachtete sie. »Ich bin hier, um mit dir zu reden.«

»Dann rede«, sagte Margó und nahm die Zigarette aus dem Mund.

»Na gut, trinken wir erst noch was«, sagte Gordon und ging hinaus. Er füllte die beiden Gläser, und als er sie auf den Tisch stellte, saß Margó im Sessel und hielt den Morgenrock am Hals eng zusammen.

»Sagen Sie schon, was Sie wollen«, sagte Margó und nahm das Glas in die Hand.

»Was ich will?« Gordon sah sie nachdenklich an. »Zweierlei. Erstens will ich erfahren, wer Fanny getötet hat. Und zweitens, warum Sie mir nicht alles gesagt haben, was Sie wissen.«

Margó blies den Rauch aus. »Sie wollen viel«, sagte sie.

»Ich vermute, es ist nichts Neues für Sie, dass die Männer viel von Ihnen wollen.«

»Ach herrje!«, sagte sie mit falscher Koketterie, dann lachte sie und zog die Beine unter sich. »Das hat weh getan.«

»Sie wissen alles. Ja, alles. Aber Sie haben mir nicht die Hälfte davon erzählt. Sie haben mir einen Brief in die Hand gedrückt und zugelassen, dass ich mich abquäle.«

Margó spähte in Gordons Gesicht. Das Spielerische war aus ihren Augen verschwunden. »Sie hätten also geglaubt, was eine betrunkene Hure Ihnen über einen einflussreichen Händler sagt? Über einen Helden, einen Firmenbesitzer, den die Öffentlichkeit bewundert?«

»Ja«, antwortete Gordon.

»Oje, oje!«, Margó schüttelte den Kopf, dann winkte sie ab. »Ich möchte Sie etwas fragen.«

»Fragen Sie.«

»Nachdem Sie jetzt wissen, was passiert ist, was wollen Sie da tun? Es auf sich beruhen lassen?«

Gordon schüttelte den Kopf. »Nein.«

»Was also wollen Sie tun?«

»Das soll mein Geheimnis bleiben.«

»Was sind Sie nur für ein geheimnisvoller Mensch.« Margó verzog den Mund. »Denken Sie, für mich ist es leicht gewesen zu verkraften, was mit Fanny passiert ist? Denken Sie, ich will keine Rache üben?« Sie sah Gordon in die Augen. Aus ihrem Blick waren Verheißung und Geilheit verschwunden. Der Blick war kalt, zugleich glaubte Gordon, Furcht darin zu entdecken.

»Ich will keine Rache üben«, sagte Gordon.

»O doch, das wollen Sie. Was sonst hätte Sie zu mir geführt? Sie sind hier, weil es Sie nach Rache dürstet. Sie wollen den Tod des Mädchens rächen oder nur dafür Rache nehmen, dass man Sie verprügelt hat. Ich weiß es nicht, und ich glaube, es interessiert mich auch nicht mehr. Aber vielleicht sind Sie auch nur wütend, weil man Ihre Freundin bedroht hat. Sie heißt Krisztina, stimmt's?«

Gordon antwortete nicht. Er fragte sich, woher sie das wusste, doch er saß nur reglos im Sessel und beobachtete sie.

»Ich an Ihrer Stelle wäre auch wütend«, fuhr Margó fort. »Um nicht zu sagen, stinkwütend. Sie haben allen Grund zur Rache. Ihr Selbstwertgefühl wurde verletzt, und Sie fürchten um Ihre Freundin.«

»Sie haben also deshalb nicht alles gesagt, weil Sie dachten, Sie könnten mich aufstacheln«, sagte Gordon.

»Deshalb.« Margó nickte. »Sagen Sie aber nicht, Ihr Gerechtigkeitsempfinden und Ihr Stolz seien nicht verletzt worden.«
Gordon winkte ab. »Lassen wir das. Erzählen Sie mir lieber von Fanny.«
»Fanny …« Margó brach ab und schüttelte ungläubig den Kopf. Gordon sah zufrieden, dass sie den Köder geschluckt hatte. »Was wollen Sie über Fannys Familie wissen?«
»Ich habe nicht nach Fannys Familie gefragt. Über die weiß ich fast alles«, antwortete Gordon. »Allem Anschein nach wissen aber Sie etwas noch nicht. Fanny nämlich …«, Gordon verstummte.
»War schwanger«, brauste Margó auf. »Warum haben Sie mir das bisher nicht gesagt, Sie Blödmann?«
»Ich hielt es nicht für nötig.«
»Und jetzt doch?«
»Und jetzt doch.« Gordon beugte sich vor. »Helfen Sie mir, Margó. Helfen Sie mir nur ein klein wenig.«
»Sie wollen also doch etwas unternehmen? Den Mörder schnappen und ihn zur Polizei bringen? Das wollen Sie doch nicht im Ernst?«
»Genug davon!« Jetzt brauste Gordon auf. Margó sah ihn überrascht an. »Neulich haben Sie mir einen Informationsfetzen hingeworfen, mit dessen Hilfe ich alles aufdecken sollte. So gut wie alles. Und jetzt bin ich wieder hier. Ich bin mit dem, was ich erfahren habe, nicht zur Polizei gegangen, sondern zu Ihnen, Margó.«
»Das sehe ich«, sagte Margó trocken, »aber wozu?«
»Ich bin zu Ihnen gekommen, weil ich wissen möchte, was mit Fanny passiert ist. Weil mich das nicht kaltlässt. Vertrauen Sie mir, Margó. Ich will nichts anderes, als erfahren, was Sie wissen.«

»Wie unersättlich Sie sind«, spöttelte Margó.
»Darin irren Sie sich, aber ich will das nicht widerlegen.«
Margó stand auf und ging zum Tisch, sie goss sich Gin ein und trat ans Fenster. Eine Zeitlang beobachtete sie nur die Straße, dann trank sie den Gin, richtete ihren Morgenrock, hielt ihn am Hals zusammen und setzte sich wieder in den Sessel. »Fragen Sie.« In ihren Augen blitzte wieder Furcht auf.
»Ich weiß, warum Fanny von ihrem Vater verstoßen wurde. Und auch, wie sie über Csuli zu Ihnen gelangt ist. Ferner, dass ihr Liebster, Schlomo, sich in New York aufhält. Ich weiß allerdings nicht, was Fanny wollte.«
»Ich schon«, antwortete Margó. »Sie wollte so viel Geld zusammenbringen, dass sie Schlomo folgen könnte. Ihre Mutter gab ihr auch was dazu.«
»Ich weiß, dass sie sich getroffen haben, sie hat ihr also auch Geld gegeben«, sagte Gordon.
»Meinen Sie, eine Mutter reißt sich ihr Kind nur deshalb aus dem Herzen, weil ihr Mann es so will?«, fragte Margó verächtlich.
Gordon wollte sie nicht reizen, darum schwieg er.
»Einmal sind sie sich auf dem Rákócziring begegnet. Fanny arbeitete nämlich abends. Sie rechnete mit allem, nur nicht mit einem Zusammentreffen mit ihrer Mutter.«
»Wann war das?«
»Ungefähr vor einem Monat. Aber Fanny sagte ihrer Mutter nicht, was sie machte. Womit sie ihr Geld verdiente. Wenn man das überhaupt Geld nennen kann, die paar kläglichen Pengö, die ihr der Zuhälter ließ. Sie sagte nur, ich arbeite, mehr nicht. Die Mutter gab ihr an Ort und Stelle zweihundert Pengö.«

»Haben sie sich später noch mal getroffen?«

»Ja. Zweimal. Beim zweiten Mal gab sie ihr vierhundert Pengö, dann noch mehr, fast sechshundert.«

»Das hätte bestimmt gereicht für eine Zugfahrkarte nach Hamburg und für das Schiff nach New York«, meinte Gordon.

»Das stimmt, aber Fanny wollte nicht mit leeren Händen dort ankommen. Sie wusste, dass der Rabbi seinem Sohn überhaupt nichts gegeben hatte, ihn den Verwandten anvertraut hatte, denen verboten war, ihm auch nur einen Cent zu geben. Fanny wollte ein neues Leben beginnen, ohne im Elend leben zu müssen. Doch die letzte, die dritte Begegnung ging schief.«

»Was ist passiert?«

»Die Mutter hatte nach der ersten Begegnung einen Privatdetektiv beauftragt, er sollte herausfinden, was Fanny arbeitete. Der Detektiv besorgte sich auf krummen Wegen das Skublics-Bild. Die Mutter zeigte es Fanny und stellte sie zur Rede. Fanny sah das Bild und rannte davon.«

»Wann geschah das?«

»Vergangenen Sonntag.«

»Also am vierten.«

Margó nickte.

»Und?«, fragte Gordon.

»Und? Ich habe Fanny Dienstag früh zum letzten Mal gesehen. Am Mittwoch hörte ich dann, man habe ein totes Mädchen in der Nussbaumgasse gefunden. Als man sagte, was sie für ein Kleid getragen hatte, wusste ich, dass sie es war. Am Sonnabend donnerten Sie an meine Tür. Und stellten mir Fragen.«

»Ich weiß nicht, worauf Sie hinauswollen.«

»Ich weiß nicht einmal, wer Sie sind«, entgegnete Margó.

»Sie könnten ein Geheimpolizist sein oder ein privater Ermittler. Sehen Sie mich an. Bitte, sehen Sie mich ruhig an«, sagte sie. Gordon suchte ihren Blick. »Sehe ich so dumm aus, dass ich jedem Dahergelaufenen alles erzähle? Damit mir das Gleiche passiert wie Fanny?«
»Ich bin kein Geheimpolizist und kein privater Ermittler«, sagte Gordon.
»Jetzt weiß ich es ja.«
»Was ist aus Fannys Geld geworden?«
»Wissen Sie, ich habe ihr immer gesagt, sie sollte es nicht bei sich tragen«, sagte Margó. »Das könnte sie in Gefahr bringen. Wissen Sie, was sie geantwortet hat?«
Gordon schüttelte den Kopf. »Sie hat gesagt, jeden Augenblick könnte sie sich entschließen, das Schiffsbillett zu kaufen. Sie wollte am 28. Oktober die ›Präsident Harding‹ nehmen. Und sie hatte zu niemandem mehr Vertrauen, auch zu mir nicht. Vielleicht hatte sie recht.« Margó starrte vor sich hin.
»Ich verstehe«, sagte Gordon und nickte.
»Sie glauben, ihre Mutter …?« Margó hob den Blick.
»Nein.« Gordon schüttelte den Kopf. »Ich hoffe, nicht sie. Vor ein paar Tagen bin ich ihr begegnet. Ich glaube nicht, dass sie es war.«
»Was wollen Sie jetzt tun?«, fragte Margó.
»Sind Sie sicher, dass Sie das wissen wollen?«
Margó antwortete nicht. Sie stand auf, füllte neuen Gin ein, fand zwischen den Flaschen Streichhölzer und zündete sich eine Zigarette an. »Sie haben recht«, sagte sie ihm zugewandt. »Ich muss es nicht wissen.«
»Es gibt da etwas, das ich nicht verstehe. Warum haben Sie sich auf mich eingelassen, als ich das erste Mal kam?«

Margó antwortete nicht sofort. Sie ging zu ihrem Sessel zurück, setzte sich, lehnte sich zurück und straffte ihr Haar. Sie kreuzte die Beine und sah unter ihren langen Wimpern Gordon an. »Ist das nicht deutlich genug?«
»Vielleicht«, antwortete Gordon und hielt ihrem Blick stand.
»Was ist schlecht daran?«, fragte sie und verzog lächelnd den Mund. »Sie glauben mir nicht.«
»Ich glaube Ihnen, und nichts daran ist schlecht. Nichts«, wiederholte Gordon und räusperte sich. Er blickte auf das Kunterbunt ihrer Wäsche. Auf das im Schlafzimmer wartende Bett, auf das ein dünner Lichtschein fiel. Margó folgte seinem Blick. Gordon betrachtete sie im Sessel gegenüber, ihren Morgenrock, die Wölbung ihrer Brüste, ihre schmalen Knöchel, ihre sinnliche Unterlippe. »Nichts in dieser gottverdammten Welt«, setzte er noch hinzu und blickte ihr in die Augen. Jetzt sah er die Furcht in ihren Augen überdeutlich.
»So viel Furcht?«, fragte er schließlich.
Margó antwortete nicht.
»So sehr fürchten Sie sich?«, fragte er noch einmal.
Margó antwortete nicht.
»Sagen Sie mir nicht, dass Sie erst jetzt bemerkt haben, was für Leute Ihre Kunden sind und wozu sie fähig sind.«
Margós Gesicht zuckte kaum merklich.
»Seit wann machen Sie es?«
»Schon viel zu lange«, antwortete Margó.
Gordon stand auf. »Ich gehe jetzt.« Aber er stand nur da und betrachtete sie. »Wäre das dort«, er nickte zum Schlafzimmer hin, »nur eine Belohnung gewesen, weil ich statt Ihrer die Drecksarbeit verrichtete?«
Margó antwortete nicht.

»Ich weiß, Sie haben Angst vor denen. Und damit haben Sie recht.«

»Was hätte ich Ihrer Meinung nach tun sollen?«, fragte Margó.

»Jeder tut, was er am besten kann«, meinte Gordon.

»Was soll diese Klugscheißerei? Von alledem verstehen Sie gar nichts«, sagte Margó mit gesenktem Kopf.

»Sie haben recht.« Er nickte. »Von alledem verstehe ich gar nichts.«

»Sie wollten doch gehen. Gehen Sie also.«

Gordon war schon an der Tür, als Margó ihm nachrief: »Warten Sie.« Er drehte sich um und sah sie an. Ihr Kopf wurde von hinten beleuchtet, so konnte er ihre Augen nicht erkennen. »Nichts«, sagte Margó still und drehte sich zum Fenster zurück.

Gordon erwischte auf dem Thronfolger-Rudolf-Platz gerade noch eine Straßenbahn, und nur eine Viertelstunde später betrat er das Abbazia. Der Ober geleitete ihn diesmal gleich zu seinem Stammtisch, nahm die Bestellung für einen schwarzen Kaffee und eine Brioche auf und überreichte Gordon, als er mit dem Tablett zurückkam, ein Blatt Papier. »Eine Botschaft für den Herrn Redakteur«, sagte er und ging. Strausz hatte gegen halb zehn telefonisch nach ihm gefragt und hinterlassen, er selbst werde am Nachmittag im Vasas-Sportklub sein. Gordon steckte das Papier ein und sah zur Wanduhr. Gleich war Mittag. Er überflog die Zeitungen, trank den Kaffee, ließ die Brioche aber unberührt stehen. Dann zahlte er und ging.

Trotz des unangenehmen Herbstwetters stand Mórs Balkontür offen. Gordon schüttelte ärgerlich den Kopf, als er zur

Wohnung des Alten emporstieg. Er klopfte an. Keine Antwort. Er seufzte. Der Alte war bestimmt am Herd eingenickt. Er klopfte nochmals, diesmal fester, und die Tür ging knarrend von selbst auf. In Gordons Magen zuckte es. Er trat ein und schob langsam die Tür zu. Durch die dunkle Diele ging er zur Küche. Kein Geräusch war zu hören, es roch auch nicht angebrannt, das machte ihn noch unruhiger. Er ging gerade an der Tür zum Schlafzimmer vorbei, als sie sich plötzlich öffnete. Gordon drehte sich um und erblickte Mór, der mit sicherer Hand eine ansehnliche Pfanne über seinem Kopf hielt.

»Du bist es, Opa, was machst du da?«, fragte Gordon erleichtert.

»Ich hatte vergessen, die Tür abzuschließen«, sagte der Alte und ließ die Pfanne sinken. »Aus dem Bükkgebirge hat man frische Maronen gebracht, ich habe ein paar Kilo gekauft und mir gesagt, die verarbeitest du gleich. Ich bin mit den Maronen in die Küche gegangen, habe aber die Tür nicht zugemacht. Da hat es geklopft, und ich …«

»Ich verstehe, Opa.«

»Wer auch immer gekommen wäre, mit der Bratpfanne hätte ich ihn überwältigt!«

»Daran zweifle ich nicht.«

Sie gingen in die Küche, und Gordon sagte: »Hilf mir, Opa.«

Der Alte schüttelte den Kopf. »Nein, mein Junge.«

»Nein?«

»Ich mache so lange gar nichts, bis ich erfahren habe, was du bisher erreicht hast. Ich muss wissen, weshalb du hier bist und warum du Krisztina in Gefahr bringst«, sagte er, setzte sich an den Tisch und wartete.

Gordon zog einen Stuhl herbei und setzte sich ihm gegenüber. Nun erzählte er alles. Er ließ nichts aus. Auch nicht, dass er wusste, wer Krisztina das Huhn mit dem verdrehten Hals vor die Tür gelegt hatte, ebenso, dass er bei Margó gewesen war, und schließlich, was er über Szöllösy erfahren hatte.

Mór hörte ihm schweigend zu, er stellte keine Zwischenfragen, obwohl er einige Fragen gehabt hätte. Als Gordon geendet hatte, stand er auf und ging zum Fenster.

»Ich verstehe das nicht, mein Junge.«

»Was verstehst du nicht?«

»Was geschehen ist, verstehe ich schon. Aber ich begreife nicht, wie so etwas passieren konnte.«

»Solche Dinge passieren überall, Opa.«

»Weißt du, mit deiner Großmutter hatte ich ein wunderbares Leben in Keszthely«, begann Mór. »Wir hatten alles, es fehlte an nichts. Dein Vater hatte eine schöne Kindheit. Man sagt, das waren die Friedenszeiten. Ich war zehn Jahre alt, als Pest und Buda vereinigt wurden. Wir fuhren nach Pest und nach Wien. Na, nicht allzu oft. Deine Großmutter wäre gern noch mehr gereist, aber ich wollte nicht. In Keszthely gab es auch die unterschiedlichsten Leute. Deutsche, Juden, sogar Polen.« Er seufzte. »Ach, egal. Ich verstehe nicht, was hier im Gange ist. Ich verstehe gar nichts mehr von diesem Land. Ich habe auch den Krieg nicht verstanden. Sie schossen auf uns, wir schossen zurück. Zuletzt war auch das undurchsichtig. Und noch verworrener war, was danach kam. Es ist jetzt fast zehn Jahre her, dass ich nach Pest gezogen bin. Aber ich hätte ebenso gut euch nach Amerika folgen können. Ich hätte zwar auch dieses Land nicht verstanden, aber es wäre fremd gewesen. Ein fremdes Land, eine fremde Sprache, fremde

Kultur. Dieses hier aber ist mein Land, und trotzdem verstehe ich es nicht.«

Gordon wartete, bis der Alte sich umdrehte. »Ich weiß, Opa, ich weiß.«

»Nun, wobei soll ich dir helfen?«, fragte Mór plötzlich.

»Ich möchte, dass du deinen allerbesten Anzug anziehst und den mürrischsten Gesichtsausdruck aufsetzt und so in die Kaiser-Wilhelm-Straße gehst.«

»Und?«

»Dort besuchst du das Kaffeeunternehmen Arabs und fragst nach András Szöllösy.«

»Und?« Der Alte runzelte die Stirn.

»Sag ihm, ein Mitarbeiter von István Bárczy von Bárcziháza habe dich geschickt. Szöllösy müsse in einer vertraulichen Angelegenheit mit dem Herrn Staatssekretär sprechen. Eine so vertrauliche Sache, dass er sie auch telefonisch nicht erwähnen könne, deshalb seist du persönlich erschienen.«

»Das geht nicht, mein Junge. Sogar ich weiß, wer dieser Bárczy ist. Die rechte Hand des Regierungschefs, ein Vertrauter von Horthy.«

»Keine Sorge, Opa. Ich garantiere dir, dass Szöllösy keine einzige Frage stellen wird.«

Mór überlegte eine Weile. »Wenn du es sagst, mein Junge.«

»Ich sage es dir, Opa.«

»Gut. Ich gehe zu ihm und sage, mich schickt ein Mitarbeiter von István Bárczy. Und?«

»Er bittet darum, dass Szöllösy abends um fünf zu Hause ist, weil er ihn dort besuchen will. In der deutschen Angelegenheit habe sich eine Veränderung ergeben, die sie unbedingt besprechen müssten. Niemand wisse davon.«

Mór sah ihn an. »Weißt du, was du tust, mein Junge?«

»Ich hoffe es, Opa«, antwortete Gordon.
»Das ist es also. Und warum werde ich dafür gebraucht?«
»Weil mir keiner glauben würde, ich sei Mitarbeiter eines Staatssekretärs des Ministerpräsidenten. Und strenger als du kann niemand gucken. Wenn die Maronen keine Eile haben, könnten wir gleich gehen, ich warte auf dich und begleite dich.«
Mór ließ sich alles noch einmal durch den Kopf gehen, schließlich stand er auf und ging in sein Zimmer. Kurze Zeit später hörte Gordon, wie die Tür des Badezimmers geöffnet und wieder geschlossen wurde. Nach zehn Minuten stand Mór in feschem schwarzen Anzug vor ihm, darunter eine knappe Weste, in der Tasche eine dicke goldene Uhrkette, auf dem Kopf einen steifen Hut, in der Hand einen Spazierstock mit einem Wolfskopf als Knauf. Ausnahmsweise waren sogar Schnurr- und Kinnbart in Ordnung.

Am Köröndstiegen sie in die U-Bahn, vom Oktogon gingen sie zu Fuß zur Kaiser-Wilhelm-Straße. Das Bürogebäude von Arabs war ein imposantes, ansehnliches Bauwerk mit dem bekannten Signum an der Fassade: ein Araber hebt den Arm vor sein Gesicht, nur seine Augen leuchten. Der Alte holte tief Luft, rückte seinen Hut zurecht, zwirbelte seinen Schnurrbart und ging hinein.
Gordon zündete sich eine Zigarette an. Hinter ihm fuhren Busse und Straßenbahnen, Autos hupten, ein Polizist benutzte pausenlos seine Trillerpfeife. Keine zehn Minuten waren vergangen, und Mór trat aus der Tür von Arabs.
»Er wird pünktlich zu Hause sein«, sagte Mór zu Gordon.
»Lief alles gut?«
»Ja, alles«, antwortete der Alte.

»Großartig, Opa, ich danke dir. Krisztina kommt am Abend gegen sieben zu dir. Sie wird wütend sein, mit Fug und Recht, aber nicht auf dich.«
»Was hast du ihr angetan?«
»Nichts Schlimmes. Ich habe ihr eine kleine Pause in Lillafüred aufgezwungen.«
»Warum sollte sie darüber wütend sein?«
»Weil ich es nicht mit ihr abgesprochen habe. Ich werde sie später beschwichtigen. Die Hauptsache ist, dass ihr zu Hause auf mich wartet. Wenn ich fertig bin, komme ich sofort.«
»Und jetzt?«
»Jetzt gehe ich zu den Boxern«, sagte Gordon. Der Alte nickte, dann ging er langsam und schwerfällig die Straße davon, während Gordon den Bus bestieg.

In der Boxhalle am Westbahnhof gab es kaum Besucher, was nicht überraschte. Zum Training kamen nur wenige Leute. Gordon entdeckte schon beim Eintreten Strausz an einem Ring. Mit einer dünnen Zigarre in der Hand beobachtete er die Boxer. Gordon sah, dass einer von ihnen Miska Fleischer war. Er stellte sich zu Strausz. »Soll aus dem ungeschliffenen Rohling ein strahlender Diamant werden?«, fragte er den Trainer.
Strausz sah ihn an, dann winkte er ab. »Weiß der Teufel, was er wird. Ich dachte mir, wir probieren es, vielleicht wird ein Boxer aus ihm. Dass er plump ist, kann man ändern. Aber sein Kopf! Mit dem stimmt was nicht. Er denkt, nur kräftig zuschlagen, und schon bin ich der Sieger.«
»Aber kräftig zuschlagen, das kann er doch?«
»Ungeheuer zuschlagen, keine Frage, aber wenn ihm das Schicksal einen technisch versierten Gegner beschert, dann

nützt ihm alle Kraft nichts, er landet auf dem Boden.« Strausz nahm einen tiefen Zug aus der Zigarre, dann trat er an den Ring. »Miska, Miska!«, rief er. »Bewege nicht nur die Arme! Auch die Beine! Ich will ja nicht, dass du tanzt, aber steh nicht da wie ein an die Wand gelehntes halbes Schwein!«
Der Fleischer nickte, trat zwei Schritte zur Seite und griff den Gegner an, wobei er ihm einen vollen Schlag auf das Kinn verpasste, als wollte er einen Ochsen totschlagen.
»Na bitte!«, rief Strausz. »So geht das immer. Ich sage ihm, was er machen soll, er tritt in den Ring und haut sofort den Gegner um.«
»Macht ja nichts.«
»Natürlich macht es nichts, aber langsam finde ich keinen ehrlichen Trainingspartner mehr für ihn. Der Fleischer haut jeden um, als wäre er im Schlachthof, dann steht er dumm und dämlich rum«, sagte Strausz und breitete seine Arme aus. Tatsächlich stand Miska Fleischer ratlos und mit herabhängenden Armen über seinem am Boden stöhnenden Gegner.
»Komm raus, Miska, und geh nach Hause. Ich sage dir Bescheid, wenn ich einen finde, den du totschlagen kannst.«
Der Fleischer kroch zwischen den Seilen hindurch und ging gemächlich auf seinen Umkleideraum zu.
»Ich habe eine Botschaft erhalten«, sagte Gordon.
Strausz setzte sich auf einen Stuhl und bedeutete Gordon, sich neben ihn zu setzen. »Weißt du, mir gefällt das Ganze nicht. Eigentlich wollte auch Kocsis hier sein, aber er hat zu tun und mich gebeten, dir zu sagen, was er erfahren hat.«
»Was gefällt dir nicht?«
»Diese ganze Pojva-Geschichte«, antwortete Strausz sorgenvoll. »Ich habe ein bisschen herumgefragt. Pojva ist gefähr-

licher als je zuvor. Für zwanzig Pengö schlägt er jeden tot. Für zehn nur halb«, sagte er mit einem Blick auf die Stirnwunde Gordons und seine geschwollenen Lippen.

»Für zehn Pengö?«, fragte Gordon.

»So ist es.«

»Die hätte ich ihm gerne gegeben, damit er mich nicht verprügelt«, meinte Gordon.

»Er hätte die zehn Pengö genommen und dich trotzdem verprügelt. Aber das ist nicht alles, Pojva ist auch an den verbotenen Wettkämpfen beteiligt. Ihn interessiert nichts, nur das Geld.« Strausz schüttelte den Kopf. »Für fünfzig Pengö schlägt er jedem Gegner die Visage zu Brei. Weißt du, was komisch ist?«

»Was soll daran komisch sein?«

»Dass alle es ahnen und trotzdem mitmachen. Ich möchte nicht wissen, wie viel die Buchmacher verdienen an …«, er suchte das richtige Wort, »… an so einer Schlägerei. Denn Sport ist das nicht. Und es hat mit Boxen überhaupt nichts zu tun.«

»Wann ist sein nächster Kampf?«

»Morgen Abend«, antwortete Strausz.

»Wo?«

»Willst du hingehen?«, fragte Strausz und zog die Brauen hoch.

»Ja.«

»Musst du selber wissen. An der Gubacsistraße, nahe beim Schlachthof, auf einem Fabrikgelände. Angeblich beginnt es um sechs.« Strausz zögerte, ob er weitersprechen sollte. »Weißt du, wo du diesen Pojva findest?«

Gordon fiel sein letztes Gespräch mit Gellért ein. »In der Maria-Valéria-Siedlung«, sagte er. »Und wer ist sein Gegner?«

»Er heißt Jacek«, antwortete Strausz. »Ein Pole. Langsam und träge, fast so wie Miska Fleischer, aber wenn er gereizt wird, kann er grausame Ohrfeigen verteilen. Er arbeitet übrigens in der Nachbarschaft, im Schlachthof. Vielleicht sind die Fleischer wirklich alle so.«
»Danke«, sagte Gordon.
»Nichts zu danken. Mir dreht sich der Magen um, wenn ich daran denke.«
»Mir auch.«
»Dabei hast du die Prügeleien noch gar nicht gesehen.«
»Ich gehe nicht gern hin, aber ich muss. Jetzt muss ich gehen, um fünf will ich in Buda sein.«
»Schreibst du eine Reportage über diese Herren?«, fragte Strausz.
»So etwas Ähnliches«, sagte Gordon. »Nur eben keine Reportage und nicht über diese Herren.«
Er fuhr mit dem Bus zur Nagymezöstraße zurück, stieg aus, sah auf seine Uhr. Wenige Minuten nach vier. Wenn er sich beeilte, wäre er bis fünf in Buda. Minuten später schloss er die Tür seiner Wohnung hinter sich und ging zum Schreibtisch. Aus der Tasche zog er die Kopien seiner Notizen, legte eine davon neben die Kopie des Obduktionsbefundes und die anderen ins Schubfach. Schnell wechselte er das Hemd, und schon war er wieder unterwegs.

Dreiviertel fünf war vorbei, als er an der Italienischen Allee aus dem Bus stieg. An der Pasaréter Straße zündete er sich eine Zigarette an, schlug den Kragen hoch und ging durch den Nieselregen weiter. Vor dem Haus parkte Szöllösys Auto, ein Maybach Zeppelin. Er warf die Kippe weg und klingelte.

Das Dienstmädchen eilte herbei, mit einem Tuch um die Schulter. »O Gott, Sie schon wieder«, entfuhr es ihr.

»Ihr Herr erwartet mich schon«, sagte Gordon. »Wir sind für fünf verabredet.«

»O ja. Bitte sehr.« Das Mädchen schluckte, öffnete die Tür und ließ ihn ein.

Gordon folgte ihr ins Haus. In der Diele gab er ihr seinen Mantel und den Hut. »Ich gebe dem Herrn sofort Bescheid«, sagte das Mädchen und führte Gordon ins Wohnzimmer.

»Sagen Sie es auch seiner Frau«, sagte Gordon. Das Mädchen schloss die Tür hinter sich.

Im Wohnzimmer war es schummrig, nur die Stehlampe spendete etwas Helligkeit. Der Spitzenvorhang filterte das bisschen Licht, das das Regengrau übrig ließ. Gordon trat zu den Getränken, nahm eine Flasche amerikanischen Whisky, goss sich ein und kostete. So guten Whisky hatte er lange nicht mehr getrunken. Er ließ ihn über die Zunge und am Gaumen entlanggleiten, dann setzte er sich in einen Sessel, kreuzte die Beine und wartete.

Die Tür öffnete sich, Frau Szöllösy trat ein. Als sie Gordon erblickte, gefror ihr Gesicht und die Falten um ihren Mund verhärteten sich.

»Sie«, stieß sie wütend zwischen den Zähnen hervor.

»Ja, ich«, sagte Gordon und stellte das Glas weg.

»Wenn Sie wieder nach meiner Tochter fragen, ist das verlorene Zeit. Ich habe Ihnen nichts mehr zu sagen.«

»Ich weiß nicht, wie Sie darauf kommen, ich sei ihrer Tochter wegen hier«, sagte Gordon und sah sie an, »aber Sie haben es erraten. Fragen will ich nicht stellen, ich weiß inzwischen fast alles über sie. Nur ein paar Einzelheiten fehlen, die wird die Zeit klären.«

Frau Szöllösy hörte ihm matt zu. Einen Augenblick lang taumelte sie, aber sie lehnte sich an den Türrahmen. »Was heißt, Sie wissen alles?«, fragte sie heiser.
»Fast alles. Einige Kleinigkeiten möchte ich mit Ihrem Mann klären. Ich meine, es schadet nichts, wenn Sie dabei sind.«
Sie schien nicht zu hören, was er sagte. Ihr Mund formte lautlose Worte.
Gordon wartete stumm.
»Wie … was ist mit Fanny?«, flüsterte die Frau. »Was ist mit ihr passiert, was denn?«
Gordon wollte antworten, aber wieder öffnete sich die Tür, und herein trat Herr Szöllösy. Gordon hatte geahnt, wie er auftreten würde, aber der Anblick überraschte ihn doch. Szöllösy glich dem Filmschauspieler Somlay zum Verwechseln. Er war groß, wenigstens eins achtzig, über seinem ansehnlichen Bauch spannte sich kaum merklich der perfekt geschnittene englische Anzug. Er kam energischen Schrittes auf ihn zu, den Blick auf Gordon gerichtet. Sein Profil war markant, das graue, leicht wellige Haar hatte er nach hinten gekämmt, und hätte er nicht den sorgfältig geschnittenen Schnurrbart unter der Nase gehabt, wäre Gordon versucht gewesen, ihn für Somlay zu halten. Szöllösy schloss die Tür hinter sich, während er mit kühlen grauen Augen Gordon musterte.
»Wer sind Sie?«, fragte er, und in seiner Stimme lag tiefe Verachtung. »Ich erwarte einen wichtigen Gast, und der sind Sie nicht.«
Gordon erwiderte seinen Blick. »Erwarten Sie István Bárczy?«
Szöllösy schien überrascht zu sein. »Das geht Sie nichts an.«
»Auf Bárczy können Sie lange warten. Er wird nicht kom-

men, Sie müssen sich mit mir begnügen. Der Herr Staatssekretär hat Wichtigeres zu tun, er wird seine Zeit nicht auf Leute wie Sie verschwenden.«

Szöllösy wurde wütend. Seine Augen verengten sich, er ballte die Hände zu Fäusten. »Ich habe gefragt, wer Sie sind!«

»Zsigmond Gordon, Kriminalreporter beim *Abend*«, antwortete er, aber er reichte dem anderen nicht die Hand, der sie ohnehin abgelehnt hätte.

»Hauen Sie ab«, knurrte Szöllösy. »Mit Schreiberlingen rede ich nicht.«

Mit bebender Stimme mischte sich seine Frau ein: »Tibor, er hat gesagt, dass er mit uns über unsere Tochter sprechen will.«

Über Szöllösys ausdrucksloses Gesicht huschte ein Schatten, aber beschwören konnte Gordon das nicht. Szöllösy schwieg. Gordon langte in seine Innentasche, holte das Obduktionsprotokoll heraus und legte die erste Seite auf den Tisch.

»Was ist das?«, fragte Szöllösy, ohne das Papier eines Blickes zu würdigen. Seine Frau jedoch eilte zum Tisch, nahm den Bogen und las ihn. Das Blatt zitterte in ihrer Hand. Szöllösy rührte sich nicht. Er sah seine Frau an, dann Gordon, der nun wusste, dass er recht hatte. Er saß in seinem Sessel, blätterte in seinen Unterlagen und wartete.

Die Brust von Frau Szöllösy hob und senkte sich immer schneller. Das Blut wich aus ihrem Gesicht, ihr wurde weich in den Knien. Sie setzte sich aufs Sofa. »Fanny«, ächzte sie. »Fanny, liebe kleine Fanny. Mein liebstes Mädchen …«

Szöllösy runzelte die Stirn. »Von wem redest du?«

»Fanny ist tot«, flüsterte Frau Szöllösy kaum hörbar. Ihre Augen waren gerötet, doch Tränen brachen noch nicht hervor.

»Früher hatte ich einmal eine Tochter ...«, begann ihr Mann.
»Du hattest eine Tochter«, unterbrach ihn flüsternd seine Frau. »Ja, du hattest sie!«
»Wovon redest du, Irma?«
»Setz dich! Setz dich hin, verdammt noch mal!«, schrie ihn seine Frau an.
Szöllösy ging langsam zum Tisch, zog den Stuhl hervor und ließ sich daraufsinken. Seine Frau stand auf, sie schwankte leicht, dann reckte sie sich und trat kerzengerade zum Tisch. Sie warf das Protokoll darauf. Szöllösy griff nicht danach.
»Lies das endlich! Lies, wie sie gestorben ist!«, zischte sie.
Der Mann langte in die Innentasche seines Sakkos, zog ein Brillenfutteral heraus, entnahm ihm seine Brille, setzte sie auf und begann zu lesen. »Das bedeutet gar nichts«, sagte er, als er es gelesen hatte. »Es ist nur eine erste Seite. Nicht einmal ein Name steht darauf. Gar nichts, nur ein totes Mädchen. Das beweist nichts.« Er schob das Blatt zur Seite.
»So?« Irma sah ihn bestürzt an. »So?«, wiederholte sie nach Luft schnappend, und nun gingen ihr die Nerven durch. Die Tränen stiegen hoch, die Brust keuchte, sie schnappte nach Luft. Sie ging zum Sofa, stützte die linke Hand darauf und schluchzte vorgebeugt. Nach kurzer Zeit beherrschte sie sich wieder. Sie richtete sich auf. Ihre Tränen rollten weiter. Szöllösy richtete die grauen Augen auf Gordon. »Sie können jetzt gehen«, sagte er.
Gordon sah rasch Frau Szöllösy an.
»Dieser Mann geht nirgendwohin«, sagte sie mit heiserer Stimme. »Er wird erst gehen, wenn er uns alles gesagt hat.«
»Wenn du das brauchst, dann lass dir alles sagen.« Szöllösy stand auf. »Ich habe zu tun. Ich erwarte den Staatssekretär.«

Seine Frau senkte den Kopf, das Haar fiel ihr ins Gesicht. Sie ballte die Hände zu Fäusten, sah ihren Mann an und sagte: »Was du zu tun hast, ist unwichtig. Du bleibst hier und gehst nicht weg.«

Ihr Mann zögerte einen Augenblick, aber der genügte, und Misstrauen zeichnete sich in ihrem Gesicht ab. Szöllösy beobachtete aus den Augenwinkeln Gordon. Er versuchte seine Unruhe zu verbergen, indem er sich eine Zigarre aus dem Zigarrenkästchen nahm, das auf dem Tisch stand. Er zog die Papiermanschette ab, steckte ein dickes Streichholz in die Zigarre, schob sie dann zwischen die Zähne und hob das Feuerzeug. Szöllösy zündete seine Zigarre an und war bald in eine dicke Rauchwolke gehüllt. Nun wandte sich Frau Szöllösy an Gordon und sah ihn erwartungsvoll an.

»Sie können mich korrigieren, wenn ich mich irgendwo geirrt habe«, begann er. Er sprach ohne Leidenschaft und sah kaum einmal in die Notizen auf seinen Knien. »Fanny, Ihre Tochter, ist im Frühjahr aus Paris zurückgekehrt. Dort hatte sie Schlomo kennengelernt, den ebenfalls in Paris studierenden Sohn des Reb Teitelbaum Schajele. Fanny erklärte, sie werde ihn heiraten. Sie«, Gordon sah dabei Szöllösy an, »haben es nicht erlaubt. Sie haben sich noch am selben Abend ins Auto gesetzt und sind zum Rabbiner gefahren. Was Sie dort getan haben, weiß ich nicht, es ist auch unwichtig. Ich glaube nicht, dass Sie ihn bestochen haben, sondern ihm eher gedroht oder etwas zugesagt haben.« Er warf einen Blick auf Szöllösy, dessen Gesicht aber regungslos blieb. »Der Rabbiner brachte seinen Sohn am Tag darauf nach Hamburg und setzte ihn auf ein Schiff nach New York. Sie haben Fanny zu sich gerufen, um mit ihr zu sprechen. Man braucht nicht viel Phantasie, um zu erraten, in welchem Ton Sie mit ihr gesprochen haben, am Ende jedenfalls haben Sie sie verstoßen und enterbt. Ihre Frau hat es nicht gewagt, Ihnen entgegenzutreten.«

»Dir kann niemand entgegentreten«, zischte Frau Szöllösy.

»Nun«, sagte Gordon, »Fanny, die fast alle Bekannten und Freunde verloren hatte, stand auf einmal allein an der Rákóczistraße. Dort langte schnell ein schäbiger kleiner Zuhälter zu, Laboranten-Józsi, der Huren suchte. Wollen Sie wissen, wie er sie eingefangen hat?«

»Sagen Sie es ihm«, sagte Frau Szöllösy.

Gordon erzählte, wie Laboranten-Józsi ihre Tochter eingeschüchtert hatte. »Csuli, das Oberhaupt der Bande, streitet es zwar ab, aber ich vermute, er hat Ihre Tochter gewaltig verprügelt. Erst danach hat er ihr Arbeit gegeben. Davon haben Sie natürlich nichts gewusst.« Er machte eine kleine Pause. »Bis vor zwei Wochen, als Sie hörten, bei der Roten Margó sei eine hübsche neue Dirne aufgetaucht.« Gordon registrierte jede kleine Veränderung an Szöllösy. Bei dem, was daraufhin passiert war, hatte er nur Vermutungen. Als in Szöllösys Gesicht ein Muskel zuckte, wusste er, dass er richtig lag. »Korrigieren Sie mich, wenn ich mich irre«, sagte er zu Szöllösy, der sich jedoch, eingehüllt in Zigarrenrauch, nicht rührte. »Wie ich sehe, irre ich mich nicht. Sie und Ihre Freunde gehen also zur Roten Margó.«

»Lass die Unschuldsmiene!«, fauchte ihn seine Frau an und fegte mit einer Handbewegung das Telefon vom Tisch. »Dachtest du, ich weiß das nicht? Ich kenne sogar ihren Namen, du Unheilbringer. Margó die Rote. Wie primitiv du bist.«

»Sie bekamen also das Album in die Hand«, fuhr Gordon fort, »oder den Katalog. Ich halte es für denkbar, dass Sie nur ins Parlament gegangen sind, um sich im Katalog das neue Mädchen anzusehen. Vielleicht haben Sie sich ihn auch anderswo angeguckt, ist ja auch egal. Sie schlugen ihn auf und erblickten die eigene Tochter. Nackt und herausfordernd, so, wie Skublics die Mädchen eben fotografierte. Ich kann mir kaum vorstellen, was Sie empfanden, als Sie die eigene Tochter in einem Dirnenkatalog sahen«, sagte er und blickte Szöllösy an.

»Daher also stammte das Bild«, sagte Frau Szöllösy. Das Blut war aus ihrem Gesicht gewichen. Sie ging wankend zum Sofa und setzte sich.

»Daher, ja«, sagte Gordon und nickte. »Wir dürfen nicht vergessen zu erwähnen, dass Sie Ihrem Mann verschwiegen haben, dass Sie Fanny begegnet sind. Nicht nur einmal. Und ihr Geld gegeben haben.« Szöllösy richtete seinen Blick auf seine Frau. »Sie haben natürlich nicht gewusst, wozu sie das Geld benötigte.« Frau Szöllösy schüttelte den Kopf. »Sie wollte ein Schiffsbillett kaufen, um Schlomo zu folgen, und sie wollte etwas Geld zum Leben, bis sie beide Arbeit gefunden hätten.« Gordon beugte sich vor. »Ende September wussten Sie also beide, was Ihre Tochter machte. Vielleicht sogar schon vorher. Denn Sie«, er sah Frau Szöllösy an, »haben einen Privatdetektiv beauftragt, um herauszufinden, was mit Ihrer Tochter passiert war. Sie haben«, fuhr er weiter an sie gewandt fort, »mit ihr zu sprechen versucht, um sie dazu zu bewegen, doch umzukehren. Während Sie«, jetzt wandte er sich dem Mann zu, »einen anderen Weg wählten. Sie waren sich im Klaren darüber, dass es Ihr Ende bedeuten würde, wenn herauskäme, wozu Ihre politischen Freunde Ihre Tochter benutzten. Ich kann mir denken, was für Fragen sie Ihnen gestellt hätten. Bisher hat man Sie akzeptiert. Ein getaufter

Jude, der Geschäfte mit den Deutschen macht. Das ist natürlich nichts Besonderes und überhaupt nicht verachtenswert. Aber Sie tragen den Titel eines Ritters. Doch man ist mit Ihnen nicht befreundet, weil Sie der Held András Szöllösy von Szöllöshegyi sind, sondern weil jeder weiß, dass Sie reich sein müssen, steinreich, um den Orden zu erhalten. Denn was für Verdienste haben Sie?«, fragte er Szöllösy. »Was für Verdienste, für die man den Ritterorden bekommt?« Szöllösy schwieg. »In der Politik haben Sie keine Rolle gespielt, ich weiß nicht einmal, welche Partei Sie finanzieren, aber ich vermute, es ist die NEP. Darum die Freundschaft mit Ihnen. Ihres Geldes wegen. Glauben Sie, Ihre politischen Freunde wissen nicht, dass Sie Jude sind? Sie wissen es. Sie wissen auch, dass Sie zum Katholizismus übergetreten sind. Aber wenn jemand mitbekommt, dass Ihre Tochter eine Prostituierte ist, eine Politikerhure, dass sie obendrein den jüdischen Glauben wieder annehmen möchte, um den Sohn eines Rabbiners zu heiraten …«

Hier legte er eine effektvolle Pause ein, er wollte, dass seine Worte das stumme Wohnzimmer ganz ausfüllten. Dann fuhr er fort: »Sie haben Pläne. Dass Mussolini inzwischen Abessinien überfallen hat, kommt Ihnen durchaus gelegen. Jetzt müssen Sie den Kaffee nicht mehr einem Negus abkaufen, sondern beziehen ihn von Mussolini. Und weil Sie sich mit den Handelskreisen der Nazis so gut verstehen, konnten Sie vielleicht bei den Italienern einen niedrigen Preis aushandeln.« Er sah Szöllösy an. »Meinen Sie, ich hätte mir nicht die Börsenkurse angesehen? Meinen Sie, ich weiß nicht, wie viel Sie an einem Doppelzentner Kaffee verdienen? Wenn Sie unter Berufung auf die schwierige Situation den Preis pro Doppelzentner nur um zehn Reichsmark erhöhen, können

Sie allein damit schon einen anständigen Gewinn verbuchen.«

Gordon stand auf, ging zu den Getränken und goss sich einen Whisky ein. Szöllösys Gesicht begann sich langsam zu röten. Seine Frau hörte zusammengesunken und verständnislos zu. Gordon setzte sich wieder.

»Da haben Sie Ihren Sekretär beauftragt«, fuhr er fort, »Maßnahmen zu ergreifen. Ihren Sekretär, nicht wahr?«, fragte er Szöllösy. »Ihr Schweigen deute ich als Zustimmung. Ihr Sekretär hat irgendwo einen gewissen Pojva aufgetrieben, den ausrangierten Boxer, einen Säufer, der sollte Ihre Tochter erschrecken. Nicht sehr, nur ein bisschen. Damit sie vor Angst nach Hause kommt, dass alles ein Ende hat. Pojva hat Fanny am sechsten September getroffen. Ich glaube nicht, dass er sie töten wollte, das traue ich auch ihm nicht zu.« Gordon schüttelte den Kopf. »Schlimm ist nur, dass Ihr Sekretär einen Untauglicheren als Pojva kaum hätte finden können. Für den war es gleich, ob er ein zartes Mädchen oder einen kräftigen Mann erschrecken sollte. Sie wollten nur, dass Fanny geschlagen und ihr das Geld abgenommen wird, damit sie zur Besinnung kommt. Vielleicht hätte es geklappt, obwohl ich bezweifle, dass Fanny noch einmal einen Fuß in Ihr Haus gesetzt hätte. Ich kann Ihnen fast genau erzählen, was in jener Nacht passierte, denn Pojva hat mit mir das Gleiche getan. Jawohl, gnädige Frau«, er nickte Frau Szöllösy zu, »Ihr Mann hat Pojva auf mich gehetzt, ich habe es allerdings überlebt. Ihre Tochter nicht. Ihre Tochter bekam einen Schlag in die Magengrube. Ich hielt ihn aus, weil ich wusste, was kommen würde. Für Fanny aber kam der Angriff Pojvas völlig überraschend, er ballte die Faust und schlug zu. Sie haben Ihrem Sekretär natürlich nicht gesagt, wer das Mädchen war, das Pojva erschlagen hatte, dazu sind Sie zu klug. Sie blieben bei nüchternem Verstand«, sagte er an Szöllösy gewandt. »Pojva hatte keine Gewissensbisse. Er hat überhaupt kein Gewissen, glaube ich. Als das Mädchen starb, nahm er ihr das Geld aus der Handtasche, fast eintausend Pengö, und ging seiner Wege, ohne sich umzudrehen. Als Sie erfuhren, was Fanny passiert war, haben Sie sofort gehandelt. Sie haben Bárczy aufgesucht, stimmt's?« Szöllösy schwieg. »Ja, ich denke, so war es. Was haben Sie ihm gesagt: dass er die Ermittlungen einstellen soll? Wie haben Sie ihn dazu gebracht, dass sich Vladimir Gellért nicht mit der Angelegenheit befasst?«

Szöllösy schlug stumm die Asche von seiner Zigarre.

»Sprich, du Schuft!«, schrie ihn seine Frau an und hob das Telefon vom Fußboden auf. »Sprich schon, du elendes Miststück, oder ich erwürge dich mit dieser Telefonschnur!«

Szöllösy sah sie verächtlich an. »Ich habe ihm gesagt, es gibt eine Lustdirne, die mich erpressen will. Wenn ich nicht zahle, will sie alles in alle Welt hinausposaunen.«

»Und dass Sie dieses Mädchen haben umbringen lassen, sich aber nicht sicher sind, ob die Ermittler Ihnen nicht auf die Spur kommen«, sagte Gordon. »Aber das allein reicht nicht. Hatten Sie Angst, es käme raus, dass Leute wie Sie sich ihre sexuellen Genüsse mit Geld erkaufen?«

»Ach wo«, antwortete Szöllösy. »Auch Bárczy wusste es. Ich wollte aber, dass er die Sache ernst nimmt. Ich sagte ihm darum, dass dieses … Freudenmädchen«, er spie das Wort geradezu aus, »mich nicht damit erpressen wollte, sondern mit noch etwas anderem.«

»Womit?«

»Damit, dass ich es auch mit Jungen treibe«, antwortete Szöllösy gleichgültig.

»Dass du was machst?«, kreischte seine Frau.
»Ich habe gar nichts gemacht«, antwortete Szöllösy verächtlich. »Aber damit hätte man mich wirklich erpressen können. Ich musste einen guten Grund nennen, damit Bárczy die Sache ernst nimmt. Eine tote Hure allein ist nicht Grund genug.«
»Sie haben sich dem Staatssekretär ausgeliefert«, sagte Gordon langsam. »Sie meinten, lieber soll Bárczy Sie als Homo in den Händen haben, als dass herauskommt, dass Ihre Tochter zur Hure der höheren Kreise wurde, weil sie einen Juden heiraten wollte. Sie gingen sogar das Risiko ein, dass Ihnen István Cár seine Leute auf den Hals hetzt.«
»Wer ist denn das?«
»Cár ist ein Ermittler der V. Hauptabteilung, Fachgebiet: Verletzung der guten Sitten. Er jagt die Urninge. Sie sehen mich an, als wüssten Sie nichts davon.«
»Ich weiß nicht, was die Urninge sind«, sagte Frau Szöllösy.
»Homosexuelle«, antwortete Gordon. »Von denen hat er bereits etliche hinter Gitter gebracht. Sie haben also dieses Risiko, das Risiko, eingesperrt zu werden, eingeplant, nur damit nicht die Wahrheit über Fanny herauskommt.«
»So kann man sagen.«
»Bárczy hat hocherfreut und bereitwillig Gellért mit der Ermittlung beauftragt. Denn mit den Informationen, die Sie ihm freiwillig geliefert haben, hält er praktisch einen geladenen Revolver an Ihren Kopf. Ständig.«
Frau Szöllösy richtete den Blick auf ihren Mann. »Du bist ein …«
»Los doch, beenden Sie den Satz!«
Sie antwortete nicht, starrte nur vor sich hin. Das Telefon fiel ihr aus der Hand.

Gordon nickte. »Bárczy sagte es Kozma, Kozma sagte es Gellért. Natürlich, darüber sprach der Innenminister mit dem Ermittler an der Bahre.«
»Worüber?«, fragte Frau Szöllösy.
»Gellért informierte Kozma, dass Sie herumschnüffeln«, sagte Szöllösy, ohne seine Frau zur Kenntnis zu nehmen.
»Und diese Information gelangte auf diesem Weg zu Ihnen zurück«, fuhr Gordon fort. »Deshalb haben Sie mir Pojva auf den Hals gehetzt.«
»Ich musste Sie warnen, sich von dieser Angelegenheit fernzuhalten«, antwortete Szöllösy, der allmählich in Schwung kam. Als wollte er sich mit dem, was er geleistet hatte, großtun.
»Einen Journalisten darf er natürlich nicht töten.«
»Da seien Sie sich nicht so sicher.«
»Bin ich auch nicht. Ich habe mich jedenfalls nicht umbringen lassen.«
»Nein.«
»Deshalb haben Sie mir dann Gellért geschickt, ja? Als ich aus dem Café Stambul kam. Sie haben ihn geschickt.«
Der Mann nickte.
»Aber da haben Sie sich verrechnet«, sagte Gordon und sah Szöllösy in die Augen. »Gründlich verrechnet. Der Kriminalinspektor hat mich jedenfalls nicht abgeschreckt, im Gegenteil, er hat mich auf die Spur gebracht. Ich glaube, dass ich ohne Gellért heute nicht hier wäre.«
»Darin haben Sie vollkommen recht«, sagte Frau Szöllösy unverhofft. Beide Männer hoben die Köpfe. Sie hatte sich zusammengerissen, richtete ihr Haar, setzte sich gerade auf. Das Weiße in ihren Augen war gerötet, ihr Gesicht nass von Tränen, ihre Stimme kratzig. »Ich habe keinen Privatdetektiv beauftragt«, fuhr sie fort, »denn ich kenne Vladimir. Um ge-

nau zu sein, vor langer Zeit kannten wir uns gut. Seinen Namen lese ich oft in Ihren Artikeln«, sagte sie zu Gordon. »Ich hatte nicht gewusst, an wen ich mich wenden sollte. Einen Privatdetektiv wollte ich nicht beauftragen, die sind unzuverlässig. Da fiel mir Vladimir ein. Ende September ging ich in sein Büro. Unter vier Augen sagte ich zu ihm, Fanny sei verschwunden. Mehr nicht. Und kein Wort darüber, warum.« Sie sah ihren Mann an. »Keine Sorge, ich habe dein schäbiges kleines Geheimnis nicht ausgeplaudert.«

»Mein Geheimnis?«, empörte sich Szöllösy. »Als wäre das nur meine Sache!«

»Darüber später, András.« Sie hob den Kopf. Er wollte etwas sagen, schwieg aber.

»Was geschah im Büro?«, fragte Gordon.

»Ich gab ihm ein Foto von Fanny. Am dritten Oktober, einem Sonnabend, bin ich ihm im Stadtwäldchen begegnet. Da zeigte er mir dieses ...«, sie verstummte, »dieses andere Bild. Er versprach mir, Fanny zu retten aus diesem ... Leben, falls man das überhaupt als Leben bezeichnen kann.«

»Seither haben Sie nichts von ihm gehört?«, fragte Gordon.

»Nein«, antwortete sie. »Ich hatte Sorgen, was wohl passiert sein könnte. Da kamen Sie und stellten Fragen nach unserer Tochter. Sie waren kaum gegangen, da rief ich Vladimir an, aber ich erreichte ihn nicht. Ich dachte, dass er mit dem Hin und Her der Beerdigung zu tun hätte. Ich hatte vor, morgen zu ihm zu gehen, aber ...«

Szöllösy stand auf. Sah hochmütig auf die anderen. »Was haben Sie jetzt vor?«, fragte er Gordon.

»Ich weiß es nicht«, antwortete Gordon schulterzuckend. »Viel zu tun habe ich nicht mehr. Ich weiß jetzt alles, was mir in der Story noch fehlte«, sagte er und schwenkte seine Notizen.

»Damit, dass Sie hergekommen sind, wollten Sie doch etwas erreichen«, sagte Szöllösy. »Wollen Sie Geld? Wie viel?«
»So einfach ist das nicht.«
»Also viel. Sagen Sie, wie viel.«
»Es geht nicht um Geld.«
»Wenn Sie die Sache veröffentlichen wollen: Gedruckt wird das sowieso nicht«, meinte Szöllösy. »Das kann ich immerhin noch verhindern. Sie können sogar Ihre Stellung verlieren.«
»Sie drohen mir?« Gordon zog die Augenbrauen hoch. »Wie Sie Krisztina gedroht haben? Das Huhn mit dem umgedrehten Hals war ein ziemlich billiger Trick. Das war absolut überflüssig und zeugt von schlechtem Geschmack.«
»Immerhin hat es bewirkt, dass Sie Ihre kleine Freundin schnappten und mit eingezogenem Schwanz in die Provinz flohen«, entgegnete Szöllösy.
»Aber ja«, sagte Gordon. »Und noch ein paar andere Dinge konnte ich tun. Beispielsweise mit Teréz Ökrös sprechen. Und das hier alles«, er zeigte seine Notizen, »aufschreiben und unseren Korrespondenten in Wien, Berlin, Prag und London schicken. Wissen Sie, unsere dortigen Leute arbeiten auch für die dort ansässigen Zeitungen. Mich können Sie rauswerfen und meinen Artikel verbieten lassen. Keiner wird Sie daran hindern. Wenn aber nicht das passiert, was ich will, dann werden unvorhersehbare Dinge geschehen. Die ausländischen Zeitungen bringen meinen Artikel, und diese Artikel wiederum können der *Abend* oder *Ungarn* bedenkenlos übernehmen. Das schadet niemandem, nur Ihnen.«
Szöllösy setzte sich wieder auf seinen Stuhl und betrachtete den Zigarrenstummel.
»Und jetzt hören Sie mir genau zu«, fuhr Gordon fort, langte in seine Tasche und warf etwas vor Szöllösy auf die Tisch-

platte. »Hier steht die Adresse eines Mütterheims. Morgen überweisen Sie ihm brav hunderttausend Pengö. Anfang November weitere hunderttausend. Am ersten eines jeden Monats immer dieselbe Summe. Bis Ihr Vermögen aufgebraucht ist. Sagen Sie nicht, ich lasse Ihnen keine Zeit, das Geschäft zu verkaufen. Sie zahlen, solange Ihr Geld reicht.«

»Wovon reden Sie?«, brüllte rotgesichtig Szöllösy.

»Wenn Sie schon Ihrer Tochter die Möglichkeit genommen haben, ihr Kind zur Welt zu bringen, dann sollten Sie wenigstens anderen dabei helfen.«

»Was sagen Sie denn da?«, rief Frau Szöllösy und schlug sich die Hand vor den Mund. Gordon langte in seine Innentasche, nahm die zweite Seite des Sektionsprotokolls heraus und legte sie auf den Tisch. »Das gehört noch dazu. Ein ausführlicher Bericht des Prosektors.«

Szöllösy starrte Gordon an, seine Frau schnappte nach Luft.

»Morgen Vormittag rufe ich das Mütterheim an. Überweisen Sie das Geld telegrafisch, oder bringen Sie es in einer Tasche hin. Das ist mir egal.« Gordon knöpfte seine Jacke zu und ließ die beiden allein.

In der Halle nahm er den Mantel vom Haken und setzte sich den Hut auf den Kopf. Aus der Küche hörte er Geschirr klappern. Das Dienstmädchen wusch ab.

»Kleine«, rief er ihr zu, »stell dich darauf ein, dass du hier bald keine Stelle mehr haben wirst.«

Das Mädchen setzte den Topf im Becken ab und sah Gordon an. »Ich weiß«, sagte sie leise, »ich weiß es.«

Gordon nahm die Straßenbahn und sah auf die graue, schmutzige Stadt. Am Oktogon kaufte er einem Händler geröstete Maronen ab, dann ging er auf den Köröndzu.

Vor dem Haus stand Czöveks schäbiger Opel. Czövek saß hinter dem Lenkrad und rauchte. Als er Gordon erblickte, sprang er heraus. »Guten Abend, Herr Redakteur!«

»Guten Abend, Czövek. Sind Sie gut nach Hause gekommen?«

»Jawohl.«

»Das ist schön«, sagte Gordon und ging ins Haus.

»Herr Redakteur!«, rief ihm Czövek nach.

»Ja?«

»Bitte schön, Sie bekommen fünf Pengö zurück.«

»Fünf Pengö?«

»Aber ja, Sie haben mir fünfzig gegeben, und die Fahrt kostet nur fünfundvierzig.«

»Wie haben Sie das ausgerechnet?«

»Einfach war das nicht«, sagte Czövek und grinste.

»Also, wenn fünf Pengö übrig sind, fahren wir die auch noch ab. Warten Sie einen Moment, heute Abend brauche ich Sie noch.«

Mór saß am Küchentisch, von Krisztina keine Spur. »Such sie nicht, Junge«, sagte der Alte. »Sie ist gekommen, hat gegrüßt und ist gleich wieder gegangen. Zum Bleiben konnte ich sie nicht überreden. Wollte ich auch nicht.«

»Hat sie erzählt, wie ich sie zurückgelassen habe?«

»Ja. Nett war das nicht.«

»Ich weiß schon, Opa. Vielleicht habe ich ein bisschen überreagiert. Aber inzwischen ist alles erledigt.«

»Schau einer an«, sagte Mór und hob den Blick.

»Zumindest beinahe.«

Der Alte holte Kastanien auf den Tisch. »Was hast du vor, Junge?«

»Nichts Besonderes.«

Der Alte schwieg eine Weile. »Kannst du dich erinnern, was dein Vater über die Rache gesagt hat?«

Gordon seufzte.

»Er hat von Rache nichts gehalten«, fuhr Mór fort. »Er hat gesagt, er braucht nur das Rohr festzuhalten, in das früher oder später alle hineinlaufen, und dann muss er nichts weiter tun, als die beiden Enden zuzuhalten.«

»Ich glaube, ich möchte darüber nicht reden, jedenfalls nicht jetzt und nicht hier.«

»Das verstehe ich sehr gut.«

»Überlege doch nur, wo mein Vater mit seinem berühmten Rohr gelandet ist«, erklärte Gordon. »Er stand da, das verdammte Rohr in der Hand, wartete und wartete, und als er es nicht mehr aushielt …«

»Was hätte er tun sollen? Die Weltwirtschaftskrise ist nicht das Werk eines Einzelnen. Er konnte niemanden verantwortlich machen, also übernahm er selbst die Verantwortung.«

»Ich weiß, Opa, ich war ja bei ihm, als er das Rohr wegwarf und alles andere auch.«

Mór sah aus dem Fenster und beobachtete den Köröndl. Vor dem Licht der Straßenlaternen zeichneten sich seine korpulente Gestalt, sein struppiges Barthaar und seine eingefallenen Schultern ab.

»Ich muss gehen, Opa. Ich muss Krisztina holen.«

»Weißt du, wo sie ist?«

»Ich ahne es«, sagte Gordon.

Er stieg in den Opel. »Zum Normafa.« Czövek startete und fuhr den Ring, über die Margaretenbrücke und die König-Mathias-Straße zur Gaststätte Normafa. Der Verkehr war

spärlich, Fußgänger waren kaum zu sehen, nur einige Fenster der Villen zeugten von Leben.
Am Wasserturm ließ Gordon halten. Er stieg aus und sagte zu Czövek: »Warten Sie hier, ich bleibe nicht lange.«
Über der Kneipentür, am Rand des dunklen Waldes, brannte nur eine Lampe. Der kalte Wind fuhr ihm in die Glieder, Gordon schlug den Kragen hoch. Durch ein Fenster sah er Krisztina. Sie saß auf einer Bank, vor sich ein Porzellantöpfchen, darin wahrscheinlich Glühwein. Sie betrachtete die Stadt, die sich unter ihr erstreckte, und nahm ab und zu einen Schluck. Als sie Gordons Schritte hörte, drehte sie sich um, wandte den Blick aber rasch wieder ab.
»Wenn ich dir sage, sprich mich nicht an, dann tust du es trotzdem, stimmt's?«, fragte sie, weiter auf die Stadt nach unten starrend.
»Nur der Ordnung halber, Krisztina«, sagte Gordon, »warum genau bist du mir böse?« Krisztina schwieg. »Nur, weil ich dich schützen wollte? Weil ich nicht wollte, dass du mit mir ins Unglück gezogen wirst?«
»Manchmal bist du mir schrecklich zuwider«, antwortete Krisztina. »Es macht nichts, Zsigmond, dass du mich hast sitzenlassen, das wäre das wenigste. Aber dass du mir nicht gesagt hast, was du planst.«
»Ich hätte es dir gesagt, hättest du nicht vom Wein und Schnaps tief und fest geschlafen.«
»Ich hätte eine bessere Lüge von dir erwartet.«
»Das ist keine Lüge.«
»Aber auch nicht die Wahrheit. Und sage mir nicht, eine plötzliche Erleuchtung hätte dir eingegeben, ganz schnell nach Budapest zurückzukehren, denn das glaube ich dir nicht.«

»Aber so war es.«
Krisztina schüttelte den Kopf. »So hat das keinen Sinn.«
»Ich gebe zu, ich habe etwas falsch gemacht«, sagte Gordon und setzte sich zu ihr.
»Wie ungeheuer großzügig von dir. Wie schön, dass du zugeben kannst, etwas falsch gemacht zu haben.«
»Was willst du, das ich sage?«
»Wenn nicht die Wahrheit, dann lieber gar nichts.«
Gordon nahm eine Zigarette, zündete sie an und blies lange nur den Rauch aus. »Dein Wein ist kalt geworden. Ich lasse neuen kommen.«
»Ich wollte schon den nicht mehr trinken«, sagte Krisztina und winkte ab. »Aber ich sage dir als Gegenleistung etwas.«
»Sag schon.«
»Heute Nachmittag habe ich ein Telegramm nach London geschickt, dass ich die Stelle annehme. Ich warte die Antwort ab, dann fahre ich los.«
»Ich verstehe.«
»Wenn du etwas verstanden hättest, dann hättest du mich aus der Sache nicht ausgeschlossen.«
»Ich habe dich nicht ausgeschlossen. Ich wollte nur nicht darüber sprechen, bis ich alles wusste. Oder wenigstens fast alles. Entschuldige.«
»Ich bin dir nicht böse, Zsigmond.«
»Nein?«
»Oder willst du, dass ich dir böse bin?«
Gordon schüttelte den Kopf. »Nicht unbedingt.«
»Was also willst du?«
»Ich will, dass du mir zuhörst«, antwortete Gordon. Dann erzählte er ihr, was geschehen war, seit er Lillafüred verlassen hatte. Krisztina hörte ihm still zu, sie stellte keine Zwischen-

fragen und nickte nicht, sie saß nur da und betrachtete die Stadt.
»Und was willst du jetzt tun?«, fragte sie, als Gordon geendet hatte.
»Mit Pojva habe ich noch etwas zu erledigen.«
»Was soll mit ihm passieren? Willst du ihn verprügeln?«
»Ach, Quatsch.« Gordon winkte ab. »Was interessiert es mich, dass er mich verprügelt hat.«
»Zsigmond, gib wenigstens vor mir zu, dass du ihm mit bloßer Hand seinen Kopf einschlagen möchtest. Wenn schon nicht vor anderen, dann gestehe es wenigstens mir – du willst dich rächen«, sagte Krisztina.
»Vielleicht hast du recht.« Gordon nickte. »Aber so einfach ist das nicht.«
»Nicht so einfach?«
»Pojva glaubt, nur er kann so schäbige Spielchen spielen.«
»Ich will gar nicht wissen, was du vorhast.«
»Nein?«
»Ich will nur noch packen. Kleider in den Koffer und …«
Gordon schob sich den Hut aus der Stirn. »Aber doch nicht heute Abend.«
»Nein, nicht heute Abend«, antwortete Krisztina. »Bring mich nach Hause.«
»In Ordnung.« Gordon stand auf. »Gehen wir.«
Czövek war, über das Lenkrad gebeugt, eingeschlafen. Gordon klopfte an die Scheibe, Czövek schreckte hoch. »Ich fahre sofort los«, sagte er schlaftrunken.
»Aber warten Sie erst, bis wir drinsitzen.«
»Mit Beeilung?«, fragte er und wandte sich um.
Gordon sah Krisztina an, die nickte. »Mit Beeilung, Czövek. Ja, mit Beeilung.«

Zehn

Gordon stand im Badezimmer und rasierte sich, als in der Tür Krisztina erschien. »Wohin willst du gehen?«, fragte sie.

»Ich habe Dienst«, antwortete er.

»Erst abends ab acht. Und jetzt ist es, wenn ich mich nicht irre«, sie sah auf ihre Uhr, »morgens kurz nach acht.«

»Am Vormittag muss ich zu Gellért ins Polizeipräsidium.«

»Irgendwann solltest du mir erzählen, was du gemacht hast«, sagte Krisztina und knallte die Tür zu. Gordon beendete die Rasur, er hatte kaum Alaun gebraucht. Er zog den braunen Anzug an, aber mit der Krawatte kam er nicht zurecht.

»Bindest du sie mir?«, fragte er aus dem Bad.

Krisztina sah von ihrer Arbeit auf. »Komm her.«

»Woran arbeitest du?«

»Ich bringe ein paar Ideen zu Papier, die ich schon lange im Kopf hatte. Um sie Penguin zu zeigen.«

»Dem Verlag?«

»Wem sonst?«

»Ich hoffe, es gefällt ihm.«

»Ich auch.«

Sie beugte sich wieder über ihre Zeichnungen, Gordon ging zum Telefon und rief im Polizeipräsidium an. Gellért nahm ab.

»Haben Sie meinen Rat befolgt?«, fragte der, als er Gordons Stimme hörte.

»In gewisser Hinsicht schon.«

»In welcher Hinsicht?«
»Das würde ich lieber persönlich mit Ihnen besprechen. Und wir haben über zwei Frauen zu reden.«
»Über welche?«
»Die eine heißt Fanny, die andere Irma.«
»Im Moment habe ich keine Zeit.«
»Wann?«
»Was halten Sie von einem frühen Mittagessen?«
»Geht in Ordnung. Wo?«
»Um zwölf im Perlhuhn, in der Basteistraße. Kennen Sie es?«
»Ja, ich kenne es«, sagte Gordon und legte auf.
Krisztina sah Gordon an, einige Augenblicke lang, dann zeichnete sie weiter. Gordon ging zum Schreibtisch und nahm aus einem Schubfach ein kleines Adressbuch. Er blätterte darin, trat zum Telefon und wählte.
»Hier ist Gordon. Haben Sie heute Vormittag eine Stunde Zeit?«
»Eine Stunde?«
»Anderthalb.«
»Anderthalb?«
»Genau.«
»Habe ich bestimmt«, sagte die Stimme.
»Um zehn im Abbazia?«
»Ich werde dort sein. Cheers!«
»Bye«, sagte Gordon und legte auf. Er zog seinen Mantel an und blieb in der Tür stehen.
»Gehst du schon?«, fragte Krisztina.
»Ich muss«, antwortete Gordon. »Heute Abend rufe ich dich aus der Redaktion an.«
»Wie du willst«, sagte Krisztina und beugte sich über das Blatt.

Gordon sah auf die Uhr. Es war kurz nach halb zwölf. Er winkte dem Kellner und bat um die Rechnung. Der Mann auf der anderen Seite des Tisches klappte sein Notizheft zu. »Lord Beaverbrook wird entscheiden«, sagte er zu Gordon, »ob wir über die ungarischen Politiker und ihre Weibergeschichten schreiben wollen. Ich kann nichts versprechen.«

»Das erwartete ich auch nicht.«

»Und mit mündlichen Aussagen kann ich nichts anfangen.«

»Ich weiß.«

»Wird diese Margó Ihrer Meinung nach mitmachen?«

»Ich rede mit ihr.«

»Tun Sie das«, sagte der Journalist mit dem struppigen roten Haar. »Ich gestehe, dass ich schon davon gehört hatte. Bei uns ist so etwas nicht üblich.«

»Vielleicht ist es gerade deshalb interessant.«

Gordon bezahlte die Rechnung, gab dem Korrespondenten des *Daily Express* die Hand, verließ das Café und stieg in die Straßenbahn. Wenige Minuten vor zwölf betrat er das Restaurant Perlhuhn. Er blickte sich rasch um, aber Gellért konnte er nicht entdecken. An den Tischen saßen vor allem Männer, Studenten und Dozenten der nahen Universität. Trotz der Mittagsstunde war das Lokal nicht voll, das Perlhuhn konnten sich nur wenige Leute leisten.

Der Ober führte ihn zu einem hinteren Tisch und fragte, was er bringen dürfe.

»Vorläufig nur einen Kaffee«, antwortete Gordon.

Er schlug gerade das *Pester Tageblatt* auf, als am Tisch der Kriminalinspektor erschien. Seine dürre Gestalt steckte in einem nassen Mantel, vom Regenschirm troff das Wasser, sein Hut war pitschnass.

»Ach, wie schön«, begrüßte er Gordon. »Ich sehe, Sie sind trocken geblieben.«
»Ich war schon vor dem Regen hier.«
»Haben Sie bereits bestellt?«
»Noch nicht.«
Gellért winkte den Kellner herbei, der Mantel, Hut und Regenschirm davontrug und zwei Speisekarten brachte. Gordon bestellte eine doppelte Kraftbrühe mit zwei Eiern, Gellért ein leichtes Fleischgericht.
»Sagen Sie, worum es geht«, sagte Gellért und lehnte sich zurück.
»Sie sind mir noch immer die Geschichte Rónas schuldig«, sagte Gordon.
Gellért sah ihn überrascht an. »Róna? Wollen Sie mit mir über Róna sprechen?«
»Aber ja. Ich muss den Artikel abgeben.«
»Nun ja.« Gellért zündete sich eine dünne Zigarre an. »Viel kann ich Ihnen darüber nicht sagen. Das Gerichtsverfahren ist noch im Gange, also kann ich mich offiziell nicht dazu äußern.«
»Dann inoffiziell.«
Gellért zog die Augenbrauen hoch. »Róna wurde natürlich nicht bestochen«, begann er. »Es gab da eine andere Ermittlung, in die er sich eingemischt hatte, was völlig überflüssig war.«
»Was da los war, können Sie mir nicht sagen.«
Gellért nickte. »Bei Gericht wird er freigesprochen. Da er aber die gesamte Ermittlergruppe in eine unangenehme Situation gebracht hat, wird er versetzt werden. Entlassen wird er nicht, aber eine Zeitlang muss er sich um Eisenbahndiebstähle kümmern.«

»Das ergibt keinen Artikel«, bemerkte Gordon.
»Ich habe Ihnen von Anfang an gesagt, geben Sie sich damit nicht ab. Ganz vergeblich.«
Gordon antwortete nicht. Der Kellner brachte die Brühe und das Fleisch. Beim Essen sprachen sie von neutralen Dingen. Vom spanischen Bürgerkrieg, von Mussolini, von der Entscheidung des belgischen Königs, die Armee wegen des ständigen deutschen Drucks zu verstärken.
Als sie gegessen hatten, rauchten sie. Gordon gab dem Kellner ein Zeichen, und trotz Gellérts Protest bezahlte er alles.
»Als Dank für den Transport neulich«, sagte er.
»Nach dem toten Mädchen fragen Sie nicht?«, entfuhr es Gellért.
»Nein«, antwortete Gordon. »Ich weiß jetzt alles.«
»Alles?«
»Ja, alles.« Er nickte. »Nur eines möchte ich noch wissen.«
»Und das wäre?«
»Hatten Sie nicht den Mut oder wollten Sie Szöllösy nicht sagen, dass seine Tochter tot ist?«
Durch den Zigarrenrauch guckte Gellért forschend in Gordons Gesicht. »Ist das wichtig?«, fragte er schließlich.
»Jetzt eigentlich nicht mehr.«
»Ich hatte weder den Mut noch wollte ich es«, gestand Gellért. »Ich werde alt. Habe noch zwei Jahre bis zur Rente. Ich wartete auf eine Gelegenheit, es ihm zu sagen, aber …«
»Dass Sie alt werden, habe ich auch bemerkt«, sagte Gordon.
»Woran?«
»Neulich haben Sie Ihr Schubfach offen gelassen. Sie erinnern sich, ich kam ins Polizeipräsidium, und während ich wartete, sah ich, dass ein Schubfach offen stand. Das wäre Ihnen früher nie passiert.«

»Ich werde mit einem Arzt sprechen, er soll mir etwas gegen Vergesslichkeit aufschreiben.«
»Das kann nicht schaden. Ich habe das eben nur erwähnt, weil ja eine unbefugte Person in Ihr Büro gehen und das offene Schubfach sehen könnte.«
»Sie haben recht. Die unbefugten Personen sind nun mal so.« Er klopfte die Asche von seiner Zigarre. »Sagen Sie, gibt es was Neues beim Boxen?«
»Harangi steckt als Mitglied der Europa-Auswahl immer noch in Amerika.«
Der Kellner half ihnen in die Mäntel. Draußen hatte der Regen inzwischen aufgehört.
»Ich hoffe, er wird siegen«, sagte Gellért.
»Ich auch. Soweit ich weiß, boxt er ausgezeichnet.«
»Und wann ist der nächste Kampf?«
»Heute Abend«, antwortete Gordon.
»Wer gegen wen?«
»Unwichtig. Zwei Hornochsen verprügeln sich.«
»Also dann …«, sagte Gellért und wandte sich Gordon zu.
»Danke«, sagte Gordon und gab ihm die Hand.

Er klopfte kräftig an die Tür. Sah durch das Fenster, durch den Gardinenspalt, bemerkte aber keine Bewegung. Da hörte er Schritte im Treppenhaus. Der Hausmeister.
»Leiser, wenn ich Sie bitten darf«, keuchte er. »Sie wecken das ganze Haus.«
»Mittags gegen eins? Wen wecke ich da?«
»Das ist ein ordentliches Haus, bitte schön«, antwortete der Hausmeister und deutete auf die Tür. »Trotzdem. Hier mag man keinen Krawall. Und an die Tür zu donnern ist überflüssig.«

»Wissen Sie, wo das Fräulein ist?«

Beim Wort Fräulein runzelte der Hausmeister die Stirn. »Das Fräulein ist am Morgen weggegangen.«

»Wohin?«

»Das weiß ich nicht, aber bestimmt nicht auf den Markt, denn sie hatte Koffer bei sich.«

»Meinen Sie, sie ist weggezogen?«

»Das Fräulein teilt mir nicht mit, wann sie, was sie, mit wem und wie sie es macht«, bemerkte giftig der Hausmeister.

»Aber Sie sind ihr begegnet, als sie wegging, nicht wahr?«

»Das ja.« Der Hausmeister nickte. »Sie hat guten Tag gesagt, und ich habe guten Tag erwidert. Vor dem Haus stand ein Taxi, sie hat ihre Koffer eingeladen, und weg war sie. Deshalb habe ich gesagt, Sie sollen nicht weiter klopfen. In der Wohnung ist niemand. Und wenn Sie mich jetzt entschuldigen, mein Herr, ich muss gehen.«

Bevor Gordon in die 52 gestiegen war, hatte er in der Zentralen Sparkasse zweihundert Pengö abgehoben. Das Geld hatte er nicht dafür zurückgelegt, es tat ihm um seine Ersparnisse leid. Die Straßenbahn hatte die eleganten Häuser der Innenstadt hinter sich gelassen und rollte nun an den abgenutzten, grauen Mietshäusern vorbei. Gordon sah zur Rechten den Bau der Anatomie, dann den Orczygarten und bald die zerfallenden Hütten des Elendsviertels. Hier stieg er aus, holte tief Luft und ging den schmutzigen Feldweg entlang auf die Häuser zu, wenn man die umgebauten Baracken, die früher als Notkrankenhaus gedient hatten, überhaupt als Häuser bezeichnen konnte. Je weiter er vorankam, desto mehr verwandelte sich der Feldweg in eine Schlammwüste. Manche Baracken waren durch Bauteile aus Lehm

vergrößert worden, andere hatten Anbauten aus Ziegelstein, und so war das ganze Viertel ein gespenstischer Wirrwarr. Nach einer Weile wusste er nicht mehr, ob es eine Straße war, durch die er stapfte, oder ein Durchgang zwischen Häusern. Übelriechender Rauch erfüllte die Luft, manche heizten offenbar mit Lumpen und alten Schuhen. Geld für Holz hatte kaum jemand. Der Gestank überdeckte zwar den Geruch des Elends, nicht aber den Anblick. Im Schlamm spielten verdreckte Kinder, und sie sprachen in einem Jargon, den Gordon kaum verstand. Sie versuchten gar nicht erst, um Geld zu betteln, sie tollten nur brüllend herum, die meisten barfüßig. Hinter einigen Fenstern blakten Öllampen, die meisten jedoch waren dunkel. Zwei alte Bauersleute hatten ihre Hütte mit Reisig ausgelegt, das sie vermutlich im Stadtwäldchen gesammelt hatten. Offensichtlich bemühten sie sich sehr, ihr Haus ein bißchen besser aussehen zu lassen. Das Ergebnis war kläglich und anrührend. Durch das geflickte Dach drang Wasser ins Haus, am Fenster hing ein Spitzendeckchen, dahinter stand ein trockener Blumentopf. Die Alten waren sauber gekleidet. Gordon trat zu ihnen und sagte: »Guten Tag.«
Der Alte richtete sich auf. »Guten Tag.«
»Können Sie mir sagen, wo ich Pojva finde?«
»Wen?«
»Den Pojva.«
Der Alte stieß seine Frau an. »Erzsi, der Mann hier sucht einen Pojva.«
»Den kenne ich nicht«, sagte die Alte mit dem faltigen Gesicht.
Gordon beschrieb den beiden, wie Pojva aussah, woraufhin die Alte sich bekreuzigte und zum Himmel aufblickte. »Den suchen Sie? Den Schurken mit der gebrochenen Nase?«

»Ja.«
Die Alte kam vor die Hütte getrippelt und zeigte Gordon, wo entlang er gehen sollte. Straßennamen und Hausnummern bedeuteten nichts. Gordon bedankte sich für die Wegbeschreibung und ging weiter. Er gab sich Mühe, nicht bis zu den Knöcheln im Schlamm zu versinken. Hunde bellten und zerrten an ihren Ketten, Katzen miauten auf den Dächern, wohin sie vor dem Schlamm geflohen waren. Bald hatte er die Hütte gefunden. An den Fenstern zur Straße hingen halbverfaulte Holzfensterläden mit geschnitzten Tulpen, neben dem Haus stand ein Schweinestall aus Lehm. Im Schlamm spielten zwei Jungen von etwa zehn Jahren mit einem Fahrradreifen. Rollen konnten sie ihn nicht, trotzdem hatten sie an dem Spiel einen Heidenspaß. Gordon verstand nicht, worum es bei dem Spiel ging. Schließlich fragte er den einen Jungen: »Ist Pojva zu Hause?«
Der Junge antwortete nicht, sondern rannte kreischend ins Haus. Augenblicke später tauchte Pojva auf, offenbar ziemlich verkatert. Die Hose war ihm auf die Hüfte gerutscht, sein Oberkörper war nackt. Irgendwann musste er ein Mann mit Kräften gewesen sein, doch inzwischen waren seine Muskeln geschrumpft und seine Haut welk. Dennoch bot er mit seiner schiefen Nase einen respekteinflößenden und erschreckenden Anblick.
»Irgendwoher kenne ich Sie«, sagte er zu Gordon.
»Ich habe ein Angebot für Sie.«
»Und das Geld dazu?«
Gordon nickte. Pojva stand eine Weile nur da und schaute ihn an. Gordon musste ihm tatsächlich bekannt vorkommen, aber woher, das schien er nicht zu wissen. »Warten Sie hier«, sagte er und ging in die Hütte. Von drinnen hörte

Gordon Geschrei und Gebrüll, dann trat eine Frau um die vierzig aus der Tür. »Reden Sie nicht mit ihm, das bringt nur Ärger«, flehte sie Gordon an. Daraufhin fasste Pojva sie von hinten, drehte sie zu sich um und gab ihr eine Ohrfeige, dass sie in die Knie sank. Pojva trat sie in den Rücken, und die Frau stürzte in den Schlamm. »Was geht es dich an, mit wem ich rede«, fauchte er und gab Gordon einen Wink. »Treten Sie näher.«

Im Haus herrschte betäubender Gestank, auf dem Herd brutzelte irgendetwas, in der Ecke lag ein durchnässter Hund, auf dem Küchentisch stand eine riesige Schüssel, in die von der Decke Wasser tropfte, daneben gloste eine Ölfunzel. Pojva sank auf einen Stuhl, steckte sich eine Zigarette in den Mund und schob den anderen Stuhl Gordon hin. »Wie viel?«, fragte er.

»Sie wissen ja noch gar nicht, um was es geht«, antwortete Gordon.

»Sie sind nicht hier, weil Sie einen Gärtner brauchen«, sagte Pojva und spähte lange in Gordons Gesicht, dann winkte er ab. »Zwanzig«, sagte Gordon und legte zwei Zehn-Pengö-Scheine auf den Tisch.

Pojva langte gierig danach, griff die Scheine und rief: »Frau!« Seine Frau steckte vorsichtig den Kopf durch den Türspalt. »Los doch, da ist Geld, geh und kaufe Öl und was zum Fressen, denn das hier frisst nicht mal ein Hund«, rief er und trat gegen den Herd. Ein dicker Saft spritzte ihr auf die Beine. Ihr Gesicht zuckte, aber sie trat näher, nahm den ihr hingehaltenen Zehn-Pengö-Schein und trollte sich.

»Sagen Sie jetzt, was Sie wollen«, brummte Pojva.

»Heute Abend werden Sie … einen Kampf haben.«

»Ich? Nein, ich habe keinen Kampf.«

»Aber doch.«
»Woher weiß ich, dass Sie kein Polizist sind?«
»Hätte Ihnen ein Polizist zwanzig Pengö gegeben?«
Pojva überlegte. »Also, wenn doch?«
»Dann werden Sie mit dem Polen Jacek im Fabrikgebäude Gubacser Straße zusammentreffen.«
»Wenn doch, dann dort.« Pojva nickte.
»Und wer wird siegen?«
»In einem anständigen Kampf lässt sich das nie vorhersagen«, entgegnete Pojva mit ausdrucksloser Miene.
»Auch nicht für fünfzig Pengö?«
Pojvas Augen leuchteten begehrlich. »Für fünfzig nicht, aber für hundert.«
»Ich verstehe.« Gordon nickte. »Wenn man für hundert voraussagen kann, wer den Kampf gewinnt, dann könnte der Sieger auch Jacek heißen. Sagen wir, er schlägt Sie in der zweiten Runde k.o.«
»Für hundert«, Pojva leckte sich die Lippen, »kann er sogar gewinnen.«
»Sagen Sie, Pojva, hat sich sonst jemand dafür interessiert, ob es heute Abend einen Kampf gibt? Und wenn ja, wer gewinnt?«
»Nein«, antwortete Pojva. »Der Buchmacher will es immer wissen, aber sonst niemand.«
Gordon langte in seine Brieftasche und zog fünf Zwanzig-Pengö-Scheine heraus. Pojva griff danach, aber Gordon war schneller. Er zog seine Hand zurück.
»Mit einer Bedingung«, sagte er.
»Also?«
»Ich gebe das Geld Ihrer Frau.«
»Das dann doch nicht!«, sagte Pojva aufbrausend.

»O doch. Oder möchten Sie lieber ins Arbeitshaus?«
Pojva runzelte die Stirn. Er musste lange nachdenken. Dann leckte er sich über die Lippen und nickte langsam.
»Wenn der Kampf heute so endet, wie wir es erwarten«, fuhr Gordon fort, »dann können wir auch regelmäßig zusammenarbeiten.«
»Es gibt keine Probleme«, sagte Pojva und nickte.
Gordon sah Pojvas Augen an, dass er das Geld aus der Frau herausprügeln würde. »Soll es auch keine geben«, sagte er und stand auf.
»Es gibt keine«, sagte Pojva noch einmal und nickte, dann langte er unter den Tisch, griff nach einer Flasche Franzbranntwein und nahm einen kräftigen Schluck. Er stellte die Flasche weg und musterte Gordon feindselig. »Gehen Sie endlich, ich muss mich auf den Kampf vorbereiten.«
»Und boxen Sie ordentlich«, sagte Gordon. »Der gnädige Herr Szöllösy will nicht enttäuscht werden.«
»Der wer?«
Gordon dachte einen Moment, er habe einen Fehler gemacht. »Der Mann, der seinen Sekretär zu Ihnen geschickt hat.«
»Ach der!«, sagte Pojva. »Der hat gesagt, sein Chef liebt perfekte Arbeit. Hat er von mir bekommen.«
»Sie haben das Mädchen ordentlich verprügelt. Hat der gnädige Herr gesagt, Sie sollen sie töten?«
»Nein.« Pojva schüttelte den Kopf. »Ich sollte sie nur erschrecken. Woher hätte ich wissen sollen, dass Weibsbilder so kläglich sind?«, fragte er die Branntweinflasche. »Ich hatte ihr gerade einen Klaps gegeben, da starb sie schon. Egal, sie war ja bloß eine Hure.«
»Genau«, sagte Gordon. »Nur eine Hure. Und was haben Sie mit dem Geld gemacht?«

»Mit was für Geld?«
»Bleib ruhig, Pojva, den gnädigen Herrn interessiert das Geld nicht, ich möchte nur wissen, was daraus geworden ist. Wie viel hatte sie bei sich? Waren es zweitausend Pengö?«
»Nur an die tausendfünfhundert«, antwortete Pojva.
»Und wofür haben Sie es ausgegeben?«, fragte Gordon und sah sich um. »Für Medikamente?«
»Was geht Sie das an!«, knurrte Pojva und nahm einen Schluck aus der Flasche. »Schulden. Wucher.«
»Hatte der Sekretär des gnädigen Herrn gesagt, Sie sollen ihr das Geld wegnehmen?«
»Na klar. Er hat gesagt, was sie bei sich hat, gehört mir.«
»Wie haben Sie es gemacht?«, fragte Gordon. Denn etwas in Pojvas wirrem Blick stimmte nicht.
»Was geht Sie das an?«
»Wir möchten wissen, wie unsere Angestellten arbeiten.«
Pojva schüttelte den Kopf, dann antwortete er: »Ich habe ihr zuerst eine Ohrfeige verpasst, da lag sie am Boden, und ich habe ihr die Handtasche aus der Hand genommen.«
»Und da haben Sie gesehen, wie viel Geld sie bei sich hatte.«
»Ja.«
»Und da haben Sie ihr einen Schlag in die Magengrube versetzt.«
»Ja.«
»Nachdem Sie gesehen hatten, wie viel Geld sie bei sich hatte.«
Pojva nickte.
»Und was war noch in der Handtasche?«
»Nur das Geld im Portemonnaie und ein Haufen Kleinkram. Den habe ich meiner Frau und den Kindern gegeben.«

»Aber ein Buch haben Sie drin gelassen«, meinte Gordon.
»Ja, ein frommes Buch«, sagte Pojva. »Ich dachte mir, wenn sie tot ist, soll sie mit dem Gebetbuch begraben werden. Außerdem, wir lesen ja nicht.«
»Und Sie beten auch nicht.«
»Zu wem soll ich beten?«, fragte Pojva und starrte auf das Häufchen Stroh in der Ecke, das noch nicht verfeuert war.
Gordon folgte seinem Blick, dann nickte er langsam. Er drehte sich weg, um zu gehen. Noch im Davongehen rief er Pojva zu: »Heute Abend tun Sie, was ausgemacht ist.«
»Das tu ich. Davon verstehe ich was«, antwortete Pojva und trank den Rest aus der Flasche.
Draußen hatte es zu regnen begonnen. Gordon warf einen Blick in den Schweinestall. Er sah keine Ferkel darin, sondern Frau Pojva und zwei Kinder. Sie hockten im Dreck, weil es kein Stroh gab, und durch das Dach pfiff der kalte Wind. Die Kinder schienen daran gewöhnt zu sein, sie fröstelten nicht. Gordon lehnte sich vor und hielt der Frau das Geld hin. Aber sie schüttelte nur den Kopf. Angst lag in ihren Augen.
»Nimm es schon, verdammt noch mal!«, donnerte Pojva aus der Haustür. »Und kaufe was zu essen, verstehst du?«
Die Frau nahm das Geld. Gordon schaute auf die beiden Kinder neben ihr. »Leben Ihre Eltern noch?«
»Ja, in der Tiefebene«, antwortete sie. »Wenn ich hier mal rauskomme, gehe ich sofort mit den Kindern zu ihnen zurück.«
»Passen Sie auf das Geld auf«, sagte Gordon. »Wird auch noch für die Fahrkarten reichen.«
Er ging auf den verschlammten Weg hinaus, schlug den Kragen hoch und stapfte zur Straßenbahnhaltestelle. Dort sah er

auf seine Uhr. Es war kurz nach vier. Er war früher dran, als er geplant hatte. Einige Ecken weiter stieg er aus der Bahn und ging in eine Trafik. Er fragte, ob er das Telefon benutzen dürfe, und legte dem Trafikbesitzer zwanzig Fillér hin. Aus seinem Notizbuch suchte er die Nummer des Mütterheims heraus und wählte. Es meldete sich die Zentrale, der Direktor sei außer Haus. Seine Sekretärin nahm ab.

»Hier ist Zsigmond Gordon, Journalist beim *Abend.* Ich schreibe einen Artikel über die Situation der Mütterheime. Wie sieht es momentan mit der Spendenbereitschaft der Mitmenschen aus?«

»Womit?«, fragte die Sekretärin verständnislos.

»Ich wollte wissen, ob Sie Spenden erhalten.«

»Sehr selten.«

»Auch jetzt nicht? Eine größere Summe.«

»Wenn wir sie hätten, könnten wir auch die Bäder heizen, nicht nur die Krankenzimmer und den Operationssaal.«

»Sie haben also keine größere Geldsumme erhalten.«

Die Sekretärin versuchte zu scherzen: »Wenn Sie uns nicht helfen, dann …«

»Das habe ich vor«, antwortete Gordon.

Anschließend stieg er in die Linie 20, fuhr bis zur Mesterstraße und lief von dort zur Gubacser Straße. Der Schlachthof stand leer, nirgends eine Menschenseele. Aus der Erdölraffinerie machten sich die letzten Arbeiter auf den Heimweg. Die riesige Eisentür des benachbarten Fabrikgebäudes war zwar verschlossen, aber zum Seiteneingang kamen mehr und mehr Männer, zu zweit oder zu dritt. Gordon stellte sich in eine Tür und beobachtete sie eine Weile. Bald erschienen fünf Männer mittleren Alters und ein junger Bursche. Sie gingen mit langsamen, schwerfälligen Schritten. Aus der Gruppe löste sich

ein Kleiner, er eilte zum Seitentor, und eine Minute später winkte er den anderen, kommt jetzt!
Als eine weitere Gruppe nahte, wechselte Gordon die Straßenseite und schloss sich ihnen an. Der Mann ganz vorn öffnete die Seitentür und schüttelte dem Pförtner die Hand. Auf dem Hof trennte sich Gordon von der Gruppe, um sich umzusehen. Aber es gab nichts Besonderes zu sehen, er konnte nicht einmal erkennen, was für eine Fabrik es war, in der er sich befand. Wahrscheinlich gab es hier mehrere Kleinbetriebe, Tischler und Kürschner vermutlich, das verrieten ihm die Gerüche. Er eilte seiner Gruppe nach. Die wendete sich nach links, in eine Art Gasse. Nach einigen Schritten wurde eine schwere Stahltür geöffnet, und sie traten ein. Gordon wartete, bis sich die Tür hinter ihnen schloss, dann folgte er ihnen. Hinter der Tür begann ein enger, dunkler Gang. Er sah nichts, so musste er sich an den Stimmen orientieren. Türen knallten. Er folgte den Geräuschen. Im Gang rechts fand er eine Tür. Er öffnete sie und stand in einem Innenhof. Er kam gerade noch rechtzeitig, um den Kopf eines Mannes im Kellerschacht verschwinden zu sehen, andernfalls hätte er lange suchen müssen. Seine Schritte hallten auf dem Kopfsteinpflaster wider. Die vergitterten Fenster des viergeschossigen Baus starrten düster nach unten. Er öffnete die Kellertür. Schweißgeruch schlug ihm entgegen. Irgendwo wurde gelacht. Er knöpfte seinen Mantel auf und ging die Stufen hinunter. Unten stand ein Alter mit einem katzenfreundlichen Gesicht. Gordon langte in seine Tasche, nahm einen Pengö heraus und drückte ihn dem Alten in die Hand. Der ging aus dem Weg.
Die riesigen Ausmaße des Kellers überraschten Gordon. Er hätte nie gedacht, dass sich ein so großer Raum unter dem

Gebäude befand. In der Mitte war ein Ring aufgebaut, um ihn herum standen hemdsärmelige Männer. Stühle sah er nicht. In einer Ecke zapfte ein junger Bursche Bier aus einem Fass. Die Buchmacher waren nicht zu übersehen. Der eine stand mit Papieren, ein anderer mit einem ansehnlichen Banknotenbündel in der Menge, und mit lauter Stimme teilten sie die sich von Minute zu Minute ändernden Chancen mit. Wie sie die errechneten, konnte man nicht erkennen. Gordon knöpfte seinen Mantel zu, schob den Hut in die Stirn und stellte sich in eine Ecke. In den vier Ecken des Raumes gab es jeweils eine Stahltür. Gordon bekam schnell mit, dass drei Türen verschlossen waren. Aber bald wurde die vierte geöffnet, und ein etwa Vierzehnjähriger kam heraus, der einen Eimer Wasser trug. Gordon schlenderte zu der Tür und öffnete sie. Im Gang standen Männer in kleinen Gruppen. Ein stoppeliger Mann mit dicken Augenbrauen trat Gordon in den Weg. »Wohin denn, wohin denn?«

»Antal Kocsis hat gesagt, hier finde ich Jacek«, antwortete Gordon.

»Sie kennen Kocsis?«

»Habe ich das nicht gesagt?«

»Was wollen Sie von ihm?«

»Und was geht Sie das an?«

»Mich geht hier alles was an«, antwortete der Stoppelige und verschränkte die Arme vor der Brust.

»Ich will ihm eine Arbeit anbieten.«

»Was für eine Arbeit? Und außerdem, wer sind Sie überhaupt?«

»Eine kleine Zusatzarbeit.« Gordon sah ihn an und schob ihn aus dem Weg.

»Das glaube ich Ihnen nicht«, sagte der Stoppelige und ergriff

Gordons Arm. Die anderen waren inzwischen in den Saal gegangen, die beiden waren allein.

»Lassen Sie meinen Arm los.«

»Ich warte noch auf die Antwort, wer Sie sind. Schon gut, ich hol sie mir«, fauchte der Stoppelige und ließ Gordons Arm nicht los, sondern zog ihn ganz dicht an sich heran. Sie standen so nahe beieinander, dass ihre Gesichter sich fast berührten.

»Du holst dir also die Antwort?«, fragte Gordon.

»Jawoll«, antwortete der Stoppelige, woraufhin sich Gordon in Sekundenschnelle aus dem Griff löste, mit der rechten Faust Schwung holte und sie seinem Gegenüber aufs Jochbein setzte. Der Stoppelige schwankte und lehnte sich an die Wand, aber er fiel nicht um. Er stand mit gesenktem Kopf da, und Gordon wollte gerade gehen, als der andere aufblickte. Gordon wartete den Angriff nicht ab. Wieder ballte er die rechte Hand zur Faust und schlug sie ihm mit einem von unten kommenden Schlag an die Kinnspitze. Der Kopf des Stoppeligen schlug an die Wand, seine Augen erstarrten, und er glitt zu Boden. Gordon hatte Tränen in den Augen, als er seine rechte Hand massierte. Er wollte sich jetzt entfernen, als der Liegende plötzlich sein Fußgelenk ergriff. Allerdings nicht sehr fest. Gordon hätte sich aus der Umklammerung lösen können, aber er drehte sich um und sah nach unten. Der Stoppelige hob den Kopf. Aus dem Mundwinkel tropfte ihm Blut, über den Augen lag ein Schleier, aber er ließ Gordons Knöchel nicht los. Gordon schüttelte sein Bein, doch der Stoppelige sammelte irgendwoher Kraft und verstärkte den Druck. Er stützte sich auf die linke Hand und drückte weiter zu, wobei er Gordon mit solchem Hass anblickte, dass der ihn ohne zu zögern noch einmal ans Jochbein schlug, diesmal mit der linken Hand und mit aller Kraft, die er besaß. Der Stoppelige sackte zusammen, sein Kopf knallte hart auf den Fußboden, das Blut aus seinem Mund bildete eine Lache.

Gordon lehnte sich an die Wand, dann sank er langsam in die Knie. Er bewegte die Finger der rechten Hand. Sie funktionierten, aber schmerzten sehr. Der Stoppelige neben ihm stöhnte. Gordon holte tief Luft und erhob sich langsam, dabei schüttelte und massierte er ununterbrochen seine rechte Hand. Er machte einen Schritt über den Liegenden hinweg und öffnete die Tür, die der andere bewacht hatte. Ein Mann, der einem Trampeltier ähnelte, übte dort kraftvolles Schattenboxen. Gordon trat ein und schloss hinter sich die Tür. Jacek schwieg, er bedachte Gordon nur mit einem halben Blick. Gordon blieb an der Tür stehen und sah dem Boxer zu, bis der endlich die Hände sinken ließ und mit leichtem Akzent, aber gut und deutlich fragte: »Was wollen Sie denn hier?«

Gordon zog einen Stuhl heran und setzte sich rittlings darauf. »Ich habe Ihnen ein Geschäft anzubieten.«

»Was für ein Geschäft?«

»Ich habe gehört, das Endergebnis des Kampfes heute Abend sei bereits abgesprochen.«

Jacek schlug wütend auf den Tisch. »Dabei hatten wir verabredet, dass wir dieses eine Mal fair kämpfen.«

»Ich glaube, Sie verstehen nicht. Pojva prahlt damit«, fuhr Gordon fort, »dass er heute Abend nicht schwitzen wird, weil jemand Sie bezahlt hat.«

»Mich?«, schimpfte Jacek empört. »Mich? Ich habe in meinem ganzen Leben noch keinen Kampf verkauft. Verstehen Sie?«

»Ich verstehe. Bestimmt ist das so. Aber ich wollte sicherheitshalber Bescheid sagen.«
»Das wird mein zwölfter Kampf, und ich habe noch nie verloren, weil einer mir dafür Geld gegeben hat. Wie kann es Pojva wagen, so etwas von mir zu behaupten?«, fauchte Jacek, und die Adern an seinem Hals schwollen an.
»Ich habe keine Ahnung«, sagte Gordon. »Mehr wollte ich auch nicht sagen«, und er ging zur Tür.
Jacek war hilflos in seiner Wut, er rief ihm nach: »Und was ist mit dem Geschäft?«
»Ach ja!« Gordon schlug sich an die Stirn, griff in seine Tasche, zog fünfzig Pengö raus und legte sie auf den Tisch.
»Was soll das?«, fragte Jacek.
»Das ist nur ein kleiner Beitrag zur ungarisch-polnischen Freundschaft.«
Jacek staunte. »Zu was?«
»Dazu, mein Junge, dazu. Außerdem hast du gesagt, du hast nie einen Kampf verloren. Verliere ihn auch diesmal nicht.« Damit ging er durch die Tür. Draußen lag immer noch der Stoppelige. Die Blutung hatte aufgehört, die Blutlache gerann, der Atem ging schwer. Gordon stieg wieder über ihn hinweg und ging zum Ring.
Bis zum Boxkampf dauerte es nur noch einige Minuten. Ein gewaltiges Stimmengewirr füllte den Raum. Die Buchmacher überboten einander mit ihren Rufen, die Ringrichter standen mit hochgekrempelten Ärmeln zwischen den Seilen. Der Raum roch nach Rauch, Schweiß und Bier. Gordons Blick schweifte über die Menge. Ein buntes Gemisch, Fabrikarbeiter und Kutscher, Beamte und natürlich einige zweifelhafte Gestalten. Ein wenig entfernt vom Ring standen Männer in eleganten Anzügen. Gordon wunderte sich nicht über sie.

Eine Minute vor sechs öffnete sich die Stahltür. Zuerst trat mit überraschend klarem Blick Pojva ein, ihm folgte mit entschlossenen und sichtlich zornigen Schritten Jacek.

»Bring ihn um, Pojva!«, schrie einer aus der Menge. Andere schlossen sich ihm an: »Umbringen! Keine Schonung!« Und wieder andere: »Schon den nicht, Jacek! Nimm dir seinen Kopf vor!«

Die beiden Boxer erreichten den Ring. Ein Ringrichter hob das Seil an, und die Boxer traten ins Quadrat. Jacek verdrehte den Hals und lockerte die Schultern, Pojva sah ihm grinsend zu. Beide trugen keine Handschuhe, auch keine Bandagen. Sie wurden nicht gewogen, aber Pojva und Jacek wirkten ungefähr gleich schwer. Der Ringrichter trieb sie in die Ecke. Nun trat ein kleiner alter Mann mit Frack und Zylinder in den Ring und stellte mit kreischender Kopfstimme die beiden Kontrahenten vor.

»In der blauen Ecke der für seine Brutalität berühmte und furchtverachtende Pojva, der Besitzer der gefährlichsten Fäuste!«

Die Menge jubelte. Nun wandte er sich Jacek zu. »In der roten Ecke der Lodzer Fleischer und Schlächter, ein Mann, vor dessen Fäusten alle Polen zittern und beben, so dass er jetzt nach Budapest gekommen ist. Das ist Jacek!« Neuer Jubel.

Vor den Buchmachern drängten sich bis zum letzten Augenblick die Wettwilligen mit leuchtenden Augen, während ihre Hände Banknoten schwenkten. Nun ging der Alte mit dem Zylinder aus dem Ring, und der Ringrichter forderte die Boxer auf, sich die Hände zu geben. Beide traten in die Mitte des Ringes. Pojva streckte die Hand aus, Jacek nahm die Hand und drückte sie. Pojvas Gesicht verzerrte sich plötz-

lich, der Ringrichter hatte Mühe, Jacek wegzudrängen. Der Gong kam, der Richter gab ein Zeichen, woraufhin die beiden Boxer aufeinander zugingen. Pojva brachte einige zögerliche Schläge an, vor denen Jacek leicht auswich. Nun ging er zum Angriff über. Mit langen Armen zielte er auf Pojvas Kinn, aber er verpasste das Ziel. Pojva trat vor und begann, so weit es sein Alter zuließ, vor den Schlägen des Polen auszuweichen und zu tänzeln. Jacek traf ihn mit einer zielgenauen Bewegung auf den Brustkorb, so dass Pojva taumelte, aber nicht umfiel. Von seinem Gesicht verschwand das Grinsen.
Gordon beobachtete den Kampf aus einiger Entfernung, aber er sah deutlich, wie die beiden Boxer praktisch zu ringen begannen. Als hätte Pojva dem anderen etwas zugeflüstert, stieß Jacek ihn von sich und fluchte dabei. Das verlieh Pojva Schwung. Jaceks rechte Hand bewegte sich vorwärts, doch Pojva klemmte sie sich plötzlich in die Achselhöhle, dann traf er mit dem linken Ellbogen den Polen. Das ließ der Ringrichter nicht zu, er trennte die beiden. Ein erneuter Gongschlag, die Runde war zu Ende.
Die beiden Boxer ließen sich auf die Stühle fallen, die in den Ecken standen. Ihre Helfer wischten ihnen die Gesichter mit eiskaltem Wasser ab und fächelten ihnen mit Handtüchern Luft zu. Pojva lehnte sich mit geschlossenen Augen zurück, er keuchte. Jacek aber schüttelte das Wasser ab und sprang auf. Pojva erhob sich erst, als der Gong erklang. Der Ringrichter winkte, und sie fielen übereinander her. Pojva versuchte alle schmutzigen Tricks. Er umklammerte Jaceks Hüfte mit der linken Hand und schlug mit der rechten auf seine Niere. Der Ringrichter griff ein. Mit überraschender Schnelligkeit ließ Pojva die linke Faust vorschnellen, wovon Jaceks Augenbraue aufplatzte. Der Ringrichter gebot beiden

aufzuhören. Er sah sich die Wunde an und stellte fest, dass sie nicht sehr blutete. Jacek schüttelte sich und machte einen Schritt nach vorn. Pojva trat verzweifelt mit seinem Knie nach Jaceks Hüfte. Wieder mischte sich der Ringrichter ein. Die Menge tobte. Verzerrte Gesichter trieben die Boxer an, die nichts davon hörten. Pojva schützte mit beiden Händen seinen Kopf. Aber Jacek fand den geeigneten Augenblick. Er setzte zum Schlag auf Pojvas Bauch an, woraufhin der die linke Hand fallen ließ. Jacek gab ihm mit der rechten Faust einen Schlag ans Kinn.

Es war, als bliebe die Zeit stehen. Gordon hörte selbst aus der Entfernung das Knacken der Knochen. Pojvas Kopf sank nach hinten, seine Augen verdrehten sich, seine Arme fielen leblos nach unten. Er fiel zusammen wie ein leerer Kartoffelsack. Die Menge verstummte, dann begann sie urplötzlich zu brüllen. Jacek stand immer noch mitten im Ring, der Kampfrichter schob ihn in die Ecke, dann trat er zum liegenden Pojva, kniete sich hin und ergriff sein Handgelenk.

Inzwischen gingen die Ersten eilig auf die Treppe zu. Der Ringrichter hielt eine Zeitlang Pojvas Gelenk in der Hand, dann schüttelte er den Kopf. Er stand auf, ging zu Jacek und hob dessen Hand in die Luft. Das sahen aber nur mehr wenige, denn die meisten trampelten bereits die Treppe hinauf zum Hof. Der Ringrichter flüsterte Jacek etwas zu, der nickte, hob leicht das Ringseil an und ging zur Stahltür. Gordon rührte sich nicht, sein rechter Arm hing taub am Körper, mit der linken Hand führte er eine Zigarette zum Mund. Die Stahltür öffnete sich und zwei Männer tauchten auf, einer schob eine Schubkarre. Der Saal hatte sich erstaunlich schnell geleert, auch der Ringrichter stand bereits auf der Treppe. Gordon beobachtete, wie ein Mann in den Ring sprang und

Pojvas Körper anstieß. Der andere nahm ihn bei den Beinen, sie warfen Pojva auf die Schubkarre und eilten zur Stahltür. Gordon ging die Treppe hinauf zum Hof. Die Buchmacher und ihre Kunden erledigten nun auf die Schnelle, was noch zu tun war. Durch den Gang erreichte Gordon den Fabrikhof. An einer Rampe stand ein Pferdewagen, zur Hälfte mit Brennholz beladen. Jetzt öffnete sich die Rampe, und es erschienen die beiden Männer, die er im Keller gesehen hatte. Sie zogen einen Sack hinter sich her und warfen ihn auf den Pferdewagen. Ein Mann sprang hinauf und versteckte den Sack rasch unter dem Brennholz. Der andere stieg auf den Bock und knallte mit der Peitsche, woraufhin der Pförtner das Tor öffnete. Gordon ging durch die Seitentür zur Gubacser Straße und sah, wie sich der Wagen im Dunkeln verlor.

Gordon schlenderte zur Soroksárer Straße und stellte sich an die Straßenbahnhaltestelle. Als die 11 einfuhr, warf er seine Kippe fort und stieg ein. Auf der Fahrt stadteinwärts wurde es immer farbiger und belebter. Aus den Straßen verschwanden die von der Arbeit heimkehrenden Menschen, dafür nahm die Zahl derer zu, die Unterhaltung suchten. Auf der Donau schaukelten beleuchtete Schiffe. An diesem stillen Herbstabend waren alle Fenster der Burg deutlich zu sehen. Auf dem Kalvinplatz stauten sich die Autos. Hinter den Fenstern der Restaurants gedeckte Tische, manchmal sah man einen Zigeunerprimas mit seinem Instrument. Die Nationalgalerie lag würdevoll unter hohen Bäumen. Am Apponyi-Platz blitzten die Neonlichter, Autobusse, Straßenbahnen und Wagen verursachten ein Chaos.
Im Schaufenster eines Juweliers zeigte eine riesige Uhr die genaue Zeit: sieben Uhr und zwanzig Minuten. Am Lujza-

Blaha-Platz stieg Gordon aus, wechselte die Straßenseite und ging zur Redaktion.
In der Redaktion waren nur noch wenig Leute. Gordon grüßte Valéria, hängte seinen Mantel an den Haken und ging zu seinem Tisch. Valéria blickte aus ihrem Roman auf und rief ihm mit heiserer Stimme zu: »Jemand hat für Sie angerufen.«
»Schau einer an.«
»Es war Krisztina. Sie bittet, dass Sie sie zurückrufen, weil es Probleme gibt«, sie beugte sich über die Notiz, die sie sich gemacht hatte. »Probleme mit der Tischbestellung.«
»Verstehe.«
»Oder Fischbestellung«, setzte Valéria hinzu und wandte sich wieder ihrem Buch zu.
Gordon zog seinen Stuhl heraus, schaltete die Bankierlampe mit der grünen Glocke ein und setzte sich. Eine Weile starrte er nur auf seinen Schreibtisch, dann langte er in die Tasche, zog sein Notizheft heraus und blätterte darin. Er spannte Papier in die Maschine, zog sie heran und begann langsam zu schreiben. Von Gellért hatte er nichts Neues über Róna erfahren, aber Turcsányi wartete schon sehnsüchtig auf den Artikel. Also begann er das Wenige, was er wusste, aufzuschreiben.
Da trat ein Praktikant zu ihm, ein kaum zwanzigjähriger, pickliger, dünner Junge in einer Jacke, die ihm mindestens eine Nummer zu groß war.
Gordon blickte auf. »Was willst du, Junge?«
»Bitte schön, dieser Artikel müsste durchgesehen werden, ich muss ihn morgen abgeben«, antwortete verlegen der Junge und hielt Gordon eine maschinegeschriebene Seite hin.
»Was ist das?«
»Ein Artikel. Den … den ich geschrieben habe«, stotterte er.

»Niemand war hier, um darüber zu schreiben. Herr Abteilungsleiter Turcsányi sagte, Sie seien krank.«

»Und?«

»Er sagte, morgen kämen Sie wieder, da solle ich Ihnen den Artikel zeigen.«

»Gut so, zeig ihn mir morgen.«

»Mir wäre es lieber, wenn Sie ihn gleich durchsehen. So einen Artikel habe ich noch nie geschrieben«, sagte der Junge mit rotem Gesicht.

»Und worüber hast du geschrieben?«

»Über einen Selbstmord.«

»Den wievielten in dieser Woche?«, fragte Gordon.

»Ich weiß es nicht, Herr Redakteur«, antwortete der Junge.

»Gib nur her.« Gordon legte das Blatt vor sich hin und langte nach einem Rotstift. Der Schmerz in seiner Hand hatte sich gelegt, so dass er den Stift richtig halten konnte. Er las, unterstrich, strich durch und korrigierte.

»Bitte schön, das Wort rätselhaft nicht streichen«, bat der Junge.

»Warum nicht? Ein Selbstmord kann nicht rätselhaft sein.«

»O doch«, beharrte der Junge. »Ich habe vorhin im Polizeipräsidium angerufen, und ein Ermittler hat mir gesagt, der Betreffende sei unter rätselhaften Umständen gestorben.«

»Wer hat das gesagt?«

»Der Herr Szrubián, Oberinspektor für Ermittlungen.«

»Dann geh jetzt bitte zum Telefon und rufe den Hauptinspektor Gellért an. Sag ihm, dass ich es dir aufgetragen habe. Vielleicht ist er noch da.«

Der Junge nickte. Gordon zündete sich eine Zigarette an. Minuten später kam der Junge zurück.

»Herr Gellért sagt, daran sei nichts rätselhaft.«

»Na siehst du.« Gordon nickte. »Dementsprechend lautet die Überschrift des Artikels so: *Unerwarteter Selbstmord eines reichen Unternehmers.* Rätselhaft wäre er nur, wenn die Ermittler den Verdacht hätten, jemand habe ihn getötet«, fuhr er fort. *»Eine fremde Person«*, las er weiter, dann blickte er auf. »Oder seine Frau. Aber die war es nicht, oder?«

»Nein«, antwortete kleinlaut der Junge. »Herr Gellért sagte, in dieser Angelegenheit sei alles geklärt, es sei Selbstmord.«

»Der Rest ist gut«, sagte Gordon und zog an seiner Zigarette. »Achte nur auf die Reihenfolge im Untertitel, die ist sehr wichtig. Du schreibst hier: *Heute Nachmittag hat in seinem Haus in der Pasaréter Straße mit einem Revolver der Inhaber der Kaffeehandlung Arabs seinem Leben ein Ende bereitet.* Wichtig ist nicht, wann, und auch nicht, wie, sondern vor allem eins: wer. Also: *Der Inhaber der Kaffeehandlung Arabs hat heute Nachmittag mit einem Revolver in seinem Haus in der Pasaréter Straße seinem Leben ein Ende bereitet.* Und in den Untertitel gehört auch nicht, wem er sein Vermögen hinterlassen hat. Es genügt, wenn du das Mütterheim im Artikel erwähnst. So, nun geh schon, tippe alles noch einmal ab.«

Der Junge nahm das Blatt und ging zu seinem Tisch.

»Hör mal, mein Junge«, rief ihm Gordon nach. »Vergiss eines nicht. Deine Sache ist es aufzuschreiben, was passiert ist. Nimm alles Spekulative aus dem Artikel heraus. Das Warum aufzudecken ist nicht deine Aufgabe.«

Der Junge setzte sich an seinen Tisch und begann, den Artikel umzuschreiben. Gordon tippte den letzten Buchstaben, nahm die Seite aus der Maschine und legte den Artikel auf Turcsányis Schreibtisch. Dann ging er zu Valérias Tisch, nahm den Telefonhörer ab und begann, wenn auch ein wenig unsicher, mit der rechten Hand zu wählen.

PADDY RICHARDSON

DER VOGELBRUNNEN

Thriller

Die Journalistin Claire lebt allein mit ihrer 16-jährigen Tochter Annie in Dunedin, Neuseeland. Eines Tages nimmt sie das äußerst lukrative Angebot an, über den berüchtigten Serienvergewaltiger Travis Crill eine Biographie zu schreiben. Als sie ihn zum ersten Mal im Gefängnis interviewt, trifft sie auf einen charmanten, äußerst intelligenten Mann.
Doch als Travis die sensible Journalistin in ein persönliches Gespräch verwickelt, beschleicht Claire ein unheimliches Gefühl der Angst: Hat der Täter gerade ihr Sommerhaus, ihren Vogelbrunnen beschrieben? Wie kann das sein? Wie kann er diese Details aus ihrer Kindheit wissen? Fluchtartig verlässt Claire das Gefängnis. Obwohl sie weiß, dass der Mann hinter Gittern ihr nichts anhaben kann, wird sie das Gefühl nicht los, beobachtet, verfolgt zu werden. Und dann passiert das Unfassbare: Travis bricht aus dem Gefängnis aus. Zur selben Zeit verschwindet Claires Tochter Annie …

Droemer

NICK BROWNLEE

DIE SPUR DER HYÄNE

Thriller

Eine Serie mysteriöser Todesfälle erschüttert Mombasa. Einem Baulöwen ist jedes Mittel recht, um in dem kleinen Hafenort Jalawi ein exklusives Hotel zu errichten. Verkohlte Leichen inklusive. Die Ermittler Daniel Jouma und Jake Moore können sich da schnell die Finger verbrennen, und nicht nur das …

Knaur Taschenbuch Verlag